U0459423

"海岸线"美文典藏

四季都因你而饱满

朱谷忠

著

海峡出版发行集团 | 海峡文艺出版社

图书在版编目(CIP)数据

四季都因你而饱满/朱谷忠著. 一福州:海峡文艺出版社,2025.6
("海岸线"美文典藏)
ISBN 978-7-5550-3787-3

Ⅰ.I267

中国国家版本馆 CIP 数据核字第 20242PT572 号

四季都因你而饱满

朱谷忠　著	
出 版 人	林　滨
责任编辑	朱墨山
助理编辑	陈雨含
出版发行	海峡文艺出版社
经　　销	福建新华发行(集团)有限责任公司
社　　址	福州市东水路 76 号 14 层
发 行 部	0591－87536797
印　　刷	福州德安彩色印刷有限公司
厂　　址	福州市金山工业区浦上标准厂房 B 区 42 幢
开　　本	787 毫米×1092 毫米　1/16
字　　数	243 千字
印　　张	16.5
版　　次	2025 年 6 月第 1 版
印　　次	2025 年 6 月第 1 次印刷
书　　号	ISBN 978-7-5550-3787-3
定　　价	68.00 元

如发现印装质量问题,请寄承印厂调换

目　录

第一辑　乡土之恋

第二辑　山海之情

第三辑　人物之谈

乡土之恋

山里的外婆

　　我的外婆是山里人，当年的婚姻自然是包办的。她的娘家，在闽中很深的山里，离她嫁鸡随鸡的山村至少有数十里远，对此她心里很不满意，但也没办法。原来，她曾希望自己能嫁到山外去。为什么呢？我是后来才听母亲说过，外婆从小到大都在山里，见惯了茅舍，竹篱，山崖，梯田，杂树，野草，却从未见过山外到底是什么样子。

　　再说迎娶外婆的村子，与她娘家没多大差别，土屋毗邻，小路窄瘦；同样的，只有男人才一月两次到山外的一个小镇去赶集，卖炭或卖山货，回来时捎点盐巴、咸鱼或日用品什么的。到了晚间，几个男人聚一块喝酒，这才讲点山外墟集上喧闹吵嚷、拥挤凌乱或花花绿绿的事，且大大渲染了一番，总把不曾去过山外的女人们听得一愣一愣的。外婆也一样，只能在心里想象山外那是一种怎样广阔的田野、弯曲的河流和村巷，熙来攘往的情景便无从想象了。很长时间里，每逢秋天，眼见日子像村头那棵老柿树的叶子一片一片掉下，"不甘"两字便从心里不由自主地流淌出来。

　　据说有一次，外婆怀揣上平日积攒的一些零钱，偷偷约了同村一个相好的女人，假装去地瓜田培土，却抄了小路拐进通往山下的土路。下山后一路走一路问，快到中午才来到一个小镇模样的地方，她们惊奇地看到，街中心全以青石板铺筑，从北到南，随形就势，都是店铺；两旁岔路，弯弯绕绕，或长或短，或宽或窄。不少土木结构的房屋，门扇上的朱红的油漆已然剥落。偶见一家门前坐着一位缠足的老妇，手中拿捏着针线，缝合着怀中的衣衫，却不停地拿眼睛打量她们。外婆和同来的女人也不敢与人搭话，只顾并肩携手，边走边瞧。不知不觉，来到一家杂货店门前，进去一看，里边的货物真是琳琅满目，古色古香，特别是胭脂、牛角梳、发夹，令人爱不释手，只是一问价格便赶紧放回去，因为兜里没有那么多的钱。总之，后来她们在一家点心店吃了两碗"粉插"，便匆匆离去。途中，两人统一了口径，任凭家里男人怎么问，只说是临时起意，进深山古寺烧香去了。

外婆二十来岁生下我舅舅，再过两年生下我母亲。不幸的是没过几年，家里老婆婆与她的男人便相继去世了。个子不高，但生性倔强的外婆，从此挑起一家人生活的担子，干农活、打猪草、编斗笠……最是教人佩服的是，每逢山外墟日，外婆从不怕别人议论什么，总是和村里男人们一样挑炭下山叫卖……多年后，我曾写过一首诗这样赞颂外婆，说她："总是在风中挺起身子/在崎岖的山道上迈开双脚/搁在肩上的重担/每一次都要压出汗水几瓢/卖炭回来默无一言/抄起镰刀又去割草/歇息时抬头若有所思/日落的方向飞着几只小鸟/日复一日年复一年/有一天她终于躬下了腰/她的女儿这时直起身子/执拗地说——我来挑……"

这诗中写到的"女儿"，自然就是我后来的母亲，她的执拗，让外婆心里深感欣慰。从此，卖炭的日子里，我母亲代替了外婆的角色。其实，那一年我母亲才十九岁。如花的年龄，无惧无畏地分担着贫困生活的重压，背地里却没有叫苦，也没有眼泪，她甚至舍不得在镇上吃一次点心，每一次回到家里，只用一碗米汤的清淡，消抵全身的疲惫。

然而不到一年，我母亲却做出了一件令外婆也没想到的事。原来，我母亲在卖炭的墟市上认识了一位制作杆秤的老匠人的儿子，那位老匠人制作的杆秤，一直以不差分毫赢得三乡五邻的赞誉，在镇上几乎家喻户晓。因此他的儿子——即后来为我的父亲，每逢墟日，都持一把大秤在墟市里为买卖双方公平过秤，收一点费用，他手脚麻利，诚挚热情，大家都信得过。奇怪的是，我母亲与这位老匠人儿子打过几次交道后，却发觉有点不对了，因为这个掌秤的后生仔再也不肯收我母亲的费用了。也许，就在他俩曾经互相打量过对方的那一天起，爱的种子已不约而同地播进心里去了。公平的杆秤，斤两没有误差，却在不知不觉间，为人世间倾斜了一段有缘相识的爱情。

这就是我母亲和父亲相恋的故事，简单、质朴得没有理由。不过，当年我外婆却是个细心的明白人，她对自己的子女向来洞若观火。早先，外婆就有几次发现，我母亲从山外回来，总偷偷地回屋里去照镜子，还显出若有所思的样子。更可疑的是有一次我母亲还神使鬼差般地带了一盒胭脂、一把牛角梳、几个发夹回来，这都是外婆当年想要却买不起的东西，至少是一担木炭的价钱。终于，经不住外婆几句盘问，我母亲就吞吞吐吐地坦白了：这是墟市上一个掌秤的后生仔给她买的。外婆问："你真的喜欢他？"我母亲答："是的。"外婆又问："你想好了？"我母亲说："想好了！"这时，外婆突然跳起来厉声问道："你真的、真的想好了？"我母亲一听，有点慌了，但很快又镇定下来，破天荒地面对着外婆扯嗓喊道："想好了！我真的想好了！"戏剧性的一幕终于以喜剧结尾：外婆听罢，转了转身子，突然扑向她疼爱的女儿："好啊好！我早就想着有朝一日把你嫁到山外去……"

但那时的婚姻，即便是自由恋爱，也得找个媒人定八字、订婚约、拣日子。可外婆不兴这一套，只是挑了一个双日，把我母亲带回的胭脂在脸上轻抹几下，又用牛角梳把头发梳了又梳，最后在后脑髻上按了一个发夹，再捎带一些红菇，竟带上我母亲趁天刚亮时下山，亲自上对方门户议谈婚事。不用说，当一对赤脚蒙尘但却光鲜的母女走进老匠人家中，说明来意，把饱经世面的老匠人也吓了一跳，据说他懵得当场说不出话来。碍于活生生的事实，闻声出来的老匠人儿子，也不装聋作哑了。我外婆一见到未来的"准女婿"，便定定地把他从头到脚细细瞧了一遍，最后毫不掩饰地在脸上笑成一朵花。随后双方坐下挑明了情况，甚至不去细问各自家庭的收支情况，有关嫁娶的事宜就摆上桌面。总之，一切有违常规，一切却变得简单、明晰又水到渠成了。最终，两家自主联姻，成了山里山外一桩不大不小的"新闻"。

一年后，母亲生下了我姐姐。又一年，母亲生下了我哥哥。再过两年，母亲前后生下了我和弟弟。这使我的爷爷——老匠人乐得合不拢嘴，原来爷爷祖上几代都是单传，不想一下人丁兴旺，真是喜从天降。外婆呢，更是每逢我母亲临盆时就亲临现场，调度指挥，有条不紊。住了十天半月回去后，还不时派我舅舅前来送山里补身子的食品、药材。我母亲对我说过，我刚学会说话后，有一次外婆来看我，我躺在外婆怀里一口一声叫着"阿嬷"，乐得外婆差点被椅子绊倒。后来我们这些孩子们长大后，每年都分别到外婆家住一两天，和舅舅、舅妈的孩子去看好玩的风景，或到山里去采野果，玩得非常尽兴。而更多的时候，总是外婆下山来看我们，每次都会带山里的糯米粿、柿饼或橄榄给大家吃。临走时，家里也买些食品和日用品让外婆带回家去。

可惜，时间淌过许多年后，外婆的腰也显得越来越弯，最后完全佝偻了。从此便再没下山过。而我们姐弟几人，也因外出做工或读书，很少去外婆家了。直到20世纪60年代初外婆去世，我们一家人才赶去山里为她作了送行。

人世单薄，亲情厚重。多少年又过去了，如今，在外蛰居的我，偶尔返乡，望见夕阳那边的青山，总还会想起遥远的外婆。有一年清明，我上山祭祀了爷爷、父母，下山后还叫儿子开车，带着家人去了山里，为的是去跪拜一下外婆的土坟。回来后，思绪如潮，遂又写了如下的几行诗："雾谷云崖依旧闪绿/飞泉还挂在外婆家的屋角/路有了/电有了/饭碗也端在自己手上了/但外婆却早早走了/我只能一次次复读她的身影/让泪水无声地滚过眼角……"

放牛的日子

牛年来了，我又想起自己少年时有过一段放牛的日子。

那是一年夏天，生产队田都耕好了，也插上秧苗，辛苦了个把月的一头黄牛，轮到我家喂养。记得那天，爷爷吃晚饭时，便对刚读完小学的我说："怎么样，明天起跟我放牛去？"爷爷的话让我十分意外！要知道，上一回黄牛轮到我家喂养时，爷爷每天牵着牛去溪边吃草，却不让我跟去，因为他嫌我还小。现在过了一年，大人们农闲不闲，要对付其他杂活，而我长大了一岁，个子也长高了点，放牛的事就理所当然要落到我身上了。其实，放牛原本就是我一直向往的"差事"，我想到跟牛到了溪边，牛吃草，我就可以四下摘草莓，也可以看鱼鹰叼鱼……要是每天都这样过，不去上学，那该多么好玩。所以爷爷的这个决定，让我兴奋了一个晚上。

第二天，我和爷爷一早出发，来到村外的一条溪边，把牛嘴上的竹笼取下，让牛自由任意地吃草去。不过，人还得在旁边跟着，一手牵着牛绳，一手用棕叶扇不时驱赶牛身上的苍蝇和飞虫。好不容易待牛吃饱了，就牵它下到浅滩喝水，趁那工夫，用双手舀水往牛身上泼，再用一把粗木梳把牛全身的毛细梳一遍。到了中午，把牛拉到树下拴好，它就会舒服地蹲了下来，眯着眼睛，似睡非睡的，看着我和爷爷坐在旁边一块石头上，吃着带来的焖地瓜，喝着军用壶里的老荫茶。休息两三个钟头，便起身戴好草帽，继续把牛牵到溪边吃草。直到太阳西斜，拉牛上岸，进了田野，爷爷便紧跟在后面，不断地教我要怎么拉绳、怎样吆喝，让我一个人试赶着黄牛回村。

一个星期后，爷爷慎重地把赶牛的小竹竿交到我手里，点点头说道："明天，黄牛就交给你了，记住，别贪玩，每天早点去，早点回。"我兴高采烈地回答："知道，知道！爷爷，我以后就不上学了，专门放牛好吗？"爷爷一听，顿时斥骂道："胡说什么？啊，哪根骨头痒了？"吓得我再也不敢说啥了。

记得，第一次一个人去放牛，我确实有点紧张。当我好不容易把牛拉到溪边时，头上就沁出一层汗水。我紧攥着牛绳，一步不离地跟着牛走。这时我才发现，这头黄牛的眼睛竟有铜铃那么大，两只弯弯的大角青黑透亮，十分威武；它每一移步，身上的筋肉就会抖动一下，透出一股勇猛的力气。刚开始，我有点惧怕它，因为它有时会莽撞地往前走，拉都拉不住；而我手中的小竹竿根本不敢去抽它，最多只是虚张声势地在它面前晃了晃。几天下来，我觉得自己累得不行了。一天，还不到中午，我就想把牛拉去树下，但牛不走，我生气地把牛绳一丢，一个人跑到树下乘凉，不知不觉，竟靠在树身上慢慢睡着了。蒙蒙眬眬中，听到有人在远处呼喊，睁眼一看，坏了，牛跑到田里吃秧叶去了！于是一骨碌爬起，箭一般飞奔过去，拉住牛绳，费尽吃奶的力气，终于把牛头扳了过来，便慌慌张张把牛赶回家里。爷爷见到我问道："这么早回来了？"话音未落，生产队里的人就上门告状来了。等把人送走，爷爷转身回屋，只盯着我说了一句话："要记得教训哦。"从此，我再也不敢任性，更不敢贪睡，只一心一意伺候着黄牛。中午，牛休息时，我还帮牛搜索身上的牛蚤，等它嘴里开始反刍时，这才掏出小人书翻看着。从此，这只黄牛总会用一双信任的眼睛看我，注视着我的每一个细小的动作。到后来相处久了，稍稍示意，它就懂得我的要求，向左、向右，快走、慢走，与我配合得十分默契。

在放牛的日子里，我几乎走遍了滩滩汪汪，看够了鱼跃鸟飞；惬意的

四季都因你而饱满

8

时候，我还会捡些小石片，在草叶葱绿、野花摇曳的溪边学习打水漂；或练练脆嫩的嗓子，唱那支喜爱的《歌唱二小放牛郎》。大约是我唱得不错，总是撩得黄牛不时地边嚼着草儿，边抬头来看我，而我也能从湿润温和的牛眼里看见自己小小的影子。每到中午，我把牛拴在树下，便安心地喝着茶，吃着焖地瓜或晒干的花生米。吃完了，靠着树身与牛同卧，闻草木清香，听树下虫鸣，用一个懒散的姿势，度过一个个炎热的午后。

不过，若遇到天气不好的时候，大雨即将来临，我的爷爷就会神奇地出现，原来他不管人在哪里，心里都一直惦记着我。他会带蓑衣，赶过来，叫我穿上，然后把牛拉到树林中的一座草寮躲避。当雨下来时，爷爷就会伸出胳膊把我搂着，问我："冷不冷？"我昂起头说："不冷！"爷爷笑了，又叹了口气说："以后啊，无论如何，你得听爷爷还有父母的话，还得继续读书，你愿意吗？"我靠在爷爷怀里，没听清他说什么，只觉一阵困意上来，便迷迷糊糊回答说："愿意……"

也不知过了多少天，有一次中午，我想把收集到的干草搬到草寮里，刚刚走近，却发现有个女的背着绿色挎包，牵着一头水牛朝我走来。她一头短发，穿着列宁装，目光温和，见了我便惊奇地问我："你也是放牛的？"我只是点了点头，便钻进草寮，把草放好。转身出来，却见她把牛拴了，径直向我走来。她笑着，很亲切地问："你读书吗？读几年级了？"那眼神看上去有点像教师。我如实告诉了她，她听了很高兴，一边掏出手帕擦拭她脸上的汗珠，一边告诉我说：初中还是要上的，将来还有机会考大学呢。她还告诉我，她是溪对面村里的一个代课老师，暑假里也替生产队放牛呢。接着，她从包里摸出一个馒头塞给我，说是要和我聊聊有关放牛的事。我迟疑地接过馒头，咬了几口，一下来劲了，一边吃，一边将我知道的都告诉了她。但说着说着，不小心把牛吃秧苗的事也说了出来，她听罢哈哈大笑，亲切地抚摩着我的头说："知道吗？古代的放牛娃也发生过这种事，有两句诗就是这么写的：童子柳阴眠正着，一牛吃过柳阴西。"她见我听不明白，便拉着我一并坐下，用树枝在地上写字，耐心地为我讲解起来。直到我学会背诵这两句诗，她这才站了起来，拍了拍我身上的泥尘，有点不舍地和我告别了。不知为何，当我看着她牵牛走出树林，走过藤萝垂帘般挂向水面的桥身，感觉她晃动的背影竟有几分像我的母亲……

多年过后，故乡农田已全部实现耕作机械化；然而，每当我在书上偶尔觅到那位代课女老师教过我的两句诗，便会想起爷爷，想起自己那一段放牛的日子，心里就会涌起一阵温暖。有时，逢着夕阳西下，远眺故乡的方向，还会情不自禁地吟诵：

草满池塘水满陂，山衔落日浸寒漪。
牧童归去横牛背，短笛无腔信口吹。

童年的印象

　　对我来讲，童年时期难忘的景物是很多的，但经过多年时光的淘洗，我发现：许多苦难的日子，早已过滤为一声叹息，渐渐变得遥远了，自己也不想轻易去触动；而一些美好或快乐的场景却愈加清晰了起来，这使我偶有忆及，都会沉湎其中。

　　譬如，在我童年的印象里，总觉得故乡的春天是从油菜花上来的。不是么？每当正月来临，带着微寒的细雨给岸草添上了一道绿痕，人们就会赫然发现：田野上的油菜开花了！看，那一片片鹅黄的花朵，开放得那么热情，那么繁盛，闪射着金子般迷人的光彩。一阵风过，清澈鲜澄的空气里，立刻弥漫了馥郁的香味；而那从花瓣上随风滚落的露珠，更是莹润沁人。记得有一次，我和大我九岁的大哥一早来到田野，各自采撷了一束油菜花，满心欢喜地转回村中。奇怪的是，大哥进入村巷时，却趁人不注意，飞快地把他的那束油菜花放在一个叫阿香姐姐的窗口，然后拉着我的手，一路飞奔到家……

　　这是怎么回事呢？我自然是长大了以后才明白，原来那时的大哥喜欢阿香。不过在当时，我一直在心里保密着，对谁也没有说。可惜，那时的乡间婚姻，即使自由恋爱，也鲜有成功的。最终，大哥和阿香也没能如愿。而幼稚和单纯的我，在春天到来的时候，只一心感觉软绵的风吹过脸颊，有一丝丝好受的清凉；感觉花朵能在阳光下静静地开放，小草能在细雨中无声地抽芽，是多么好玩的事；还经常感觉自己想唱些什么，但却什么也唱不出来，只好撒腿奔向田野，哇啦、哇啦地大喊了几声……

那时，我喜欢的季节还有夏天。七、八月间，从村头望去，四处荷叶绿得鲜亮，触目荷花粉白透红。近前细看，那绽放的花蕾，娇娇的，羞羞的，一朵朵缀嵌在绿堆翠砌的荷塘中，一处处吸引着大人小孩的眼睛。记得那时节，我常和小伙伴偷偷来到荷边小道上，不顾苔藓滑溜的危险，竟趴下来去看点缀在绿叶丛中的荷花。我们常常发现，明晃晃的阳光一照，荷叶上的露珠好像会慢慢滑动，恍惚间，荷花若神话故事中的仙女缭绕升向天空……可惜这时候，往往会有哪家的大人过来寻找并大声叱骂自己的孩子，没想到那些机灵的小孩远远发现直奔而来的大人，早就抄近道跑走了。找不到自家孩子的大人只急得东瞧西看，跳着脚骂道："你躲吧，你躲在哪里我还不知道？回去打死你！"其他孩子们听了，都笑得东歪西倒成一片。

还有，每当夏天夜晚来临，家家都会把竹床搬到荷塘附近的晒场上，让贪玩的小孩横七竖八躺在上面，而大人们则安心地摇着蒲扇，坐在旁边纳凉说话。逢到明月升到空中时，我和小伙伴们则仰着趴着，指指戳戳，欢闹不停。有时，还一边翘起双脚凌空踢踏，一边唱着大人们平时教给我们的歌谣："初一月亮一条线，初二初三眉毛弯。初五初六挂银镰，初七初八像小船。初九初十切半圆，十五十六像玉盘……"渐渐地，唱累了，不知不觉先后都睡着了。等到第二天醒来，却发觉自己躺在自家的床上。

若按季节再说下来，到了秋天，村里的小孩都会发现，村头三叔公小院栽种的万寿菊开了，满院飞黄流紫，很是好看。当然，我是长大后才知道，万寿菊分两种颜色，一种是金黄的，另一种是橘黄色的。它的花又小又圆，犹如一个乒乓球，闻起来有一股淡淡的香味。我还发现，只要有微风吹来，它就会稍稍弯一下腰，风一过又亭亭玉立了。记得，三叔公总是等到秋风凉了的时候，才采下几篮金黄的菊花，铺在晒场上，等阳光烘干了水分，才一捧一捧地把它们装入枕囊。据说，夜里睡觉头靠着它，会很舒服地进入梦乡。这种枕囊，一般只供女人或老人用，但那时三叔公与我家沾亲带故，又拗不过顽皮的我，只好让我上他的床铺去试过一次；然而，我觉得头被枕得太高了，加之香味挥之不去，因此怎么也睡不着。从此以后，我就再也没有试过……多年过后的一天，偶然翻书，无意间竟看到陆游写过一首吟咏菊枕的诗："少日曾题菊枕诗，蠹编残稿锁蛛丝。人间万事消磨尽，只有清香似旧时。"读罢，倍觉心领神会。

而当冬季来临，我的乡村的山坳、溪边又成了百日草的世界。其实，这也是年岁渐长后才知道：百日草花期很长，从秋末到冬天花朵都陆续开放着。更有趣的是百日草的花是次第开放的，一朵更比一朵高，所以又名"步步高"。这个称谓很得人心。因而村里人即便在过去困难时期开荒种菜，也都尽量保护它。只有我们这些小顽童，常常偷偷把它连根拔起，缠在蒲草做的草环上，一人一圈，罩在头上，然后四散在溪边学习潜伏，模仿电影里的八路军"打游击"，感觉紧张又刺激。多少年过去了，至今，我的乡村还栽种着百日草，而且已形成规模，销售到城里。这是因为，百日草不像昙花一现，戛然而止；它花期长，花的颜色非常丰富，可作盆栽久久欣赏；观其花朵，一朵更比一朵艳，那开放的花蕊中，似乎深藏着日月轮替的精华。

当然，童年时期的四季印象远不止这些，如我曾和小伙伴们在清澹的月夜，相约去生产队的果园偷摘龙眼；在迷蒙的细雨天戴着竹笠去邻村鱼塘钓鱼；在炎炎的赤日下结伴去桥头学习跳水……或谓劣迹斑斑，不一而足。

如今，一晃数十年过去了，多少往事，恍如一梦。特别是步入老年后，心境渐入淡泊，偶忆童年情景，倒也切合了著名老诗人刘征的两句诗：解忧以酒原非计，祛老良方唯有诗。而儿童时期的四季，在我看来，正是一首纯真又活泼的新诗呢！

绿色的邮筒

很久以来，我只知道矗立于街头巷尾的邮筒，是用来收集外寄信件的邮政便民设施。但邮筒有什么来历？为什么是绿色的？我却浑然不知。

有一次，我带小孩出去散步，遇到街旁一个绿色邮筒，偏偏她就这么问我，让我支吾了半天也讲不清楚。回去后，连忙翻出词典查阅，这才了解到：原来世界上最早的邮筒，竟然是一只靴子。那是 1488 年，葡萄牙著名航海家迪亚士率领的船队在海上遇险，除他乘坐的那只船得以幸免，其余全部覆没。返航前，迪亚士用一只靴子给可能生还的同胞留下一封信，并把它挂在树上。一年后，葡萄牙的另一位航海家途经此地，看到靴子里的那封信，获知了当年发生的一切。若干年后，"靴子传信"的故事渐被传为佳话。此后，设立邮筒投寄信件这一形式也在世界各地流传开来。

中国邮筒设立于 1897 年。以绿色作为邮政专用标志，则是中华人民共和国成立后第一次全国邮政会议上一致决定的。因为绿色象征和平、青春和茂盛。有了这个规定，中国的邮筒、邮递员的衣服以及邮包、邮政车都一律采用绿色。

我没有忘记把这些都告诉小孩，也不知她听懂没有，但心里不免惭愧。

其实，我与邮筒有着多年的接触。20 世纪 60 年代末，我中学毕业后在乡下务农，离家不远的一条老街上，就有一家小邮局，门外矗着一个邮筒，大约有些年月了，绿迹斑驳。记得，那时母亲每年都会叫我在家里写几封信给在外的父亲，内容大多是把家中缺粮少钱的情况说一遍，希望及时寄点钱回来接济，最后写几句"在外身体要照顾好"什么的。写好后给母亲念了一遍，等她点头同意，或再补充几句话，我就立即装进写好的信封，再取一张八分钱的邮票，上浆，贴好，用手掌按压一遍，这才上街把信塞进小邮局外边的邮筒。

后来，我偷偷学会了给报纸投稿，没钱买稿纸，便用旧作业本的反面写字。那时，给报纸投稿属"邮资总付"，所以我只需花一点钱买信封就行。不过，由于开头怕人知道，基本都是在夜间来到小邮局的邮筒前，趁人不注意时把厚厚的信封塞进去。结果几个月过去，投去的稿件却一篇篇如泥牛入海，音讯全无……有些灰心丧气的我有时经过邮局，觉得那邮筒似有些僵硬、冰冷。有一次，我竟用狐疑的眼光不停地打量着它，想到是不是装稿件的信封太重，沉在筒底没被拣出……后来去问一位文化站的人，他一听就笑了，说邮筒每天都要打开收信两次，不可能遗留在里面。又听说我是给报纸写稿的，便安慰我要有耐心坚持下去。

果然，功夫不负有心人。那一年，村里推广种植矮秆晚季稻获得成功，为此我写了一篇报道，经村里还有公社办公室盖章，投给省里报纸，没想到居然给登了出来。当文化站的同志看到这篇报道，立即向村里干部通报了这件好事，还在广播里广播了三天。这一下，我成了村内外许多人知晓的一支"笔杆子"，走到哪里，都有人问："阿忠，最近又写了什么？""厉害呀，省报都登了文章！"我听了，表面谦虚了一回，心里却乐滋滋的。从此，我投稿再也不遮人耳目了，每次都堂堂正正把信稿塞进邮筒，还对邮筒自言自语道：拜托了！拜托了……那些日子，邮筒的绿色变成我眼中最美的颜色，因为它能让我充满想象和期待。

然而，当时我还无法掏钱订报，为了解我发给报社的稿件是否登出，一有机会我就会来到街上小邮局，站在邮筒旁看贴在墙上的报纸。那时看报的人似乎比现在多，有时刊登的国家大事，让想看的人挤都挤不进去。

不过，我一心注意的只是文艺副刊，搜索上面有没有刊出我的豆腐块文章。有几次，果真看到了自己的名字，让我顿时瞪大了眼睛，美滋滋地扫了一遍又一遍。临走，还兴奋地用手拍了拍绿色的邮筒，喃喃自语道："感谢！感谢……"

当然，不声不响的邮筒也是有故事的。有一天午后，我上街经过小邮局，突然注意到有个女子，手拿着一封厚厚的信在邮筒旁边徘徊着，至少有几次，她好像想把手中的信塞进去，却又把手抽了回来，样子十分地犹豫；最终，只见她长长地呼出了一口气，下定决心似的把信投进了邮筒。没想到，刚走几步，她却转身回来，用手拍着邮筒叫道："我不寄了！我不寄了！快帮我拿出来……"喊声惊动了小邮局里的人，一个大约是负责人模样的人走了出来。他来到女子身边，不知问了几句什么，就把那女子带进邮局。许久，一个邮递员出来了，他打开邮筒下面那个长方形口子，把里边一叠一叠的信件都掏出来，装进绿色邮包，就提了进去。又过了许久，才见那个女子如释重负地从邮局走出，神情上已看不到任何异样了。至于这里边到底发生了什么事，局外人谁也不清楚。好像过了半年左右，才听到街上有人这样口传，说是那个女子与同村在外做工的一个青年谈恋爱，但父母嫌男方家庭贫穷，坚决不同意，日日威逼她写信给在外的青年表示断绝关系，女子在身心俱疲下只好写了那封信。于是上演了邮筒前的那一幕。至于后来，当事人结局到底如何，就再也没人过问了。

还有一件事也和邮筒有关，即当时我有一个好伙伴，正暗恋着同村一个女子，但一直怯于表白。我曾用古诗中的两句取笑他，"思君不可得，愁见江水碧"。也不知他听懂了没有，却来了个脑筋急转弯，要我为他代写情书，他来抄正。这下我傻了，推辞不得，只得应允。但信要怎么送呢？请我，肯定不合适；请别人去，又怕走漏风声，于是我想到让邮筒来传递。他一听，连拍大腿叫道："太好了，这主意只有你能想得出呢！"老天爷，这是什么话呢？幸亏我念及平素与他的情谊，也就不去计较了。那天夜里，

四季都因你而饱满

我搜索枯肠为他写了两页给女方的爱慕心情与甜言蜜语，他喜不自胜又有点鬼鬼祟祟地抄正后，再写了收信人的地址、姓名，还无师自通地在信封下边略去寄信人的信息，再拉上我，趁着夜色溜到街上，一股脑投进了邮筒。随后才过几天，他就急盼着对方能用这个办法回信。可惜过去了半个月，人俱在同村，仍渺无音讯。于是他亲自写了一封寄去，结果也一样。这真又应了两句古诗："乡书不可寄，秋雁又南回。"伤心失望的伙伴，终于拉我上街喝酒消气。席间，他赌咒发誓说：今后只要远远地看见她，他就折路回头！幸好那阵子我怕惹出什么乱子，便尽心尽力地劝慰了他好几番，还将一本当时的禁书《第二次握手》借给他，为他化解心中郁闷，帮助他度过了心思茫然又烦恼的青春时光。如今想来，这就是单相思最好的结果吧？

岁月更迭，人世沧桑。许多年过去了，伫立在小街上的邮筒，承载过多少人间烟火和喜悲过往，以及我的生活经历的点点滴滴。直到后来进城工作的许多年，我还用邮筒投递过一封封给亲人和朋友的信件或明信片。每次投寄毕，离开邮筒，心里就会期盼寄件能尽快到达收件人的手里，有时还会想象远方的人收到信件时的那种高兴和释然的心情。的确，流年深处，我就是以念想为笺，以素心为笔，以邮筒为载体，常常与相知或初识的朋友互为交流。由此，我也常常收到他们的回信，有的言语投契，宛如知己；有的惜墨如金，却一语中的。展读时，往往为其真心融汇，常徒生相见恨晚之叹！

现在，联络用手机，交流用微信，坚持写信的人是愈来愈少了。邮局前一些绿色的邮筒，看上去分外沉默。但在我眼里，邮筒依然是一个美好的使者，因为它满足过人们的交流需求，承载过人们的情感维系。如今，它还矗立着，一如既往地接纳着需要它的人。由此，对于安在邮局前的绿色邮筒，以及维护它的人们，我都会在心里表达由衷的敬意。

绿色的邮筒

深山里的际遇

　　我永远都忘不掉困境中得到别人帮助时，内心所受到的触动。尽管多少年过去了，每每想及那一次的际遇，感动、感愧、感恩，似乎都不足以表达当时的心境。说实话，我是很想能有一次报答的机会，但这一切似乎都变得渺无希望和遥不可及了。至今，想起就会觉得老欠了一笔债，在心中背负着。

　　说起来，那是 20 世纪 60 年代末的事。因家庭贫困，为生计所逼，穷极潦倒的我高中还没念完就辍学了，不得不当作一个全劳力使用。农闲时，每隔数天就同村里二三青壮年一道进山挑炭。那烧炭出炭的地方叫"牛眼"，在一座牛脊般的山峰北面，平均海拔三百多米，山路坎坷崎岖，离我的丘陵与沿海结合地的村庄少说有四十多里。前去挑炭的人一般要赶在天亮前出门，早上十点左右才能到达那座深山，再从一条之字形的小路下行到崖底，与烧炭人商量价格，每人各买一百斤左右，又从崖底盘旋挑上山路，再慢慢挑着下山去。到了中途，大家会停下来，吃自带的地瓜饭或包菜饭，渴了就在松涛琤琤、湍濑回旋的石泉旁掬几把泉水喝。接着继续上路，沿途视体力情况，再歇两到三次，直到下午四点左右，终于在筋疲力尽中把炭挑到镇上的市场出售。这一趟，总共要熬十多个小时，大约能挣到三块钱。

　　我记得去过多次，但毕竟因为年龄尚轻，体力也不够，每次只敢挑六

四季都因你而饱满

十、七十或八十斤左右。一路上，虽能得到同行人的关照，但每次我都是落在最后。有一次挑炭快到山下了，发现太阳已经下山，我一心急，连忙加大了步伐，结果踉跄一下，在路上重重地摔了一跤，整个人都滑进路沟。我挣扎着爬起身来，第一反应是我的木炭是否散落出来？在确认只摔碎了竹笼底的几块，其他没问题后，我忍着疼痛把炭挑回了家里，因为市场已散了，只能等第二天再挑去卖掉。到家时，母亲见我满头大汗，衣服已经湿透，心痛不已，眼泪一下掉了下来。不知为何，我什么都没说，却硬生生地对母亲"哇啦"一声说："哭甚么哩，这不好好的？"其实，我心里也十分难受。当晚只喝一碗米汤，便躺在床上，想到自己今后不知有什么出路，心里十分茫然。

但在那时，为了生活，挑炭还得继续。渐渐地，一年过去，我已适应了这种累活，有时还挑在前面，让同行夸耀几句。有时则故意落在后面，一边挑一边嘿嘿地哼着歌，把课本上白居易写的《卖炭翁》的句子套进去：满面尘灰烟火色，两鬓苍苍十指黑。卖炭得钱何所营？身上衣裳口中食……犹记得，最苦的是七月天，每回下山时，重担压肩，人焦炙于炎阳之下，汁滴路面，"嗞嗞"作响。劳累中，有时在一潭杉树掩映的溪水旁歇息，我还穷作乐地让自己去欣赏四下的景致，觉得那山势盘亘、云岫雾壑的远景很好看，觉得那苍苔满谷、轻岚绕石的近景也不错……偶尔，还能听见溪谷里采集红菇的村女清亮的歌喉，唱出的俚歌中似绕着一股山花的清芬，这还真使我消除了一些身上的疲惫。

不过，最使我不能忘怀的，却是我在一次下山途中，遇见的一个陌生的女人。

那一天，我感冒刚好，进山后就觉得身体不适，勉强挑了一担炭挑上路，没多久就已气喘吁吁的。同行见状，问我：怎么啦？犟倔的我却回答：没事，没事，别管我！行至半路，忽头晕目眩起来。而同行们早在前面走得没了人影。无奈，只得撂了担子，靠在路旁的一棵松树下喘气。心想：

今日如何回得了家呢？想着想着，正要迷糊地睡去，却听得一个女人的声音在耳边响了起来。

"哎呀，你怎么啦？"

我睁眼看去，是一个手挽竹篮的采菇妇女，三十来岁，身材饱满，眉清目秀，正惊讶又警惕地盯着我。我沮丧地用手抹了抹额头上的冷汗，便如实向她告知了原因。她听着，怯怯地又盯了我几眼，问道："这里离你家有多远？"我回答说："还有十多里。"她听后想了想，突然出乎意料地对我说："你若还能走，就跟着我，我替你将担挑到山下。"我连忙挣着站了起来，连声说："不用，不用……"但那位女子什么也没听见似的，只是把竹篮放到松树后的一个石洞中，回过身来，拾起扁担，两头钩住了炭篓上的绳索，麻利地上了肩，就向前疾走了起来。我空着手，有些狼狈地在后面跟着。一路上，看着她挑担的那个轻捷的步伐，看着她脑后的发髻生动地跳荡，我仿佛觉得整座山都因她而清新了起来，越是荒野，闪烁而过的小花越发俊俏，毫不含糊地展示它们在盛夏里的热情和妖媚……

终于到了山下。她搁了担，转过身来关切地问我："你还行吗？前面有三轮车，不行的话，你雇一辆回去。"说罢轻轻一笑，便低了头快步向山上走去。我连忙说："谢谢！谢谢啊……你，你慢走啊！"接着想起什么，追了两步，有些语无伦次地朝她汗湿的后背喊道："哎——哎！你叫什么，叫什么名字呀？"那女人听到我的喊声，脚步稍稍停顿了一下，回头向我笑了笑——那笑容，如同一轮圆月那么美丽地出现在我的视线内——便又一闪回去，飞也似的朝山上走去了。

奇怪的是，此后，我好多次进山重操旧业，都未能在那段路上再遇到那个女人。有时我会有意在那棵路旁的松树下停住，望着附近轻柔的云朵里的一绺人家，隐约看到只有几丛篱笆，或几个老少，却没能看到那个女人的身影……直到后来，我进城谋生，蛰居下来，我这才隐隐觉得：这个遗憾，可能将伴随我一辈子了。

时光倏忽，一晃过去了数十来年。有一次我有机会路过那座山里，那一弯一弯高入云中的山路已被一条简易公路所替代。这一带，只看见山更清幽，树更繁茂，鸟更无忧，一种遥远的怀想，又教我心绪难平。真的，我太想念那条熟悉的土路了，它的粗砺的路面，它沿途的所有奇花异草，以及头上那来去不定的玲珑缥缈的云朵，都曾伴我走过一段颠踬困顿的生涯，偶遇一个何等善良善意的女人。

　　只是，山中的这个令我一直感念的女人，什么时候，还有机缘，让我们在生活的道路上再照一个面，并让我向你再道一声谢谢吗？

一张黑白照片

一个宁静的秋夜，我背倚着床头正翻阅一本旧书，突然，一张已近发黄的照片从书页中滑落下来。我拾起一看，心顿时怦怦跳了起来，接着，又陷入一种无以名状的感慨中。

确切地说，这是一张多年前的黑白照片。画面是一座河边搭起的水楼，几个青年人正倚在楼下窗口向河面眺望什么，河水静静的，似乎还能看出浮在水面的几朵水浮莲。但空中一无所有，这使我很难想起究竟是在中午或是黄昏。不过这不重要，重要的是这张照片虽在一定的距离里拍摄，居然很清晰地把露出窗口的几个青年人的笑容拍了出来。毫无疑问，其中有一张陶然自乐的面孔，正是我自己。

于是，多年前同村的几个伙伴为我送行的那个场面，又历历如在眼前了。

说来可怜，那次特意为送我进城工作而设置的小范围的宴席，也不过是在一家临江的小饭店举行的，因大家囊中羞涩，奋勇掏了半天钱币，也不过买了一盘炒面、一盘河蟹、一盆海蛎汤和两斤地瓜酒。即便如此，对惯于在陋村箪食瓢饮的我们来说，已有几分奢侈了。记得当时是由阿山任联络，阿水和阿龄办总务。另一被邀的女子叫阿芳，也与我们同龄，和我们一直脾气相投，情同手足。有一次我们进山游玩，回来时下雨，山溪涨水，我们几个还争着背她过溪。因此这一次的乡村饭局，完全是一帮狐

四季都因你而饱满

朋狗党的聚会。大家一方面因我即将进城工作而高兴，一方面又因我离开他们而难言。开头时，气氛颇有点"悲壮"，先是阿芳站起来为我敬酒，说："阿忠哥，你这一去，可不要忘了我们。"顿一下，又强笑着说："将来带一个城里知己回来，也教我们见识见识。"接着是阿山敬酒："阿忠哥，我的话不酸，你这一去，自己要保重啊。我想说的是，那一次半夜去邻村池塘偷鱼的事，你不要写到什么档案中去，老实人吃亏哩！我告诉你，这事兄弟都担了。"接着是阿水、阿龄，当时为了谋生，他们曾约我数次进山挑炭，挣点脚力钱。只听阿水敬我："无论如何都要在省城站住脚跟，做一番出息的事业。"随之阿龄敬我："从今去做文人了，更得多一个心眼，以防有人将来害你做右派；不过要是那样，你就回来，有我们在哩！"我一一听着，心里一阵滚烫。于是，我举杯站了起来，声音有些呜咽地说："我是和大家一起捉迷藏、拾稻穗、摸田螺、放牛羊、犁田耙地、挑木炭干苦力长大的，除阿芳外，咱可说是穿一条裤的兄弟呢，我怎敢忘了大家！再说阿芳，也是不管风怎样吹，雨怎样淋，都和兄弟们站在一起的；我若有出息，是靠了大家贴心的帮助，只要大家今后还念着我，我就不枉这一生了！来，干杯！"

三巡过后，大家的脸慢慢地红了，生命开始燃烧，形骸开始放浪。先是阿山用碗做道具，表演了一个魔术，阿芳和阿龄便轮流唱了当地一首叫十八送的山歌。接着，阿水从口袋里摸出一把口琴，吹了一首电影《我们村里的年轻人》的插曲。我呢，相当认真地为他们朗诵了一首爱情诗的其中几句——

那时候

你是池中的红莲

只有我

能承接你羞涩的秘密

一张黑白照片

23

那时候

你是树上的青鸟

只有我

能感应你美妙的韵律

……

　　这两节诗，虽然算不得好，但至少也是我当时活泼的青春生命张力的最佳记录了。尽管，那时候的我，早也消受了许多的贫穷、落后和蒙昧，但在我眼里，青春和时光简直就像无法分别的孪生兄弟，它们总能借机或寻到某种场景尽情挥霍；由此，心灵也常常闪现一个永远清鲜、永远美丽的憧憬。一句话，青春是不懂年龄的；青春的感觉是世界上最纯正最动人的感觉，它和老成持重的哲学，确是格格不入的。

　　记得当时大家听了，拼命鼓掌。随后，仍一边吃，一边闹，直到店主进来告知我们："请稍稍小声一些，外面来了一帮小孩张望，以为什么剧团的人在这里呢。"大家这才安静下来，一看，发觉时间已经不早，于是把剩酒喝干，便提议散去。谁知这时，临水的窗口驶过一条小船，有人在船上喊："你们好快活呀！"大家往外一看，却是在小镇上开照相馆的一个朋友。我连忙探出头来和他打过招呼，忽灵机一动，出其不意地对他说："能不能给我们照一张相？"那朋友答道："哪里照？"我说："我们都聚到窗口，你就在船上照好了。"于是，那照相的朋友就叫住船家，自己忙拿出照相机来，说："快一点，把头都探出来！"窗里的人，便纷纷挤到窗口，对着那举起的镜头，足足傻笑了一分钟，那朋友才把照片给拍好了。

　　许多年过去了。这些年间，我回去的次数不能算少，每次都能与我当时的伙伴见见面，拉拉家常。于是总有人带头做东，打爆电话，招朋呼友，五六个人又聚了起来。见面时，又是捶肩，又是拍背，呼叫连声，好不热闹！待酒过三巡，脸酣耳热，兴奋的话题，早把久别的思缝念隙，一下抹得光滑平坦了。

只是，生活确已起了很大的变化。先是阿芳，20世纪70年代中期，她嫁给邻村的一个干部，收获的是两个女儿，于是，那个干部便骂她是绝代鬼，白天黑夜地不让她安生，硬要她生一个男孩来。可怜的阿芳，到头又生出一个女儿，其境况可想而知。而阿山、阿水、阿龄他们，自然也都在后来陆续成家立业，有了子女。当中有几个年头，他们曾合作跑运输，做过生意，但都失败了。只是到了这十几年，他们协办了鞋厂后，日子才红火了起来，但他们额上的皱纹，却像犁下的田沟，又深又黑。每次，我与他们聚在一起时，虽也热闹，但也显见客气。人也不齐，往往不是叫不来阿芳，就是少一个阿山或阿水、阿龄。大家确实很忙，而忙中偷闲，话题也少不了那些有关经济的各种行情，一句话，怎么也热闹不起来。有时候，大家也提到那次为我送行的聚会，但不知为何，眼里兴奋的光亮也只是闪了闪又慢慢平淡了下去。最后，只好搬出一副麻将，极认真地打了半个通宵。

生活就是这样雕刻着我们，叫人有一种说不出的某些亲切、某些生疏和惆怅。我不由想到：我们不成熟的时候，至少有炫目骄傲的青春、快乐和生生死死的友情，还有笑容，还有像牵牛花一样转动的梦；但我们成熟后，甚至有了一些可以维持生活的财富，却多少世故了起来，让难以排开的杂事、琐事簇拥着，再也不想慷慨地挥霍自己心中真正的快乐。步入老年，即使有机会，也只是断断续续地偶记起那些尚未忘却的往事。过后，就会把它停泊在心的深处，或隐藏在梦里。

现在，在这样一个宁静的夜晚，当我对着那张发黄的照片低回又发呆后，不禁隐隐地为自己，也为我当年的挚友们从心中发出一声感叹。不过，值得欣慰的是，如烟的往事，并非都会散尽，这张照片无意中夹在书里，居然脱开了沧桑，留至今日，其吉光片羽，真可谓弥足珍贵了。

老家的门户

这是过年前的一个午后，我在村头下了出租车，提着行李，从依堤临河的榕荫里，走进故乡纵横交错的村巷。两旁恬淡淳朴的民居，间或突出的几幢新房，在阳光的照射下接踵而来，晃得我有些眼花缭乱。

我一边走，一边打量，发觉能认出我的人已不多了；毕竟，这多年来，我离家日子多，返乡日子少。拐过弯角，一棵枝叶稀疏的老柿子树还耸立着，离树数丈远的地方有一幢两间相连的老屋，土木结构，黑瓦披顶，两个古旧的窗棂如凝结的眼眸，一声不吭地嵌在墙上。我三步两步窜了过去，只见不太严实的门缝中间，一把泛出锈迹的铁锁静静地横着。我伸出手去，摇了摇锁头，摸了摸沾满灰尘的粗糙的门板，不觉眼眶一下热了起来——

老家，这是我的老家啊！

瞬间，我仿觉自己一下跌进往日的时光里……

是的，就是这个普通的门户，青石门框，杂木门扇，开启又关闭着一个普通农户几代人的家史。犹记得，从我学会走路，一直到长成青年，曾让我爬过、跳过，后来只一步就跨过的门槛，带进带出了背后多少叮嘱，多少春秋和冷暖。最是小时候放学归来，见到门前挂着一把锁，就知道大人们还在田里忙活，有时我会跑到田垄上四下寻找，有时则到邻居一位老婆婆家看她养的兔子。更多的时候，我只是呆坐在家门口，看着有人从门前或来或去。坐累了，便站起来，面对门板，无聊地用手指在上面划字。

四季都因你而饱满

划着划着，忽觉得那两扇门板，虽然油漆都剥落了，但在不少时候，总能让我任意地或倚或靠，有一种说不出的亲切。特别是贴在门楣上的"福"字"财"字，给我印象最深，老觉得那字里面似乎藏着大人的什么心愿，又一样的难求。由此我常常陷入沉思，发酵心中的情愫，想让门前吹过的风把我的心也带上，越过山坡树林，到一个遥远的地方，为父母去实现什么……

清贫的家道，也有赓续的家训。至今，我还记得祖父贴门联时就教给我们的四个字"勤俭持家"。最明显的是落实在穿着上，几个小兄弟的衣服都是"接力号"，大的穿旧了，过两年让小的穿。另外，每天的淘米水不能倒掉，要送给人家喂猪，或用来擦板凳、桌脚。吃饭时，凡掉在桌上的米粒都得捡起来吃掉，不能浪费。晚上十点左右，一般都要熄灯睡觉，以省灯油。还有，每天开门关门，动作要轻，不能弄出大的动静，影响别人。后来，在外漂泊久了，想起了老家，首先叠印在脑海的就是这两扇门板，仿佛一直氤氲着家的难忘的烟火气。当然，还有屋内的锅碗瓢盆、竹床木桶，似都有了思维情感，教人眷恋不已。而家门外一声鸡叫狗吠，一句俚语乡音，一个熟悉的背影，一阵欢喜的气味……似都能唤起时光的念想、温软的共鸣。

话说回来，自家的门户，纵然简陋，却是我一生中最深的印记和怀念。还是少年时，顽劣的我，一出门外，就喜欢疯玩狂跑，但一到吃饭的时候，似总能听见大人们站在门外呼唤的声音。长大以后，逢着在外与伙伴们偷偷喝酒，就是醉了，也能在月黑风高之夜，七弯八拐，准确地摸回自己的家门。

不知为何，在我记忆里，还有一个印象颇深，那就是当年村中每一家门户里，似乎都有一个辛劳的女人在操劳。这里面自然也有我母亲的身影。她好像从来都穿着旧的衣衫，有的还打着补丁，外面系着围裙。记得往日，她一从田间劳作回来，便忙着做家务；有时在煮饭、炒菜，但耳朵却支着，或有人呀、猫呀、狗呀进来，那轻微的细步声居然也能听得见，于是忙活中还会问一声："谁呀……"那时候，家屋里除了地瓜、稻米、农具，一张桌子，几条凳子，便没有什么可掩可藏的物件了。但凡有亲戚过来，母亲却会煮一碗点心招待；随之，便坐下亲切地絮叨起来，好像总有说不完的话语。这种交谈，叫"讲家事"。母亲说过：每一家门户里，都有一摊"家事"——也就是一本难念的经呢。但"经"又是什么？那时的我浑然不知。不过，据说那"经"是藏在心里的，怎么念，只有当家的人最清楚了。

还想说的是，在我家的门户右边数十米处，有一个曾经的大户人家，八字门楼，高大开宏。引人注目的是大门两边嵌有砖雕四幅主画，画面采用粗犷的写意技法，雕刻了梅、竹、松、鹤等物，分别谐喻"松鹤延年""富贵长留""竹报平安"等；那上面，留过村里多少小孩们偷偷抚摸过的痕迹。我去上学后，还用铅笔在作业本上摹绘过其中两幅，一直夹在课本里。后来我才知道，那气韵流畅、古朴恬淡的砖雕，既有深刻的乡土文化内涵，又有浓郁的地方特色。然而，这种富贵人家当年鼎盛时期的家境，是当时贫穷出身的我根本无法想象的。

屋檐在上，遮风避雨；门户开启，送冬迎春。几十年过去了，祖父、父母都远离了人世。其间，姐姐出嫁，哥、弟与我，也陆续在外谋生、成家，很少回来，老家便逐渐沦为空屋。每年中，只有春节期间，由离家最近的我提前回来，打扫内外，张贴春联，并去村里走动一下，表明"朱家"门户，还有人回来，有人照顾。之后，姐、哥、弟三家的人，能回来的就派个"代表"回来一下，因为全部回来，老屋根本装不下。从此，姐、哥、弟、我，四家人的大团聚，只有在侄儿侄女们的酒楼婚宴上才得以实现。而每一次相聚，总会提到老家，屋子怎么样了？墙壁还牢固吧？门锁要不要再换一把……说罢，不禁都唏嘘了一阵。

光阴如箭。如今，我的故乡也改变了模样，临河依岸，旧民居中矗起了一幢幢农家小楼，崭新的木门、铁门比比皆是。但住在里边的人却少了，留下的大多是老人与小孩。昔日通往老街的一条鹅卵石小巷，更是少有人住了，路面石缝间已冒出星星点点的野草。幸而，那些被保存下来的旧物——桥亭、井台、碓房、石臼……与离它们不远的那幢大宅，包括建于民国初年的我家老屋还有几户老旧人家，还静静地站在时光里，互相映衬着，让人观望，让人议论，让熟悉乡土的人，以怜惜、以感念，去打捞那些远去的记忆。有时，偶尔返乡的我，除了检查老家屋架、墙壁、门户有何破损，做一些必要的修缮，也会转去旧巷，看看那些由岁月无情剥蚀的泥砖土瓦和几堵颓墙。有时我会呆立在那里，看着它们，也让它们看看我，不知认不认得这个"乡音未改鬓毛衰"的人，就是当年那个常在巷子里追逐嬉闹的少年？就这样，我和它们互相看着，也没对话，互不惊扰。许久，耳边隐隐传来远处鸡鸭的一阵叫声，随之，一切又归于阒静了。

还想说的是，这些年我去过省内外许多古村古镇，有时身在异乡，迎着斜风疏雨，看到那些人去屋空、门窗歪斜的老门户，常常会让我陷入一种仿似身在老家的旧时光，给我一缕觉来惆怅的离离愁绪。特别是看到那些夕光流连的檐下，挂着两盏早已褪色的灯笼，好像只为静候着远方亲人的归来，便想象扣动门扉时的那一声脆响，会是多么的锥心砭骨、思绪万千……

突然，"嗖"的一声，一只猫从我背后窜了过去。我像从梦中一下惊醒了过来。原来，我又回到老家了！于是，我连忙摸出钥匙，去开启挂在门户上的那把铁锁……过些天，儿女们也会陆续回来的，这个老家，又会像往日那样热闹了起来。

老　街

　　回到故乡，走进老街，丁字形的街面宛然在目。只是，人来人往少了，一块挨着一块铺砌的石板路，似乎有点凹陷。窄窄的街的两侧，鳞次栉比的还是清一色土木结构的店铺，岁月褪去了它曾经的油彩光亮，显得粗糙而陈旧。不过，两旁楼顶多出不少小楼小阁，玻璃窗户，或相峙，或比翼，上透天光，下照人影。我走着，一种沧桑感自心底油然而生。毕竟，老街老了。时过境迁，在许多人眼里，老街好像一个在乡村历史剧中发挥过重要作用的角色，谢幕后正蜷缩在时间的角落里。

　　其实，三乡五岭的人，都知道这条老街，称之"梧塘街"。小时候，曾听老人说过，很早以前，这里梧桐成荫，池塘处处。后来梧桐树都换成龙眼树，几处池塘也大都填为菜地。不过，它地处莆田山区和沿海的结合部，优势历来十分明显。因之在宋代，老街就出现农贸墟集，明清时发展为商贸集镇。到民国时期，这里成为山区（包括永泰县）山货和江口、沿海产品销售转运的重要地点。这些节点，现都有其历史证据：一是20世纪50年代老街商铺实行公私合营时，清理街沟，挖出宋代的陶片、器皿。后在街头不远处的通商河口，发现码头遗址。除此，有资料表明老街的兴盛，是在清朝道光年间（1821—1850），村里有一户姓卢的人家，贩卖莆田特产桂圆干，取名"富茂"，运往福州、宁波、武汉、南京、上海等地。发家致富后回到家乡，盖起了"百廿间"大厝，许多房子成为店面经营或租赁出去，

四季都因你而饱满

人称"卢富茂大厝",成为当时老街标志性的建筑。

而今,离老街街头不足三百米的地方,有县道穿梭而过。路是水泥路,两旁俱是村民建起的商住房。十字路右面,20世纪80年代就建起一个偌大的农贸市场,人声喧闹,商贩摩肩,完全替代并大大超过老街所有的作用和功能。但街名只多一个字,叫"梧塘新街"。一般人去这条街道,都只说"去新街"。

我也多次去过新街。不过,那里路上高叫的喇叭声,嘈杂的讨价还价声,让耳朵难有清静的时刻。所以,不用操持家务的我,有空的时候,只喜欢去老街走走。

记得少年时期,放学归家,老街是我必经的路径。特别是逢年过节期间,穿梭其中,贫穷家景出身的我,看着活蹦乱跳的海鲜、香气扑鼻的瓜果、金黄诱人的火腿、丰满肥硕的鸡鸭,只觉得眼花缭乱。在一片此起彼伏的叫卖声和街边老店锅碗瓢盆的碰撞声里,口袋里没有一分钱的我,愈觉肚子饿得慌了,只能咽了咽口水,一溜烟跑回家去。

老街上没有夜市,平日里只有一些食肆和小吃夜间亮着灯火。外来的人,坐在小店中长条凳上,稀里呼噜地吃着米粉、面条、肉燕什么的,锅边热腾腾的汤汁,飘着诱人的葱香。但到了早上,几家专卖豆浆、花生汤、糯米糕的店面,都会升腾起袅袅的烟气,氤氲着路过街上男女的脸膛。究其实,老街小吃没有什么出名的菜肴,但食材产自本地,向来新鲜、朴实,也较便宜。据村人说,到老街品尝季节的风味小吃,不过是图一种热闹,一种心情,一种填饱肚子的满足。

印象最深的是老街头有一家书店。这家书店冠以"新华"两字,政治、经济、文化的书籍和连环画都有。书店装修清雅,但顾客不多。最热闹的是春节期间,书店也卖春联,人来人往不绝。我则于寒暑假流连于这家书店,时常抓住一本连环画,双目炯炯,一气翻到底。说穿了,我哪有钱买书,只不过是乘机在那里蹭书而已。

在老街，还有一道风景令人难忘。即走过街道，常见店前、门边坐着或者站着的老人、妇女，都会笑着向人点头，只等人的借问，那亲切谦和的乡土语音，听了若温润的微风轻轻地拭拂着，让人是多么的惬意、好受。有一回我上街遇雨，只好逃进一家食杂店里躲避。雨小了，正想出去，却不料被一位八十多岁的老妇拦住，她递给我一把雨伞，说没伞怎么行？带上吧，下次送回就行。

时光如水，不经意间就从人的身边悄然而逝。只是，在令人目不暇接的故乡新的生活画卷中，我常常还会想起老街，想起那些散落在尘埃里寂寂作古的小商小铺，想起那一张张曾经熟悉但已不见的面孔，就会情不自禁地融入了自己的感情，偶尔也会化作文字去表达自己的慨叹。

但老街并没有完全退出当地的舞台。这一次返乡，当我在感念中走过老街，居然发现还有个小店在手工制作生姜糖和方糕片。还有卖传统手艺编织的草帽和麦扇的。令我惊讶的是我还看到有人在街上拉麦芽糖，这是小时候才看得到的情景呀！瞬间，我觉得这些场景既唤回了时光，也挑逗了舌尖，使人不知不觉放慢了脚步，让藏匿在心的深处的乡愁，一缕、一缕地抽升……

是的，我现在终于明白，时光是留不住的，绝世容颜也都会凋零衰败，而一条老街能缱绻至今，其实算是一种幸运。如此，有空的时候，我多会去老街走走，因为老街至今还在穿越时间，承载过往的生活和世间的传说；至少，它会一次次唤醒人的感知力，让人明白，什么叫"人事有代谢，往来成古今"……

稿　费

　　我第一次见到稿费，是 20 世纪 60 年代。当时我读初中，因是多子女家庭，生活特别困难，经常交不足学费，连书包也没有，每天早上，书本一拿就往学校跑了。

　　有一天，我在学校传达室，偶然看到学生会主席领到一张稿费单，两块钱。原来是他给报社写了一篇有关勤工俭学的报道。这让我真是羡慕得不得了，要知道，两块钱在当时能买多少东西？那是 20 世纪 60 年代，我虽然很少吃到猪肉，但见过人家卖猪肉，一斤八毛钱左右。其他就不细说了。我记得，我家只有过年时，才会去买两斤猪肉。我一算，他这两块稿费至少可买两斤半猪肉呢。因此，这两块钱在我眼里可算是"大钱"了。因为平时我还听说过，大人们农闲给人打零工，一天的报酬也不过只有八毛、一块钱不等。由此我想，我能不能也学习学生会主席给报纸写点稿、挣点钱呢？

　　有了这个想法，我就经常在学校读报栏前读报，看看上面有什么文章，人家又是怎么写的。看了一两星期，觉得报上的文章，都比我平时写的作文要好很多，心里便有些畏缩。尽管如此，我还是试写了几篇，结果连自己都不满意。正想打退堂鼓时，有一天，我忍不住又来到读报栏前，看到省报上发了一篇福州纺织女工刘萍（我至今还记得这个名字）写的家史，控诉旧社会资本家对她一家的残酷剥削与压迫。刘萍大姐的悲惨遭遇，让我读得心酸不已，眼泪都快滴到地上了。于是我心有所动，花了一天一夜，写了一篇读后感。写罢，改了一遍又一遍，终于偷偷给报纸寄去了。真没想到，好像过去不到半个月的样子，天天往读报栏跑的我，终于看到自己的那篇文章在报上发表了。我瞪大眼睛，看了一遍又一遍，开头还怀疑自己是不是在做梦，于是狠狠掐了一下自己的腿肉，顿觉得十分疼痛！我这才相信，这不是梦境，这是真的呀！激动中，我还看到，这篇文章题目下不但署有我的名字，连学校的校名也标出来了。还记得，当时我的一位语文老师那天也看到了，他立即把报纸从读报栏取下，转贴到学校的中学生优秀作文栏里。毫无疑问，我在学校一下出了名，许多不同年级的同学都到我的教室窗口来看我，评头品足，窃议纷纷。最有意思的是一些往日和我吵过架互相记仇不说话的同学，从此一见面也主动跟我打起亲切的招呼。有一个平素就十分活跃的女同学，还偷偷塞给我一封信，希望跟她"交朋友"，其他还写了什么，我现在已记不清了。问题是，我那时还小，连什么叫"情窦未开"都不懂，更不知要怎么回复人家。后来有一次放学后，恰好和她同行，走了一大段路，好像都是她在夸我，而我只是听着，居然也没说什么，直到在岔路上快分手时，才对她说了一句"谢谢你"！气得她狠狠瞪了我一眼，一扭头就跑了。

是的，我那时的确对女同学没有任何心思。天知道，那时的我，正一心一意地盼望能早日收到稿费单，因此隔三岔五就去学校传达室，询问有没有我的信件。终于，三个多月过去后，我收到了报社寄来的五元钱稿费。五元钱呀！我喜出望外，如获至宝，兴冲冲出了校门，到了邮局，掏出稿费单递进小窗口，却被告知取钱要有户口簿。于是转身出了邮局，一溜烟跑回家里，拿了户口簿又去邮局，终于领到钱了。出了邮局，我用手紧捂着放钱的口袋，感觉头顶的阳光分外灿烂。我想，现在应该干什么呢？对，肚子饿了。但我不是有福独享的人，加之平时就是班级里的"小老大"，我知道自己该干什么了。于是又立即返校，招呼几个好伙伴，偷偷溜去街上的一家饮食店，要了一大盆卤面，让大家吃得额头冒汗，笑逐颜开。"做东"回家后，我得意地从怀里掏出两块钱交给母亲。却不料母亲紧紧捏着那两块钱，十分不安、也十分狐疑地问我：

"这钱哪来的？"

我如实告诉母亲这是我写稿得来的。但她完全听不懂，也不相信。随之解下围兜，紧紧攥住我的手，一路拖拽到了学校，找到班主任了解原委。班主任听了几句，立即笑了起来："没错没错，这真是小朱同学写稿得来的报酬呢！"经过这一番解释，母亲这才放下心来。随之，她又拉住我的手，突然冲着老师笑着说："哎呀呀，这太好了，我家小孩也能挣钱了！"

遗憾的是，回到家里，我口袋里剩下的零钱也都给母亲掏走了。不过，那年春节母亲给我的压岁钱，却比我哥、我姐、我弟多了两毛钱。

稿费

写 标 语

　　标语，是我在家乡读书时就熟悉的一种宣传形式，它直面大众、意义鲜明、广泛深入，具有鼓动性的特点，在影响社会舆论和文化传播中，其作用是不容忽视的。

　　如今，在我的家乡，处处张贴标语的现象已经不见了。然而，若有闲情去村巷漫步，逢着一堵或半截老墙，细看那刷灰的墙面，似都有贴过标语的痕迹，或方或斜，那被岁月洇染的个别字划和斑点，似还隐约可辨，我就会忍不住地收住脚步，一边打量着它们，一边想起数十年前的一个国庆节，我为家乡写标语的一件往事……

　　那是1979年中华人民共和国成立三十周年前夕，我利用假期回到闽中老家看望父母。那天早上，我饭后出门，看见村头用松柏搭起一个彩棚，挂着四盏大红灯笼，上面镶着"庆祝国庆"四个金光闪闪的大字。我正想过去看个仔细，却见迎面跑来一个人，原来是村里的老支书。他见了我便上气不接下气地直呼我的小名："阿忠、阿忠！正找你呢，有事要麻烦你啰！"待到跟前一问，才知道他一早接到通知，说当天上午十一点左右，上面有个领导要来村里看看有关国庆活动的准备情况。老支书说："锣鼓队、秧歌队已拉起来了，村头彩门也搭好了，但标语还没来得及写呢，偏偏人就要下来了，你快来帮忙一下！"我听了，马上看了看手表，对老支书说："哎哟，都快八点了，写几条标语还行，只怕字迹干不了，糊不上去啊！"

老支书一听就急了："那怎么办？"

我低头一想——"对！有了！"

老支书问："甚么有了？"

我笑着对老支书说："这样吧，你叫人到有标语栏的几个地方，把红纸四角粘了糨糊就贴上去，我随后在红纸上挥写就是。"

老支书听罢，愣了愣，随即拍手笑道："哎呀呀，这个主意倒好，不愧是笔杆子！"

于是，快速商定一番，老支书便立即回头去招呼人先到彩门旁，接下来去大队部和村巷几个显眼的墙上张贴红纸。我则掉头回家，取了一瓶墨汁、几支大小毛笔，立即奔向村头，往那里"突击"写标语去了。

不用说，这主意是我想到的，这"突击"的任务，也只能由我去完成了。其实，应对这种情况，我当时突来的几分底气，来自曾在单位里，有一回跟一位美术编辑也这么"应急"过。这里就不赘述了。至于我的毛笔字，虽说从小练过，毕竟只是一种乐趣而已，在内行人看来自然只是差强人意。不过，历年过年时，因不要报酬，村里人也请我写过春联，许多人家的门窗都贴着我编撰的新联句，"名声"不小，叫我很有几分自得和欣慰呢。

闲话休述。且说那天我拿着笔墨，旋即来到村头，只见彩门旁原有的两个标语牌，有人正飞快地贴上红纸。我下意识地抬腕看了看表，便走上前去，用手轻轻按压一下红纸，站着稍稍思索一会儿，便在众目睽睽下，一边写上"解放思想"，另一边写上"实事求是"八字。笔锋刚刚收回，就听得围观的众人都叫了一声"好"！这时，不知从什么地方又跑来的老支书，也一个劲在背后喊道："写得好！写得好！"我转过身来，掂着笔，装着谦虚的样子对老支书说："这行吗？"老支书拊掌笑道："怎不行？今天就听你的了。"

随即，我和老支书来到大队部外面一堵墙前，看着边角糨糊尚未濡湿的一溜红纸，我二话没说，立即踩上已安好的长椅，毫不犹豫地挥笔写下了"实践是检验真理的唯一标准"十二个字。这时，老支书满脸笑容地对我说："时间有点紧了，我得去村头迎接来人。剩下的，就由你承包了。"说着，老支书放心走了。我则开始争分夺秒，不顾脑门上什么时候沁出的点点汗珠，走村入巷，凡觅见红纸张贴处，都按尺寸大小分别写上字句，诸如"贫穷不是社会主义""只有改革开放才能救中国""不管白猫黑猫，会捉老鼠就是好猫"；还有"要想富，先修路"等等。直到写完，我这才长舒了一口气。

后来，听说上面领导真的来了，在老支书和村干部们的热情招呼下，看了彩门，来到队部，听了汇报，又到村里走了一趟，手指着墨迹未干的标语说："不错嘛，连中央的精神都写出来了!"高兴之余，当场答应给村里在国庆之夜安排一场电影。

事后，老支书亲自登门道谢，还送来一大筐刚摘下的龙眼。老支书说："那天我可是急了眼了，幸亏你有才呀，出手相助，村里得到表扬，还赚了一场电影。"我连忙说："哪里，哪里，不敢当啰! 能为村里做点事，我也开心呢!"临走时，我坚持不受龙眼果，但洞开一面，收了一副毛笔、一瓶墨汁。

如今，我已在城市安家、蛰居了数十年了，平日一些乡亲进城，到我家喝茶、吃饭，偶尔还会提起那一年国庆前夕，我为家乡写标语的往事，令我也禁不住心中一乐，笑声连连……

四季都因你而饱满

故乡的龙眼干

　　我的故乡，坐落在闽中萩芦溪畔一片椭圆形的平畴上。溪畔，种植着成百上千棵龙眼树，一年四季，树叶常青，无论从哪个角度看去，每一棵龙眼树都像一座撑开的绿色帐篷；逢到农历七月半，浓黛盈盈的树梢叶隙，便显露出如铸如塑的龙眼果，一串串，闪烁着黄金般诱人的色泽。

　　龙眼，即桂圆，又称龙目、圆眼等。明代文学家宋珏在他的一首桂圆诗中题句云："圆若骊珠，赤如金丸，肉如玻璃，核如黑漆，补精益气，美颜润肤。"接着又在《秋日归故园啖龙眼》中盛赞道："外裹黄金饰，中怀白玉肤，劈破皆走盘，颗颗夜光珠。"李时珍更在《本草纲目》中述及："龙眼性平，主治五脏邪气，安志厌食，久服强魄。"但这般好果，却不易保鲜，因而自古以来，闽中广袤平原上的莆田许多乡村，就有将龙眼果制作成龙眼干的传统技艺。明代方志世家何乔远在《闽书》中对此有过记载，说莆田"因有龙眼之利，焙干而行天下"。

　　小时候逢龙眼丰收之年，见村前屋后都是成串丰盈的龙眼，不谙世事的我曾问过大人一个可笑的问题："这么多龙眼，吃不完怎么办？"大人说："吃不完拿去街上卖了。"又问："卖不完怎么办呢？"大人说："那就做龙眼干了。"我还是不甚明白，继续问："龙眼干怎么做法？"那时大人手头正忙，便瞪了我一眼，没好气地说："问这么多做什么？去园顶三叔公的焙房看看就知道了。"

大人说的园顶，离家不足二里，是一块隆起的溪地，它坐落在龙眼林的顶头，故叫园顶。世代以焙制龙眼干出名的三叔公，每年都在龙眼成熟后搬到那里的几间草房住下，一边忙着收购龙眼，一边又雇请村里五六个壮实的汉子给他做帮手，在一间土格子垒成的焙房里日夜焙制龙眼干。那焙房紧邻草房，门面完全敞开，朝向土路，由人进出，十分显眼。

　　在我的记忆里，园顶三叔公的焙房很少有小孩能进去，因为在焙制龙眼干的日子里，那里忙忙碌碌、进进出出的都是干活的大人，一个个都忙得头上冒烟；若在那边游戏追逐或弹琉璃球，都会被大人叱喝道："还不回去！这里是玩的地方么?"挨了骂的孩子，只好一溜烟跑了。

　　但我有些例外，一是我家与三叔公沾亲带故，二是我与三叔公的孙女阿香同在一所小学读书，我头几次去焙房看三叔公焙制龙眼干，就是阿香带我去的。阿香人极聪明，懂得焙制龙眼干事情又多，使我心里很是佩服。记得第一次与她进焙房前，她叫我把鞋子脱了，说赤脚进去反而干净。我一看，果然三叔公和几个正在干活的人都赤着脚，脚圈泛着白尘。那时年纪小，看焙坑上铺着一层被木把掀动的龙眼果滚来滚去的，散发出一种呛人的姜黄味，有些受不了，更不觉得有什么好玩，但阿香却在旁很认真地告诉我："你要用耳朵听龙眼滚动的声音，听久了，听熟了，以后就知道什么时候龙眼干已制成了。""啊？用耳朵听就知道?"这倒有些神奇。但我哪里听得懂，倒是看见三叔公用手抓起一颗龙眼，在手里搓揉了一会儿，又放耳旁摇了摇，也不知他听出了什么，只见他一边吩咐手下的伙计把火加大一点，一边又领着另一个伙计开始翻果。折腾了半天，又拿起一颗龙眼在耳边摇着，一会儿说"减火"一会儿说"翻果"；好一阵，脸上才现出几分神秘的笑意。

　　说实话，虽然多次去过焙房，但直到后来自己长大成人了，才真正悟到三叔公手摇龙眼听声的奥秘：原来龙眼在经过几次完全掌握火候的烘焙后，从外表看还很难判断内部肉质是否成型，这时得不断地挑拣一些颗粒，以手摇的方式放在耳边聆听，确定龙眼干制作成功与否。阿香后来还告诉我，其实那也是一种平常人听不清、道不明的声音，只有像三叔公这些极富经验的焙制人才能听得出来。我也几次尝试去聆听这种声音，摇着摇着，觉得传到耳畔的，隐约像雨打芭蕉的声响，又像管弦丝竹断续的余音；有时候，听上去感觉是一粒黏土在蠕动，又像田野里倏然滑过的一声布谷的啼鸣……最终，"哐嗒"一声，正是龙眼干内质成型发出的声音。

话说回来，在三叔公焙制龙眼干的园顶走动，印象最深的是三叔公手上的老茧，两只手起绽的茧子起码有六七个，一只只又粗又厚，但正是那样的一双手，却能敏捷地抄起剪刀，剪下留有梗长一毫米左右的龙眼果，又以手捞沙，渗入鲜果中，左右拌搅，上下翻动，使果皮变得光滑溜圆。在焙房里，他还时时以手细致地在热烘烘的焙床上测温，手心、手背完全被粉尘涂抹；有时，长期摩挲的手甚至变得鼓胀起来……那时我就不由想到：这世上的人，当他们品尝着甘甜的龙眼干时，有多少人懂得那制作中一长串繁复而艰辛的流程？都说"莆田桂圆甲天下"，那外观圆润、浑然一色且富有营养的龙眼干，一粒粒，一袋袋，其实凝聚着像三叔公这样的传统手工制作人，多少淳朴的智慧和汗水。

时光的脚步匆匆。今年立秋过后，正是龙眼成熟时节，我回到故乡，想收集、采写一下乡村振兴中的龙眼干传统焙制技艺，便找到了儿时的玩伴阿香，一转眼，她也添了斑白鬓发。寒暄一阵，在我要求下，她领我再次来到了园顶。此时的溪边果林，一片寂静。当年的草房和焙房早已不复再见，三叔公也在二十多年前离开他挚爱的果园，令人格外怀念。值得欣慰的是，村里已盖起一排崭新的焙房，溪畔仍生长着一片新老交替、繁茂绿翠的龙眼林。午后的阳光，穿不透浓密的叶子，只筛下缕缕半透明、半淡紫的薄光，轻灵如纱，恬淡如烟。我们在林中走动着，话语仍离不开三叔公。阿香说，她祖父一生辛劳，专心技艺，诚恳待人，尊天守地，三乡五邻的人都敬重他。陡然间，我们还想起他说过的一句话："脚下沾了泥，手上才有艺。"这朴实的话中深藏的含义，是多么地叫人深思。

再次打开有关龙眼干的话题，阿香脸上浮出一丝甜笑。她说："龙眼干的制作没有什么秘密，但精品无一例外不是出在手工定制上啊，用你们作家的话讲，那是一种有情感，有心思，还有温度的制作方法呢!"接着，她又告诉我："现在，村里已成立了龙眼干合作社，我也应邀参加了，目的就是要传承和发扬龙眼干的传统焙制技艺。"我欣慰地点点头，眼前不禁又浮现了当年三叔公焙制龙眼干的情景：点火、烘焙、翻果、再焙、起焙……整个过程，约需三天。这三天内，五六个人轮班值守，但三叔公每隔两小时左右就得入房观察，检查火候，手测温度，闻嗅果味，摇果听声，时时不敢掉以轻心。这期间，火势腾挪的声音，果壳碰撞的微响，烟与果香的气味，糅合着，飘散着，四周似也氤氲着白色的雾气，显出了几分迷蒙和神秘。直到焙制成功，将龙眼干装入一个个木箱运出时，所有的人，脸上才会露出灿烂的笑容……

龙眼干，就是这样汲水土之灵气，聚乡人之技艺，静中寓动，生雅显贵，成为百姓喜欢的珍品，让天下共尝之!

想到这时，恰好溪边有一阵凉风吹过，一下子把我从回忆中拉了回来。阿香笑着对我说："怎么啦? 你在想什么?"我"哦"了一声，说道："我还在想小时候你带我来这里的情景，一晃多年了，时间过得太快了!"

是啊，岁月流转，但总有一些人、一些事令我们依旧萦怀。只是，眼前这一片果林，倒显得格外静谧和淡定，好像什么事都不曾发生过。

闽中人家

　　说起来，在闽中故乡，我最熟悉的就是每家每户大小不一的门了。现在想来，那一扇扇的门，就像一张张明信片，前后左右，一览无余地摆列着，让走过的人一眼就能估摸，哪一家拮据，哪一家宽裕。

　　可不是吗，那年月，故乡的房屋，大多是浑黄的土墙和鱼鳞般的黑瓦，毗连错落，间或栽着数棵桃树、龙眼树，投下一些翠绿的影子。但各家各户的门，式样上虽说大同小异，用料却有明显差异，有杉木的、杂木的、松木的；也有人家，门框是青石砌成的，配两扇木门，按有铺首或铁环。至于门楣上面，大都是用细小砖块或碎石砌出尺寸相当的长方形，当作横批。还有一些破旧房子，低矮歪斜，经过风吹日烤，门框已显得泛白、粗糙。这当中，最显眼的是一幢厚重的老宅，墙高门大，两扇厚厚的正门都抹灰上漆，黑中透红，门口房梁斗拱，装饰花卉、人物，一丝不苟，明摆着是过去有钱人家的考究。

　　悠悠村落，就这样让时间打磨着。寻常人家，日出而作，日落而归，年复一年。上过油漆的门户，逐渐有些斑驳；没上过油漆的，不免留下模糊的汗渍。稍有年纪的人，走过哪一家门户，都认得是谁家的，不但叫得出名字，还知道住着几口人。最是春播夏种，秋收冬藏，常见许多勤勉人家青壮的身影，总是从门内匆匆而出，走向田园，走向山坳，去干他们每天要干的活；上了年纪的老人则常在门外饲养鸡鸭，或坐在檐下汲着水烟筒。早上或黄昏，悠长的村巷中，时有女人从塘边挑水回来，以扭动的腰肢，跨进自家的门槛。到了过年过节的日子，家家门户都拭擦一新，贴上称心的春联，让村子一下红艳了起来。正月十五过后，许多人家门前还留有炮仗炸开的碎屑。于是，这一年中，那门上的"福"字"财"字，总是泛着笑意，看着来来往往的人……

其实，数十上百的门户，日开夜闭，时间不一，但在同一村子生活了许多年的人，都熟悉了左邻右舍的习惯，有的常在天未亮时就推开了门扉，"吱呀"一声，惊得树上的鸟儿也扑棱一下飞了起来；有的趁着晨露牵牛出栏，蹄声"嗒嗒"一直响到村外；有的到了中午也不歇息，把门虚掩着，人在屋里窸窸窣窣编起箩筐；有的则忙到了半夜才关门，轻轻地"嗞溜"一下，接下便悄无声息了。

可以说，各家各户的门，不管大小、新旧，都是自己珍惜的一张脸面，开启闭合，迎来送往，从不厚此薄彼，倒也亲切自然。但它们也像无形的磁石，任小孩每天溜出门外，再怎么撒野狂奔，东躲西藏，也会将其召引回来。大人们则不用说了，即便外出喝酒，逢着天黑风高之夜，伸手不见五指，也会准确拐过几个拐角，摸回自己的家门。

还记得，那时村中许多门户都是敞开的，从不设防，有无人在，只需轻咳一声，便可径往里走，或去墙角拿一把锄头，或去厨房倒一碟酱油……待屋主回来，再吱个声，道个谢，有借有还，不当回事。但说到家务家什，谁心里也都明白，那各家各户的门里，如俗话说的那样，都有天天要念的一本经。有时，一些锥心的事也发生过：老人跌倒，夫妻吵架，女儿抗婚，小孩辍学……而邻里之间，朝朝夕夕，抬头不见低头见，虽说和睦居多，互帮互助，又免不了家长里短，偶也磕磕绊绊；一日日的光阴，如一条条细流，裹挟着一家家的命运踽踽向前……

风烟散尽，日头高悬；改革开放，旧貌换新。故乡就像村头的那棵大榕树，喜逢甘露，根须舒展，一下撑开了油绿的枝叶。一家家，日子变好

四季都因你而饱满

了，房屋长高了，门户自然也焕新了。从树绿花艳的村里走一遍，崭新的木门、石门、铁门比比皆是，中间还冒出了一幢幢小红楼。只是，往日的炊烟稀疏了，空气里飘浮着几丝油烟味，原来是家家都安上了煤气灶。村中，古旧的宅第保存完好，斑驳的院墙，雕花的窗棂，也成了摄影发烧友的新宠。据说村里还商量好修缮方案，想让它变身为兼具古朴、时尚的民宿对外迎客。也有几户人家，听说他们的后辈都在离村不远的镇上买了套房，享受着钢筋水泥建筑带给他们的新鲜感。

走了半日，看了半日，只见一家家的门户，上面都钉着住户号码牌，里边住着什么人，是否熟悉，我已完全猜不出来了。

回　望

　　我至今还记得小时候故乡的模样：数十座低矮不一的房屋，在炊烟弥散的树影里错落着，根茎般伸延的土路衔连了所有人家的院落；几棵浓荫翳日的榕树屹立在村头，一湾沟圳从树旁穿过。从那里望出去，便是供人四季耕作的碧绿的田野。

　　毫无疑问，那时的房屋，大都不过是石砌的基，土垒的墙，杉木或松木做的屋架，上面披满了鱼鳞般密集的黑瓦片；虽然普通、平淡，甚或有几分古拙，但每一座或每一处的房屋，似也都能巧借地形，顺势就向，形成当疏则疏、当密则密的特点。特别是房前屋后，有不少人家还辟有菜园；处于迫窄地方的人家，也总不忘栽下几棵龙眼树或枇杷树。这一切，使居住在这里的乡亲，倒也能从清贫之中享受到自然的雨露和清新的空气，也使那些在尘世中劳累或伤痛的心，有了歇息和轻抚的去处。

　　故乡，就是以这样的一角闽中风土，养育着祖辈多少躬身劳作的子民。我是他们的后裔，高中毕业回乡，就实心实眼地在田园里挥汗耕耘，不管风雨雷电，不管降雾飞霜，我只靠手中的锄和镰，和村里人一起，与缠身的贫穷作战。我记得，大人们曾告诫我：不要哄瞒每一寸土地，不要亏待每一株庄稼。事实上，大人们在这方面总是我的榜样，因为无论白天黑夜，他们总是把心搁在田野上，搁在泥土里，搁在庄稼中。他们甚至在春意萦绕的日子里，也没有闲心去漾开姹紫嫣红的思绪，而是头顶三两疏星，到下弦月映照下的田沟去看水、放水。春寒中的护秧，炎阳下的耙田，秋露时的收割，冬霜里的挖沟……所有的丰收，写在纸上自然不费气力，但谷物的真正登场，却要付出多少艰辛！

生活，就这样一天天地过去了。二十多岁时，我有机会去省城谋生，后也有了家；但年迈的父母却没享几年清福，终是离我而去，加之杂事羁绊，这就很少回乡了。然而身在异乡，有时面对日落，不期然又唤起一种思乡的缱绻情怀，想到那有着明亮月光的晒谷场，夏天的晚上是否还人影憧憧，挥着麦扇扑萤驱蚊？甚至还想到多少次曾与儿时的伙伴去邻村看电影，回来时一路热烈地交谈……总之，许多曾经相邻相识的人，以及自己一灯如豆的贫困，却从未遗忘。

改革开放后，亲朋好友开始频繁地为我传来故乡发生变化的消息，每一次都使我惊喜。诸如：乡亲们已拥有了承包土地的权利，有离开乡村外出打工的自由；又如多种经营，使收入有了显著的提高；电话、网络，使文化生活发生巨大的变化……不经意间，每一次都撩拨了我心中的想象。于是我也总是找寻机会回去看看，因为我相信，失落了乡愁的人，就等于失落了根基。而故乡倒也没有让我"情怯"，每一次回去，无论是年夜的菜肴，元宵的汤圆，或是端午的粽子，中秋的月饼……那香香甜甜糯糯的家乡味道，总让我的情感激奋得溢出心来，浓得化不开也挥不去。我甚至感觉：那小河小沟里的鱼虾，那田里鼓噪的青蛙和墙角吟唱的蟋蟀，都再次滋润了我的身上的细胞。特别是当我看到记忆中许多破旧的小屋，已被簇新的楼房所替代，村场也变得宽敞、整洁、亮丽；那窄窄的、弯弯的土路，早已不见了，一条厚实的水泥路在村里绕了两圈，径直与村外的一条大公路衔接……期待、愿景、梦想，一年一年，好像都插上翅膀一般，奋力向着富裕的目标飞去。每一次的嬗变，都足以让我自豪或兴奋得彻夜写诗。不过，最让我深感欣慰的是，故乡开始注重保护生态，疏浚河沟，遍栽果树，花草复萌，竹林滴翠。每当我在村头漫步、桥上徜徉；或在亭中流连、塘边沉吟……无不身入、心入，感觉每一寸土地呈现的变化，都给我一份感叹：万物得其本者生，万事得其本道成。还有一事值得记述：有一次返乡后与邻居的一位八十多岁老伯聊天，从交谈中得知：有时免不了家长里短、磕磕绊绊的乡亲们，曾在窘困的年代里，抱成一团，像保护自己眼睛一样保护了一座古桥、一座祖庙、一本残破的族谱；一种古老淳朴的精神呼吸，让我心旌久久激荡不已。

都说最忆是故乡，然而最忆的到底是什么呢？是饱经风雨和磨难的祖先们"莫忘来路"的叮嘱，还是土地与血缘交融支撑的生命出发点？是几十年来村里村外那些有声有息的变化，还是一朵云、一棵苗、一杯茶依然凝聚的乡情？我想，大约是没有人能说得清的。而对我自己来说，尽管往事如流水一般地过去了，新的生产方式和生活也带给我一定的陌生感，但回望故乡人身上凸显的备尝艰辛又勇往直前的品格，以及他们在新时代里对幸福生活执着的追求……都催生了我逐一记录、倾诉的欲望，都使我心中的这份由淡转浓的思念之情，如一只小船在乡愁的湖心，犁开了一条归家的路。

"江碧鸟逾白，山青花欲燃。"今年谷雨后离开故乡的那天，天下着细雨，蒙蒙的雾帐中，故乡显露出一种令我难舍的靓丽面影。我突然想到，我就像一株渐老的芭蕉，身形羸弱；如今回到故乡，还没几日，又意志葳蕤了……

故乡，我还会回来的！

四季都因你而饱满

48

乡下的月光

回到乡下几天，心身顿觉放松了许多。不知为何，乡土总能使我变得柔和。

这天晚上，有月色在窗外闪动，我跨出门来，抬头一看，暗蓝的天幕上已挂着一轮圆月，恍若一个没有封严的酒坛口，正汩汩流淌着不尽的清幽。入夜以来就全然潜形的远山，此时又醉态般地显出浓黛盈盈的轮廓，既潇洒多姿，又缥缈空灵。眼前，田畴茫茫，水系淡淡，只有悠然的溪河，犹如舒展的曼妙的飘带，横陈逶迤在一派氤氲迷蒙之中；而那些流动着的，在白天看去滑腻如脂的水波，一经月色浸染，已全变得白白酽酽的，酷似浓极醇极的春醪，既撩人心动，又惹人微醺。

鸟，早已收起翅膀憩息了。温馨的夜气中，沉淀着三月里特有的一种幽静，甚至连心跳的声音似也清晰可辨。但这种幽静又不同于大山深处的静谧，它似乎是平野阔地在喧腾欢闹的白昼过去之后，到了夜间，必然要袒露出的一种本性：奇妙、神异、柔和、深邃，既令人不可言诠，也使人难以懵懂。我记得，小时候常在月夜中去河边，那时总能听得见鱼跃的声音，啪啦一声，就坠水澌灭；或听见水鸟蛰入近岸树篱的响动，唪然一阵，又归于阒寂。后来我才知道，这一切正是那种有声音的幽静之境；因为，当这一切声音过去之后，就会赫然发现，幽静又更增添了几分。

我正是怀着这种忆念在月光里走着。说来真是偶然，这回我是外出顺

乡下的月光

路回到老家的。今晚，在送走了一批前来我家欣然道故、畅叙旧情的亲朋好友之后，我多少显得有点心绪难平，于是一动念，就只身出门了。

诱人的月光。美妙的幽境。此刻，我正一步步走向我熟悉的一湾溪滩，走着走着，仿觉身后拖曳着几十年的光阴。而且，随着每一口清醇气息的吸入，我觉得，我的忆念和思绪，仿佛也逸出身心，正和月下的景物互相绸缪着。至此，往日心中的一些闲愁俗念、凡庸琐细，全部被荡涤净尽了。我不由想到，这情与景叠合和交织的夜晚，是远胜于喧嚣鼎沸、纤芥毕现的白天；因为，单是这极富底蕴的幽静，就会给人多少神思的喷涌、渊深的识力。也许，正是基于这种幽静，人才得以窥视到自然的内在和谐与深心用意，因此，无论或止或行，人都会感到是那样的无所不宜。

现在，我就站在野外一处叫兜头的溪边，呼吸着不知什么时候已悄悄袭来的一丝夜风，心无二致地观看月下的景致。这是一条在白天看去几乎透明的小溪，清澈的水质，眼下却被银色的月华浸润成一派幽邃浓碧。溪边长满了蒲草，草丛中仍有小虫的鸣叫。两岸，是蜿蜒排开的荔枝林，大都傍水而居，高大繁茂的树冠，布满了繁枝密叶，但仍挡不住月光从枝叶隙缝中的流泻，晶莹的光斑洒了满地，又随着细细的夜风轻拂而荡漾着。这种情景，一下鲜活了我少年时的生活片段，于是我试着把双手并拢在嘴边，朝着幽暗的荔枝林"哦"了一声，回声落处，却不见当年的伙伴从树上跳下，怀揣着偷摘的荔枝朝我奔来……只听见悠然咽鸣的回声里，一只松鼠模样的东西从我眼前一窜而过，便消逝得无影无踪了。

月光在头顶照着，温柔、恬淡，但又异常妩媚。我沉静一下内心，顷刻就感受到月光中似乎蕴含着一缕缕摄人心魂的细细柔情，我不禁恣性地想到，这时要是有一个童年的伙伴站在身旁，同我一起观赏这月下的景致，那将是多么欢乐美妙的时刻。我甚至想到，在那样的时刻，一切都会是一种全新的体验和幸福的模样；因为我相信，谁走进这样的场景，都会轻易地忘掉忧伤，忘掉沧桑，为一种不需灯红酒绿的简单纯净的爱意，去诠释人生月下的痴想与童话。于是，我不由得恣情任性地凝望着月亮，但我看见的，却是一个在绛英瓣瓣中移动脚步的神秘又俊美的女神，她白皙又丰盈，灵动又欢愉，那圣洁的光，正是从她身上息息透出，又洒满人间的。这样的光，像梦，也像音乐，只有与她真情对视中的人，才能感受到光芒中那无边无沿的生动。只是，这样的梦和音乐洒落下来，又会化成一种蒙蒙的银白色，以一种深厚的情意，一种温柔的情愫，去编织山川河流、田园村庄和百草万物。在这样的一个世界里，轻柔的月光，常常能唤起一个人生命历程中的一段回声。

月夜，月光，以及月下的一切，总是能在无限中酿造出世间许多奇妙的艺术图景，从而才使人对此迷恋不置。事实上，退休后的我常常觉得城市白天的生活，有时太过匆忙，有时却不免过于平庸乏味，诸如每天按时起身、出门，或散步、购物、访友，然后又回家里，明天又将照旧。慨叹之余，在想象或回忆支配下，人怎能不对故乡山川万物的自然胜景趋之若鹜呢？而"星垂平野阔、月涌大江流"的诗情，又怎能不在心头时时涌动着？

眼下，乡村夜间的薄雾慢慢地出现了，优雅的月光，把它们染成一匹匹轻纱，在溪面和林间缥缈着。远处，隐隐约约传来暌违已久但又陌生的声籁。我知道，时候不早了，应当回去了。可我又不愿移开脚步。就在这时，我才感到腿脚传来一阵惬意的酸痛。半晌，方悟这正是月下站立太久的缘故。于是慢步返回。一边走，一边想，偶尔返乡，能遇如此美妙的夜月，能有如此美妙的夜行，对我来说，实已足矣。只是，不知什么时候能再回乡居，再遇这样的夜月，再容一个真实的我？

乡下的月光

端午画中行

芒种一过，端午就姗姗走来了。

清晨，一缕明媚的霞光，拨开轻盈的云絮，照在松软的大地上。刚出门，就闻到一股清新的味道，那是草木和泥土混合的一种疏朗的气息。抬眼看去，云淡水柔的闽中故乡，比平日添了几分氤氲。每一家窗台，都堆着鲜嫩舒展的蒲草；每一处门口，都飘着甘甜细腻的粽香；连挂在篱笆的豆荚，那形状、色彩也格外妙曼。

不用说，故乡极富色彩和诗意的日子，就是这一年一度的端午节了。这期间，人的思绪都会不约而同地穿越尘封的岁月，礼敬自然，追慕先贤，让一片片草叶，一粒粒粽子，带着浓厚的情感在初夏的风中流淌。

与别处不同的是，故乡的端午，要从农历五月初一算起，按照"初一尝糕，初二吃粽，初三吸螺，初四挂艾，初五划龙舟"的程序进行。这期间，妇女们早早就用五色线为孩子织结长网袋装熟蛋，织结小线袋装樟脑丸，缝黄布虎，绣八卦图，裁新衣裳。初五一早，人们纷纷上野外，采集"午时草"，如艾草、慕香、一点红、木荷……连同大蒜、鸡蛋、鸭蛋，全部洗净，置于屋外吸纳天光，叫作"晒午时"。之后，装入大锅烧"午时水"，以备全家人洗澡、清洁肌肤。一些人家，至今还保留浴后尝一口"雄黄酒"的习惯，并将酒喷洒在墙角杀虫；儿童却要在腋下、肚脐和耳朵后涂上"雄黄"粉，以壮身祛病。这一天，在苔痕斑驳的小巷，或阳光朗照

四季都因你而饱满

52

的晒场，多见小孩们在脖子上或衣扣上挂着彩色香袋，有的内装鲜桃子和煮熟的黄鸡蛋，有的装上小香丸，兴奋地前后追逐玩耍。那些坐在门前已是鬓边斑白的老人，望着孩子们的身影，恍惚看见自己的童年，脸上都不禁漾起舒心的笑纹。

最挠心的是中午刚过，人们的耳边就会听到好几支唢呐同时吹响，高亢激越的音调，声声在催促人们快去溪边为龙舟竞渡助威呐喊。记得那时，妇女们听见唢呐声就赶忙收拾厨下，慌不迭梳头整装；又去邻居招呼同伴，牵孩子出门；一路上，只听人声嘈杂，互为问答：快了吧？快了、快了……待赶到往溪边，桥头早已站满了人。于是有的挤在岸畔，有的下到溪滩，有的索性爬到树上。兴奋中，只见两艘龙舟，正压着溪面轻轻晃荡。令村人引为自豪的是，村里的龙舟至今保留着两种最古老的式样：一种是用硬木雕刻成昂起的龙头，加以彩绘；龙尾则用整木刻上鳞甲，称其为"公船"；还有一种船头是平板式的，龙头用青藤编织，蒙布后描出龙眼，涂上颜色，再抹上厚重的桐油，显得丰满、亮丽，称其为"母船"。这一"公"一"母"，此时并肩倚靠，宛若恩爱"夫妻"，但比赛时，却互不相让，竞相追逐，成了三乡五邻有名的一道奇观。其时，虽未开赛，但沿溪蜿蜒的荔枝树，已变得敏感而热烈，微风稍微碰一下它们，便纷纷垂下枝叶，去抚弄一溪的碧波翠浪。

终于，激动人心的时刻到来了。只听一直吹着的唢呐忽地收声，顿时锣鼓齐鸣，岸上岸下，人头攒动，满溪清波，哗啦扬起；龙舟两旁，那一柄柄的木桨，攥在青壮手中，飞舞猛戳，搅得浪花迸溅，水藻纷飞；一瞬间，加油声、呐喊声如雷震颤。整个画面，宛如一幅"莲花乱脸色，荷叶杂衣香"的绝妙写真。

不是吗？仔细回想，古代诗人就曾在那样的时刻，捕捉过男女老幼尽欢尽乐的场景，如宋代黄公绍的"看龙舟，看龙舟，两堤未斗水悠悠。一片笙歌催闹晚，忽然鼓棹起中流"；楼钥的"锦标赢得千人笑，画鼓敲残一

半春"；以及明代钱琦的"竞渡齐登杉板船，布标悬处捷争先。归来落日斜
檐下，笑指榕枝艾叶鲜"等等；寄寓节日里人们与物同在、物我相融的真
切感触。

　　午后三时，龙舟加场赛开始了。知性的鸟儿跟着人群涌动前后追逐着，
一只只上翻下俯，似书签夹进入节日多彩的画页。放眼四望，日头高照，
云烟如缕，粽叶绽绿，红桃溢甜；多少白墙黛瓦，笼在淡墨轻岚中；多少
小桥流水，汇入桨声云影里……

母亲的红团

　　南方乡村的饮食，无论春夏秋冬，逢到节日，总是依时而变，新鲜灵动，使许多司空见惯的食材，诸如稻米、麦子、地瓜等等，也有了被巧妙运用和充分展示的天地。特别是过年时，传统的习惯，祖先的智慧，让劳动人家一代代延绵接续，用勤劳的双手和真挚的心意，烹制食物，展现个性，散发出田园与家的味道，给团聚的人们以地道的滋养和温馨的记忆。

　　红团，是我故乡莆田的一种民间习俗食品。过去有民谣这样唱道："红团红丹丹，吃过都平安"；还有"红团绿豆馅，没吃悔三天"。平日里，凡婚嫁、寿庆、乔迁等，红团不但是一种佐茶的点心，还是馈赠亲友的礼品。到了每年腊月底，家家户户则都要忙着舂新米、筛细粉、做红团；那期间，妇女们的笑声时常伴随着蒸笼的热气在村里升腾。在莆田，红团沿袭的做法是：取出筛好的米细粉倒进陶盆，加入适量的开水和"食用红"揉匀成团，擀出一片片手掌大小的圆形薄饼，加馅包好，再用木质的粿印压出各种喜庆图案。随之，放入炊具，慢火蒸熟。出笼时，鲜美红艳，质感甜柔，老幼皆宜。特别是年夜前夕敬天地、祀祖先时，除了猪、羊、鸡、鸭、瓜果等，实心有馅的红团是必不可少的供品。多少年来，圆溜溜的红团，都是父老乡亲眼里一种吉祥的象征。因而，当时在一些闽中乡村，会不会做红团，甚至可以成为衡量一个主妇合格与否的标准。

　　我的母亲是制作红团的高手，左邻右舍有什么喜事，都要请她过去帮忙。这是因为她做的红团总是红中透亮、不粘不滞、柔嫩鲜艳、香甜适中。但在我记忆中，许多民间节庆日，母亲都是一副不慌不忙的样子，白天在田里劳作，只有到了夜间，才在家里赶制红团。记得，母亲会制作三种不同的红团：一种是用晚粳米春成粉末，经过细筛，加水加红，再进行揉捣制成的。这些食物一经掺和，由人手揉压，变得既有筋道，又有弹性。而揉捣后的粉团，约过半小时，还要在又圆又大的箕箩里，再被使劲揉压几遍，才被搓分出小球粒，碾成圆片，细心包馅，放进木刻印模中按压。另一种则是用精制面粉匀揉成团，成品不干不湿，糯黏适中。这种红团用的馅大都是淡咸含香的，主料有红菇、虾肉、花生、葱花等调味食物，色泽清丽，粘连酥软，香鲜可口，是我儿时的味觉标签。也有甜馅的，是以绿豆沙为主，加入红糖、茴香、藕粉各一点，一经翻炒，本真的味道便跃然舌尖，可谓别具乡土风味。还有一种红团是以碾细的地瓜干丝为馅，俗称"番茄干馅"，本地蔗糖是它最佳搭档，一旦融合，甜柔激发，小孩一看，口水都会流出来。

当时，我家有三把祖传的木刻印模。一把是龙眼木的，一把是荔枝木的，还有一把是黄花梨木的，刻有花卉图案，配有财、丁、贵字样。记得那些年，夜间印制红团时，母亲会叫我和姐姐、哥哥、弟弟围在大圆箕箩四周，有的手持印模，学习按压；有的则接过印出的红团，用翠绿含香的鸡蕉叶垫底，再轻轻置入蒸笼内。这种分工协作，能使每个小孩都在实践中获得一点成就感。当一切都做好了，母亲就会催促我们回房睡觉。第二天一早，眼刚睁开，就闻到红团蒸熟时散发出来的甜香气味。口馋的我们纷纷跳下床来，蹦到厨房一看，坐在灶口打盹的母亲也睁开双眼，连忙站起，看了看用以计算蒸馏时间的第三炷香已快燃尽，便退了灶膛的火，用双手各捏一块湿过的布帛，打开蒸笼。顿时，热腾腾、香喷喷、红艳艳的红团立刻呈现在眼前。偏偏这时，母亲会催促我们快去漱口。之后，每人便迫不及待地用筷子往笼内各夹了一个红团，用嘴吹了又吹，趁热轻咬一口，一种软糯滋润、香甜爽口的味道，立即遍布舌尖和口腔——最终，留在一生的记忆里。

还记得，后来我到省城谋生，每年春节前回到家里，母亲就会先为我泡茶暖暖身子，随即忙去厨房为我温热几个红团端了过来，也不管我年龄不小了，一定要坐下来看我一口口吃，还笑着问："这是你最喜欢吃的糯米咸馅了，你多吃点，味道还行吧？"作为儿子，让母亲这样怜惜，这样爱抚，心里真有说不出的感动和幸福。要知道，那些年我也是一年才回一次老家，母亲每年凉了三百多天的思念，只有在这一刻又灿烂、温暖了起来。

故乡的、母亲的红团啊，我会一生一世地想念你……

母亲的红团

梅峰寺探梅

我去过三次梅峰寺。

头一次是多年前,莆田因修东圳水库的渠道,我的母亲和几十个男女壮劳力,响应号召,自带粮食和劳动工具,从二十多里远的乡村开拔,集体住到县城梅峰寺,参加附近山前的渡槽建设,他们每天早出晚归,挑沙扛石,一个月过去了也没回过家。于是,思母心切的我,当时不过十来岁,却一人从家里出走,逢人就问,居然摸到了县城,摸到了梅峰寺。到天黑时,站在寺门外面的我,终于见到了收工回来队伍中一身泥尘的母亲。记得当时,母亲见到我大吃一惊,把手上的工具都扔了,就扑过来紧紧抱住我问道:"怎么来的?出什么事了?"我摇摇头说:"没事,只是想来看你。"母亲举起手想打我一下,不知为何又无力地放下了。当晚我们母子俩合吃了一袋"草袋饭",就在寺庙大堂里用稻草作垫的集体铺上,合盖一张旧棉被,悄悄说着许多话。那一夜,我觉得睡得特别踏实和温暖。次日一早,母亲给我两角钱,千叮嘱万叮嘱要按昨天来的路回去,便和大家匆匆上工了。而顽劣未泯的我,早把母亲的话忘得一干二净,刚走几步,便回头又钻进寺里,上上下下,把破旧的佛堂、殿堂逛个遍,结果什么印象也没有,倒是寺内有几株斜枝横陈的树,闪着粉色娇艳的花蕊,让风吹来一阵馨香,吸引我站着呆呆看了好久,这才转身一路小跑回去。显然,那时的我,哪懂得这就是以韵胜、格高而深博文人雅士喜好的梅花呢?

四季都因你而饱满

第二次去梅峰寺，是我到《福建文学》当编辑以后的事。我的莆田好友朱合浦因参与地方文史资料编写，几次邀约我回来走走，特别提到梅峰寺值得一看。有一次他在电话里又对我说，这些年，海外侨胞热心赞助梅峰寺扩大寺院，现在规模极为雄伟，面貌焕然一新。我听后顿时心血来潮，便于次日向编辑部领导请假，坐上班车直下莆田。记得当天下午，合浦兄便陪我去梅峰寺。快到时，但见临街而立的是一座高大的石牌坊，正是梅峰寺坊额，引人注目的"梅峰光孝寺"五个金字，乃赵朴初所书。进入山门，见天王殿前有一个宽大的石砌广场，中轴线以天王殿、大雄宝殿、法堂、香堂、伽蓝祠和大悲殿为主，两旁宽敞的长廊和僧房，傍山而起，错落有致，雄伟壮观。特别是大悲殿，凌空高耸，内供观音塑像高达十三米，令人赞颂不已。登上二层楼上，四周有走马回廊。登廊赏景中，我与合浦兄讲起当年从家里偷跑去梅峰寺见母亲一事，他听得唏嘘不已。可惜那一次正是秋天，寺前寺后见不到梅花，我总觉得心里似乎缺了一点什么。这是因为，那时我已大致了解了梅峰寺梅花的由来了。说是现在的梅峰寺，古代称为梅子冈，因山上广植梅树而得名。清末，梅峰寺大门曾题有一楹联："峰顶参梅花，听来八百钟声，声声入悟；门前观沧海，看尽万千春色，色色皆空。"说出了梅峰寺的特色。那一天，我与合浦兄说得最多的就是梅峰寺的梅花了，这是因为：梅以它的高洁、坚强、谦虚的品格，给多少人以立志奋发的激励；特别在严寒中，梅开百花之先，独天下而春，怎不叫人心向往之！

第三次去梅峰寺，是今年小寒过后，我去泉州采访，回程时文友驾车，路过莆田时，经不住我的怂恿，便拐进城里，停车来到寺院探梅。果然，人入寺中，但见株株梅树的枝丫在碧天下轻颤，使人感觉有丝丝的微风拂面，凉中透香，清新鲜嫩，呼吸也特别的顺畅。最是那惹眼的簇簇梅花，绽放得矜持又艳丽，让人看得心一愣、一动；于是停驻，睁大眼睛观赏，但见那花色，一抹抹，一层层，似轻云，似烟霞，含笑浅颦，欲飞又止。

站在树下，近距离地端详那些娇嫩的花瓣，我不禁偷偷闭上了眼睛，贪婪地呼吸花瓣弥漫的芳香。那一瞬间，我能感觉到一缕淡淡的香气正流过我的血脉，滑过我的意识。继之睁眼再细细观望，发现四周植被极其丰茂，一片嫩绿复浓绿，加之花色烘托，俨然如一幅灿烂的年画。怪不得许多人都喜欢来此流连，远望云影山岚，近观飞红流紫，在自然生态与历史云烟的交汇融合里，以自己真切的生命经验，体悟到寒梅著花带给人的感动与启迪，并让它成为自身力量的一部分。

"寻春喜见梅，平安事倍堆。"的确，在历代人们眼中，梅花之美，素以不畏严寒、寂寞而备受赞赏；但从小唱着《红梅赞》成长的我，认为在伟人毛泽东眼里，报春的梅花，更是独具一种在艰难的环境中磨砺意志、坚定信念、净化灵魂的品质："风雨送春归，飞雪迎春到。已是悬崖百丈冰，犹有花枝俏。俏也不争春，只把春来报。待到山花烂漫时，她在丛中笑。"

这些年来，随着人们生活水平的提高，原先属于文人墨客特有情趣的赏梅、品梅，也在普通百姓中不凡不俗地风行起来，热闹起来。每年从莆田各地专程来梅峰寺赏梅的人也越来越多，梅红霜白，蜂蝶飞舞，到处烘托出一片浓郁的诗情画意，天地间也都洋溢在一片欢乐、吉祥的气氛之中。

四季都因你而饱满

六 角 亭

据说中国的园林与世界上许多国家的园林相比，最显著的特点是建筑物多，除楼、台、轩、塔以外，还有廊、榭、舫、亭等等，其中尤以亭为常见。这不奇怪，因为亭不但是中国园林景观的重要点缀，也是供游人休憩时坐观景致的佳妙去处。所以，人们都对亭普遍地产生过好感。

可是，由于个人生活经历的差异和审美情趣的不同，各式各样的亭，在各种各样的人的心目中，其喜好的程度和地位也大不相同。有人极力推崇北京景山顶的万寿亭，说它以威严的气势守望着皇城；但有人却提出异议，嫌它过于华贵，以至显得与普通人难以亲近。又有人痴心向往会稽山下的兰亭，说它是王羲之挥洒神来之笔的胜地，而对文学不感兴趣的人，又嫌它太缺少繁缛彩绘，显得过于清淡寡欢。总之，眼光不一，口味不一，似乎很难找到一座众口皆碑的亭子。

就以我来讲吧，虽然在福州已蛰居了多年，对市内名胜西湖和于山等公园中的亭阁都怀有好感，但不知为何，私心向往的，还是乡下的那些木亭、石亭。而最怀念的，竟是我故乡的一座凉亭。

我的故乡西庄，位于闽中山区与平原的结合部，历来盛产稻麦。村头有一条还算宽敞的土路，是周围过往行人的必经之道。不知什么时候起，这座叫六角亭的亭子就矗立在路口。小时候我就发觉，它总是能招引往来的人进来歇息。这个六角亭，是用普通的杂木撑起的，顶部形成六角，各自翘起，像一朵开伞的蘑菇。长大后我才观察到，这亭子结构简单，线条分明，但却别有一番简洁、清新、亲切的模样。更重要的是，这亭子里除几根柱子外，四面通风，人在亭中，可以看到四周的景致。直至后来我读书喝了墨水后，对六角亭更是心怀敬意，评价很高，认为它表现了乡村的一种自由、随和的风韵，所谓"虽由人作，宛若天开"。因此，那时候有事没事，我经常往亭里跑，常常爱与一些过路人谈天，或听他们说话；在那个时候，我有时竟能获得灵感，于是立即掏出笔来，在本子上乱写一通。记得有一回，有个陌生人见我这个样子，以为自己刚才说错了什么话被记上了，慌得立即抓起斗笠溜之大吉。

当然，六角亭最令我愉快的是夏天的晚上。不管天上有无月亮，村里的后生仔一扒完饭就往亭里跑，多的时候亭中可容下十多人，迟来的，就只好坐在亭外。通常我们都是坐着乘凉、聊天；疲倦了，就靠着柱子打一个盹。最刺激的时辰是在半夜，年纪小的熬不住都回去睡了，亭里就剩下七八个青年哥，于是就小声地谈论起村里的姑娘，最荒唐的是有一次半夜，三个好友和我一齐起誓保密，然后就各自供认自己爱上哪个女子，我那时还没谈恋爱，等他们三个供出了自己的精神恋人后，轮到我坦白，我只好糊涂又胡乱地报一个名字，没去想这个女子的哥哥就在我们中间，结果我冷不防吃了他一拳头，痛得跌在地上爬不起来。幸好其他人还算义气，立即拦住了事态发展，总算用好言好语劝住了，从此，碰到类似的场合，我只好趁早溜走，免得再发生意外。

值得一提的是，六角亭不但是我在乡村生活的一个娱乐场所，也是我独自思考人生与文学的一个去处。说来可怜，那时我家几口人只有一间房子，因此我经常在外借宿。碰到雨天，在别人家待腻了，我就会揣一本书跑到亭子里坐下来细细阅读。我发现，独自一人在亭里读书是一件十分惬意的事。你看，四周的田野、屋舍，都被一层淡淡的雨雾遮裹住了，只有悄悄的雨声伴和着自己默默的读书声。更令我兴奋的是在那样的时候还可

四季都因你而饱满

以读一些禁书，读完了往怀里一塞，还可以大模大样地回家吃饭。再说，一个人在亭子里不读书时，脑子却可以展开无限的联想。我至今还记得，那种联想总是美好的，但又总是朦胧的，甚至是变幻的，好像蒙上了一层缥缈的具有魔法的轻纱。有时，我还常在亭子里背诵古诗，背的最多的当然是唐诗，但也有陶渊明的，他的那首"结庐在人境"总是令我迷恋不已，有一次当我念到"采菊东篱下，悠然见南山，山气日夕佳，飞鸟相与还"时，我仿佛从远处的山垭看到了陶公隐约的身影。

然而，令人痛心的是，在那些动乱的年月里，六角亭的一切都倏突改变了。有一段时期，亭的四周，都挂上了语录牌，上工下工，都得到亭前请示、汇报，人们再也不轻易上亭子里玩了，一是怕嘴漏了说点什么不合时宜的话被揪辫子，二是亭子在一个夜晚被一次特大的台风掀去一半顶盖，像一个阴阳头那样看了叫人心有余悸又极不舒服。据说有人曾多次提议修复六角亭，奈运动一个接一个频繁地来临，连种田人也几乎没有喘息机会，修复亭子的事便不了了之，而去六角亭的人自然也就愈来愈少了。终于有一天，六角亭在一场暴风雨中倒塌了，过往的行人路过时望着那堆残柱衰草，都不禁悄悄叹了一声。

光阴如梭，前年我回乡，发现六角亭早已不复存在了，替代它的是一座城里的房地产开发商的办公小楼。这一带，小车进出频繁，过往的人似乎愈来愈多了，只是很少人还会想起这里曾经有一座六角形的凉亭。而且，经过这里的人的脚步也比以往显得更为匆忙，因无暇停留，也就无法回想什么，有关这座亭的一切故事，也许从此也就不复存在了。

但是，我依然怀念故乡的这座凉亭。我怀念它的唯一的理由是：它是属于普通民众的，正是它，曾带给我乡村亲切的人文气息和乡野葱绿的清新气息。虽然这样的凉亭无法和那些著名的亭子相比，但它从来却更容易使人接近，这也是因为，它和乡下人一样随和、朴实，丝毫不摆架子，而只随意让路人进来愉悦地享受清凉或躲避风雨。如此，我的怀念大约不是没有理由的吧？

走在故乡的春天里

回到闽中故乡，正是春天，原想让自己的身心彻底放松一下，可是，乡音与乡情，却像两只看不见的手，次日一早就招引我出门，让我伴着归来的燕子，在乡间欢快地穿行。

迎面吹来的是清晨的风，我可以感受它抚摸我脸颊时的几丝温润，几丝凉爽。"回来了？""回来了！""早呀！""早啊！"让我高兴的是，一些老村人还认得我，那已不算清婉的口音，听来分外亲切！应答中我发现，村里的鸡鸭似乎比往日养得更多了；而村头不知是哪家的两只花斑奶牛，一前一后，正放大嗓门，"哞"了两声，便欢欣地朝翠草芊芊的山坡走去。花棚、果圃、菜地，那揎拳捋袖的人，闪动的一顶顶斗笠，鲜亮得像一朵朵彩云。细看，村里村外、墙隅石缝，因液汁而饱胀的枝条，也都迎风摇曳，婆娑滴翠……

于是，我放慢了脚步，走着，看着，感受乡间春来时一切生命的涌动。身旁，掠过的是忽闪的阳光，照亮熟稔的灰墙黛瓦、阁楼扇门，以及矗立着的陌生的崭新楼房。我看见，许多人家窗户都敞开着，踮踮脚尖，就可看到花草葳蕤的院墙内，散布着一些有关农事的实物：如几把搁在墙洞的镰刀，一架躺在屋外的犁铧，一溜堆在廊沿的畚箕……朴实的乡亲，历来对那些不起眼的农具报以丰沛的感情，即便如今基本实现了耕作机械化，仍给这些农具予以庄重的留置，并把丰收的希望，继续寄予他们世代生长

四季都因你而饱满

的田野。

出了小巷，眼前是村里一条"新街"。其实，老人们都知道，它原是一段官道，由石块、石条铺成。一般来说，官道都是从村落外边擦过，而故乡的先祖，却不管不顾地把这条约一公里长的官道揽入怀中，让它穿梭而来，迂徐而去。据说，当年他们想到，只要把家族的根扎在这段官道两边，就算是共同拥有了一条唾手可得的"主干道"。那些年月，他们默察阴阳，卜宅吉地，安稳了一块块基石；又运用地理五行布局，建祠堂凝心聚力，修水塘纳气收财……而伸向村外的道口，则建起一座土木结构的凉亭，天气炎热时，每天轮流由一户农人在亭中施茶，供过路的客人、挑夫饮用。这样的村子，谁来了不留步，谁见了不啧赞？故乡遂摇身变为兼运茶盐官道上一个显眼的节点。于是，有人开起小客栈、小酒店；随之，杂货店、豆腐店、农具店也相向而起，显现了故乡人亦农亦商的辛劳与智慧。然而，村中那一座清末铳楼，也曾见证兵荒马乱的年月遭受土匪洗劫的情景……如今，官道早已拓宽，两旁楼房高低错落；铳楼旁建起的农贸市场，人声喧闹，商贩摩肩，蔬果充盈，鸡鸭笼满。住在街上的农家，早在目不暇接的社会经济变化中，任喜怒哀乐和酸甜苦辣随潮流簇拥着，织成一张崭新的生活画卷。

走出市场，踏上翠微杳霭的河岸，脚下就是麦苗吐穗、油菜结籽的田野了；看一眼，心中便泛起不尽的春意，如饮醇酒，豁然陶醉。我兴奋地沿河走着，不由想起：这多年来，为治理这条河流的污染，乡亲们曾举月为灯，三番五次疏浚河道，但水仍不见清。直到上下游全面整治，又实行了河长制，清粼粼的水，这才流过许多人童年的梦中。有趣的是，昨夜与邻居一位童年时的伙伴喝茶闲聊，获悉村里推选他协助河长负责河沟的监测，有人因此戏称他为"沟长"。向来乐于助人的他笑说，别看他"官"小，但身价不低，因为"沟长"不但管水，也管岸，甚至管花花草草、桥边古塔哩。眼下，看着这条从小就在我心上流过的河水，感觉别有一种深切的诗意。漫步岸畔，"河畅、水清、岸绿"的美画——掠过，真教人有一种时空转换之感。

当然，入眼舒朗的还有这渠水淙淙的田野，它让我想起了青少年时期在田里学农事、学劳作的日子。是的，我至今还记得那些熟悉的长辈和同辈，记得那些有过愁苦也有过欢乐的脸庞。尽管那时的我是那样的弱小、内向，他们却从不另眼待我，总是让我干些轻松的活，做些易做的农事。有一个小妹子，她插秧比谁都快，每次她插完自己的一段，总是悄悄地到我后头接插。而当我回身看见她时，她只是对我俏皮地一笑，使我觉得她脸上的小雀斑竟也那么可爱。还有一个老农，人称白胡公，他每次总是要我跟他一起去给小麦培土。一边培，一边教我下锄的力度，勾土的方法。他是个种田的能手，却没有一丝一毫的架子，常常手把着手，恨不得把所有的经验一下都传授给我……多少掏心的话语，多少风雨的守望，都凝聚在这些浓浓的乡情里，一直让我温暖至今。当然，还有许多不为人知的凡人小事，许多艰苦奋斗的生存之道，就像土层里伸屈的根须，默默撑开了故乡这棵大树的枝叶。这些年，故乡的变化大了起来：有人办起企业，有人建蔬菜大棚，有人买汽车跑运输，有人在网上办起电商……一家家，从积贫积弱，逐渐走向富裕。尽管，村头村尾的事有时意见不一、难以周全，邻里也免不了家长里短、磕磕绊绊；但好日子要凭双手干出来的道理已深入人心，稳稳的幸福感、满满的获得感，让乡亲愈发绽开淳朴的笑颜。

日月，已翻过崭新的一页；田野，也迎来又一个春天。对我来说，这半日的故乡行走，全然是一次岁月的拾掇与心灵的返璞归真。面对明媚的春色，我真想让自己的感触变成一枚书签，夹进故乡这充满蓬勃生机的一页……

四季都因你而饱满

家乡的茶名

　　我的家乡有一种茶树，枝干劲挺，高及膝盖，丛丛簇拥，分布在村后一片坡地里。每年三月，迎风蓄露的茶叶便被各家各户采撷回来，经过揉、捻、搓、烘等程序，变成粒状，色呈淡青，然后装进大瓮或各种瓷罐，当作一年的饮品，并用此随时招待客人。

　　我从小就喝这种茶水，一股甘甜的味道，越喝越觉得解馋。中学毕业后在村里参加劳动，特别是夏季农忙时，舌敝唇焦，一次能喝一大碗。从此，醇厚的茶味涂抹在我的记忆里，几十年后还没稀释。

　　但是，家乡的这种茶叶没有统一的名称，一般人都俗称它"山茶"，因为它长在村子背后的山里；也有叫"圆茶"的，因为它加工后外观呈圆形。这且不管，关键是家乡这种茶叶确实稳健耐泡、醇爽回甘，因此多少年来，早晨或黄昏，许多当家人都不忘泡上一壶，让老少自斟自饮。勤劳、朴实的村民，日常里也多次从客人或亲戚朋友的口中，听到他们对茶叶的真意赞赏，但却从不浮夸什么，只道是客气客气了，这不过是自产自销的一种本地茶而已。至于有人一再追问茶名，除了回答"山茶""圆茶"外，还有的干脆称之"青茶"。

　　一年又一年过去了，村头的那棵老樟树不知又增加了几圈年轮，但山后的茶叶，仍以它亲和的味道舒活着村民的筋骨。斟茶与饮茶的习惯也没有改变，人人只按自己的喜好去喝。有的人，一天只喝一杯就算完事；有的人，却要从早喝到晚。有个叫三叔公的老茶农，八十多岁了，爱茶如命，喝茶成精，无论哪家的茶，他呷一口，百说百中；还能辨出水质——井水或河水，村人无不佩服。因之，过去每年新茶制成后，一些好茶的人便想学一学三叔公的"绝技"，相约在那棵老樟树下，摆上桌椅，为比较新茶优劣，轮流品尝。于是边喝边说，边说边议，经常争得面红耳赤，也没结果，只灌得一肚子都是茶水。后来，外面来村里游玩的人越来越多，坐下来喝口茶，在口里啧啧了半天，一俟咽下，都忍不住问："这是什么茶？好喝呀！"于是，报出的几个茶名，却把游客听得一脸云雾："怎么没有一个统一的茶名呀？"

这事也反映到村委会，好像过去了很长时间，没啥动静。

今年春节期间，返乡过年的我一早接到村主任的电话，约我和村里几位村委去村后的茶山踏青，我没加思索就高兴地答应了。八九点钟光景，一行人有说有笑，走在含烟笼翠的坡地小路上，只见一垄垄茶树高低错落，一蓬蓬茶叶竞相舒展，青翠欲滴。往上看，依山势闪出的一两间土房，茅草披檐，粗石勒脚，缓坡上，除了茶树，还有油桃。放眼四望，满眼的新绿释放着盎然生机。这时，村主任才对我说出此行的用意。他说，如今村里生态向好，茶园也有了较大发展，时有商家进来洽谈收购茶叶，还建议给茶叶取个响亮的名字，但要取个什么样的茶名呢，却难住众人了。又说，咱们村，就我肚里墨水最多了，所以今天请我来，就是想听听我的高见。我一听，连忙摆手：哪里哪里，还是听听大家有什么想法。村主任见状，便提议大家先走走、看看、想想，下山后，再顺道去村里的老茶农三叔公家里请教请教。大家一听都赞同。后来，下山来到三叔公家，众人逐一给他拜年后，便坐下来喝茶。谈笑中，说到想给村里茶叶取名的事。三叔公听罢，只是沉吟不语。最后，拗不过大家请求，他说："'山茶''圆茶''青茶'，是历来叫法，自有它的道理，如今要改，我想也难。其实呢，村里茶树正规的来历是什么？是'郑宅茶'。"

大家一听，顿时愕然。

停了一会儿，三叔公才说道："我上辈人给我讲过，咱村里的茶，都是从闽中仙游县一个叫'郑宅'的地方移植过来的，我存下的一本族谱也有记载呢！"三叔公几句话，将在座的下辈人，包括我在内，说得有点面面相觑。这时，只见三叔公站起身来，回了房间，但不一会儿又出来了，手里拿一本老旧发黄的族谱，说这里面都记着呢。我连忙上前，恭敬地接过，打开一查，果然，在一个注释里，看到几行记述："……吾村茶叶，由来已久，乃清末从邻县仙游郑宅移至。"

原来如此。这时，大家纷纷议论开来。有人说，既有根有据，那咱村的茶，干脆也叫"郑宅茶"罢？但三叔公一听就摇头：自己养的孩子，怎能叫别人的名字？村主任听了，更是连忙摆手，说这不可，人家的名茶，到如今肯定已有地理标识了。再说，咱们的茶既是移植过来，这里的土壤水分与郑宅肯定有区别，茶也就不一样，因此绝对不可贸然使用人家的茶名和商标。村主任这一番话，平实地表达了他对地理标志清醒的保护意识，我一听，由衷敬佩，立即表示完全赞同。最后，大家达成共识，就按村里的约定俗成，还叫山茶、圆茶或青茶吧。也许，一茶多名，正是它的机趣、活趣、内涵和特色呢。

现在，家乡的茶，仍在这几个茶名中流传着。

白塘秋月

　　故乡涵江，是闽中著名的水乡古镇。至今，域内仍留下诸多历史古迹和天然景观。其中，最令我心仪和自豪的，便是历代引水化湖的水利工程：白塘湖。

　　记不清几次了，因工作需要，我曾引领省内外作家来白塘湖参观，并自告奋勇充当"导游"。有一次，著名散文家、老前辈，也是老乡的郭风来到这里，他听了我的介绍，却感到满意，慈祥地对我说："你这么熟悉白塘湖，应好好为之写点文字。特别是作为闽中著名景致'白塘秋月'，更应写成文章，介绍给更多的人。"而我生怕笔力不逮，竟然一拖至今，真是愧对前辈。

　　毋庸置疑，白塘湖是福建省最大的淡水湖之一。此地古时为冲积平原地带，也是历史上北方百姓因战乱南迁的僻居地之一；后被逐渐开垦为农田，又引诸溪之水汇聚于此，蓄水成湖。从此，既收灌溉之利，亦可临岸观景。特别是月夜，四下银光流淌，湖面浩如烟海，还被文人雅称为"注月池"，谓之专门收聚月色的湖泊。当年，居住在湖畔的宋代抗金名将李富和他的儿子，就在湖中和岸畔陆续兴建桥亭楼榭，种植奇花异草，使白塘湖成为一处人人向往的水上公园。每年中秋之夜，湖上皆有传统赏月盛会，"中秋游白塘"逐渐成民间的一个重大习俗，"白塘秋月"也成了当地二十四景之首。

作为一个本地人，自然有过多次中秋游湖的经历。这使我内心一直认为，即便大半生在外闯荡，直到退休后，仍会发现自己从未走出那一片碧蓝的水域，走出那一脉温润的梦乡；究其原因，就在于白塘湖的水，如我在一首诗中形容的那样："从小就在我身上渗着不尽的诗意，使我至今也未拧干。"因此，只要有机会回到老家，我都会抽空去白塘湖走走，若是时逢中秋，心底更有许多往昔的记忆与怀念，会被一一唤醒和激活。

这里，我就讲讲"白塘秋月"的盛况吧。至今，在我的故乡涵江，每年中秋，沿塘各村仍张灯结彩，演大戏，擂车鼓，还有当地的十音八乐，处处奏响，使天地都充满一种祥和、欢乐的气氛。待到夜幕降临，红灯燃亮，游湖的人群，就会从四面八方接踵而来。行走其间，但见岸上人山人海，湖中舟船如织，无论岸畔还是水中，无不鼓乐喧天，笙歌动地。特别是水面上，各村送来的仿古彩船，像参加赛事一般，往来穿梭，闪金烁银，笑语纷飞；红男绿女，如痴如醉。沿途，不少地方还可猜灯谜，只见处处人头攒动，欢声鹊起。往往闹到子夜，游人还不肯散去。此时，月轮也从东天转至中天，放眼看去，风清波平，天高气凉，皎洁的银辉泻满明镜般的湖面，水中月明星稀，四周轻纱散尽，远处的壶公山、九华山、囊山奇迹般倒映水中，水中圆月如影随形。细看，湖中有山，山中有月，月沉水清，极是奇特。曾有人喻此为水中广寒清宫、蓬莱仙景，似真似幻，直看得今人也疑梦疑醒，飘飘欲仙。不过，白塘湖公认的最佳赏月地点，是在湖中的一座浮屿小岛。午夜过尽，置身浮屿，头顶青天明月，环顾玉鉴琼田，低头望湖，湖中山水，月色溶溶，一幅"众山拱月"的奇观，令人目不转睛，啧赞不已。

白塘湖浮屿上还有一座通岸石桥，名"宫后桥"，建于宋景定四年（1263）；桥头有一座"浮屿宫"，也是南宋初年李富创建的，于清乾隆四十六年（1781）重建。而在白塘湖畔的洋尾村，至今还留有宋、明、清三代文物古迹，主要有李富祠堂和白塘古官道上的宋代金第坊、明代白塘科第坊、杨府荣归坊三座牌坊遗址。这些文物古迹,与景区内历代文人墨客吟咏"白塘秋月"胜景的诗词歌赋,交相辉映,极是引人注目。如清代林舟津的《白塘秋月》一诗中写道:"白塘秋水远连天,沙岸鸥凫掠钓船。万顷琉璃波荡漾,一轮水镜月婵娟。荻花萧瑟银鲈美,桂子芬芳玉兔悬……"而在蜿蜒的湖岸上,配有诗情画意联句的"秋月亭""映月亭""揽月亭",虽系后人匠心营建,却也各个古香古色,为白塘添色不少。

都说水能养育生灵,水能滋润生命。在这片白塘湖水域之中,除了中秋赏月活动名闻四方,还有许多关于水的玄远的传说,以及关于水的如烟的往事。老一辈的人,热爱这家园的水,对它进行合理利用,悉心保护。湖东岸曾有一块石碑,据说是明代年间就有的,上面刻的都是禁止破坏水域和水质的条文。记得小时候,有时想和伙伴们在河边丢石片打水漂,总会遭到大人们的呵斥;倒是夏天的傍晚,与伙伴们光着身子在湖边腾跃戏舞,却能获得大人们脸上的笑容。当然,更多的时候是提着鱼竿去岸畔垂钓,一边还吹着叶笛,看惊起的鸥鹭在田野上空飞翔,心情真是好极了。

这些年,在乡村振兴的进程里,为了让白塘湖景致更加出彩,也为了让游人在四季都向往白塘湖,乡亲们在加强对生态系统、物种及栖息地保护的基础上,开辟了具有水乡特色的沿湖树木园林景观,还布置了色彩纷呈的四季花卉大观园,使之成为周围百姓休闲健身的好去处。一句话,如今的白塘湖,正以线装的历史和四通八达的网络,组成一道崭新而亮丽的风景,让多少人梦里梦外的"白塘秋月",继续演绎着从山水到心灵的歌唱,从而催生出更多的新词丽句,以满足人们对历史与文脉相承的向往和期望。

湄洲岛的红树林

炎夏已尽，潮汐褪去了湿热的气息，舐润着温柔的湄洲。然而，今年这里，随之而来的清凉刚刚落脚，一阵又一阵的风雨却强势降临，这让全岛的一切都迅速进入迷茫之中。那几天，风雨似一群群不倦的舞者，携来的不是如丝的缠绵，而是在青色和灰色混淆的朦胧中，一次次摇动触眼可及的一处处林带和村落，并以沙啦沙啦的声响，时不时敲击着苍茫的海天，捶打着泛起的云烟，给人带来几分惊悸，几分惆怅。

还好，一阵风雨过后，天空会透出明亮蔚蓝的一角，这让有点刺眼的阳光，像瀑布一般突然倾泻下来。令人惊异的是，岛上西亭澳大堤下，大片滩涂上却有绿得鲜亮、熠熠生辉的红树林，毫不畏惧地迎着海面荡起的阵阵波浪，轻摇着身子，掸拨身上无数晶亮的水珠，发出悦耳的声响。

我正是在那天雨后来到这里的。陪同采访的老许告诉我："看！这就是湄洲岛唯一的红树林。"顺着她的话声，我趋步向前，目光所及的广阔视域里，但见一大片绿毡般的红树林，无遮拦地铺满滩涂，粗细密集的嫩枝，展现着水淋淋的丰韵；细看，它们全然挺立于淤泥之中，却卓然着沁人的青翠；一簇簇，一丛丛，高矮相似，延绵成壮观的阵营。下堤拨开叶片，挤挤挨挨的须状根立即显现，它们或倚靠，或倾斜，却极有规则地排列成绿茸茸的原始丛状。有的叶瓣中间还有几朵凋落的小花，未开放的则形成嫩白花苞，细细的芽呈青绿，如雏鸟探出尖细的头，仿佛在探询什么。

莫非，红树林的神经末梢还保持着警惕，还在窥测天气的变化？不是么，两天来的强降雨，已使大堤内的木麻黄和龙柏显得有些疲惫和零乱，但在这陆地与海洋交界处一带的浅滩，能在海水里生长、根系如网一般嵌入泥中的红树林，却安然无恙，倨傲挺立，俨然是海边一队队无畏的消浪先锋。

红树林，正是海岸的保护神！

我从过去接触的资料获知，红树林是世界上少数几个物种最多样化的生态系统之一，生物资源量非常丰富，其中有底栖动物、鸟类、昆虫，还有变种的藻类等等。如今，全世界都发现：凡有红树林存在的海域，几乎从未发生过赤潮。原来红树林能吸收大量的氮和磷，对水体起着净化的作用。无怪乎人们会对它不吝褒词，称它是天然的污水净化厂，海洋生物的伊甸园。

不过，过去一般人很少注意到，红树林有着极强的抗灾能力。以福建为例：1958 年，强台风袭击闽南，各地均遭受很大损失，但龙海县角尾乡海滩上，因生长着茂密的红树林，该地段的堤岸安然无恙，农田村舍损失甚微。再如广西，1986 年沿海发生了近百年未遇的特大风暴潮，合浦县总共三百九十八公里长的海堤，被海浪冲垮二百九十四公里，而凡是堤外分布有红树林的地方，海堤就巍然不倒……可见，红树林是海岸防护林体系的一道天然防线。

不过，西亭澳的红树林，与我在其他沿海见过的红树林有所不同，别处的红树林，有的可高过人身，而这里的红树林却普遍低矮，但叶片肥厚，藤蔓葳蕤，枝干中似有汁液汩汩流淌的声音。特别是在阳光镶嵌下，根、叶向四面八方伸展开来，葱郁茂密，披翠泛绿，仿佛一幅巨大的充满质感的油画剪影。

久久面对眼前的景物，我不禁任由自己放飞了思绪。我知道，这其实是自己被某种东西触动时，进行的一种场景回放。意念抵达之处，不需闭

四季都因你而饱满

上眼睛，便有一幕幕画面穿越时光，翩然闪现——

湄洲岛，对许多人来说，往往意味着魅力和诱惑，其"南隅蓬莱"的美称中，既有扣人心弦的"湄屿潮音""九宝澜黄金沙滩""小石林鹅尾怪石"等多处风景名胜，更有妈祖祖庙，一年四季，吸引着无数的旅游者和朝圣者纷沓前来。湄洲岛也因此成为生活在别处的人们的"诗和远方"。然而，多次踏上这座岛屿的我，尽管每次都能收获一种喜悦和亲切，但最让我心生愧疚的是其间居然没有一次零距离地接触过这一片红树林！

历史上，在福建海域，曾经有着绵长的红树林带，常见它们的树干被潮水淹没，只露出翠绿的树冠随波荡漾，成为壮观的"海上森林"。然而，毋庸讳言，古代的人们对它也鲜有记载，只知刈下红树林根茎的刀口是血色的，能提取制作红色染料……长期以来，由于人们普遍认识不足和保护不力等原因，加之围海造田，红树林的面积曾一度锐减。

而今，随着人们的生态环境保护意识日益提高，奋发有为的湄洲人，更是以炽热的情怀、坚定的信念，在这座岛屿上洒下汗水，年复一年地在恢复海洋生态方面下足功夫，遂使绵延的海岸线到处都是赏心悦目的五颜六色，不断给岛民和游客带来惊喜。不是么？除了越来越多的滩涂受到保护，眼前的西亭澳红树林生态也已经恢复、扩大，它们日夜汲纳着海的丰盈、岸的内敛，连缀起花、草、虫、鱼、鸟，共同装点着湄洲岛的生命诗意与独特的自然韵致。

"随着红树林的不断生长，湄洲岛将依托红树林拓展新景点，以吸引更多游客来此旅游观光。"这是岛上生态建设者们近年来常放在口头的话语。来时发现，这里已建起了红树林公园，它背靠宽广的滨海大道，与岛上的生态公园连成一体，面向碧波荡漾的海湾，不仅成为鸟类嬉戏的天堂、植物生长的王国，也成为人们踏青、赏鸟、观海、体验自然风情的好去处。

无疑，红树林不仅是湄洲岛的珍稀资源，也是可供人游览的景观。但老许介绍说，在西亭澳，由于没有入海河流，缺少淡水冲刷，盐咸度偏高，红树林生长比较缓慢；因此，为扩大面积进行的人工种植试验，一度并不顺利。这些年间，正是岛上的生态建设者们，经过不断摸索，不惮坚守，矢志不渝，以慧眼选择了一种叫秋茄树的胎生苗，采用三角形插植方法，才使试种最终获得成功。由此，这片红树林开始被当作滩涂的新兵，海岸的新宠，岛上最新的生态奇迹。

了解了这一切，我的心里不禁涌起一种钦佩之情。这时，有两个在大堤上为红树林木栈道进行测绘的当地工作人员走了过来，搭讪后向我介绍说："有了秋茄树这片红树林，近海的海洋生态越来越好，岛上渔民捕到的鱼的种类也多了。"我从他们口中得知：秋茄树还被誉为"海洋之肺"，在防风护堤、涵养水源等方面有着重要作用，它也为鱼虾、鸟类等浅海生物提供了绝佳的栖息地。

瑰丽，雄奇，幽深，朴拙……湄洲岛的美千变万化，繁复多姿。但对于我来说，现在确实应当为这里的红树林添上秀美的一笔。眼下，西亭澳红树林伸展的滩涂上，已经有了大量的螃蟹、跳跳鱼等生物，还吸引着白鹭、海鸥和远道而来的各类迁徙鸟类觅食栖息、生产繁殖。在不损害红树林的基础上，未来滩涂养殖有望带来一定的经济价值，岛上群众也将从切身利益中感受到红树林是他们的保护神。

是的，置身在西亭澳，面对着红树林，只要倾心相与，就一定能够听到红树林翠绿的心跳，捕捉到它们丰富而微妙的表情变化。久久凝视，一种与海天共溶的情感在我心中诞生和积聚。要知道，那是一种与这片土地血肉关联、休戚与共的情感！湄洲岛，也当会渐次打开她丰富而深沉的美。

山海之情

○○○

我心中的山水

　　仁者乐山，智者乐水。这是许多人都耳熟能详的一句话。不过，我觉得这八个字应该还有一层意思，那就是山水能让人秉承自然的精华、天地的灵气。不是吗？有个古人这样说过，"吾与山有穆然之思焉，于水有悠然之旨焉，可以被风之爽，可以负日之暄，可以宾月之来而饯其往，优哉游哉"。也许正因如此，自古以来，亲近山水，或游山玩水，一直是人们乐而不疲的一件事。

　　我从小就在闽中乡村的山水间长大。然而，少年时对山水的感受不外乎两个字：好玩。诸如，跟姐姐上山采野果，和同伴下水摸鱼虾等，对自然山水的馈赠浑然不知。到青年时期，肚里装了几滴墨水，且喜欢写点什么，心里这才开始有了想象，感觉那从山里窜出的溪流，如同飘逸的绸带，处处绾扎着层峦与叠嶂。于是，一座座山岭更显奇崛，一道道溪流愈现妩媚，连同那沟沟壑壑、坡坡坎坎也有了诗意。加之不同季节看到山水间难以比拟的云缠雾绕、泉飞露滴，闻到的是难以言喻的清芬阵阵、香韵溶溶，更使我时时诗思难抑，情不自禁地写下一首又一首文绉绉的山水诗。

　　犹记得，当时的我对山水的抒发总是欲罢不能，写着，写着，居然有一个小小的得意，或说是一个自己的"发现"，即认为水与山、山与水，也俱同世间男女，何年相遇虽说不清，但两相情愿却不待言。于是干脆敞开来写，说它们日里牵携，夜里依偎，彼此倾心，凝成一体，一年年，让日光、月光像折扇般叠起、收拢，又徐徐地展开。也不知过了多少年，终于，馈赠给人间一幅幅因雨露氤氲而愈加绮丽的彩墨画。

现在看来，这就是青年时期我对山水浪漫的想象。后来我也寻思，这种想象表达的到底是什么呢？是我与故土的感情——留恋、眷恋、苦恋，还是一种青春期荷尔蒙的迸发？我想，应该都有。因为当时的我，的确发现山水能消除我心中的戾气，使人在不知不觉中融于景物，从中咀嚼出诸多甘怡。如此，我才有了那些个人心中窃喜的臆想。而生活在山涧水边的人，却没有我这份闲情。我的父老乡亲们，历来只把山水看作"风水"，说的是"山管人丁，水管财运"，因而祖上许多人家在房屋修建前，都要找个风水师过来看一下。那风水师在山脚转了一圈，问了些事，嘴里念念有词，然后就指着某处说：就那里。接着上去钉了几支桩，收了钱就走了。于是，又一片土屋不久后就在前有水流、后有靠山的地方建起来了。虽说粗砺、简朴，但匠活是认真、地道的，因而房屋落成，看上去线条倒也流畅，还有点刚柔相济的样子。如今，这样的土屋已愈来愈少了。城里人进山游玩，偶尔看到仅存的几间老屋，都会兴奋地欢呼：太美了，太难得了！事实上，连一些画家来了也会惊呼，说这山、这水、这屋，勾云勾水，浑厚华滋，意境郁勃，能使他们笔力纵恣呢……

"青山隐隐水迢迢"，其实，世上许多的人，都会在面对山水的胜景时，神不知飞向何方，迷不知终其所止，这也许就是一种本能或天性。就说我自己吧，步入壮年后，条件变好了，就愈加喜欢外出旅游，好像远方总有许多新鲜和刺激的东西在召唤着我。除此之外，最明显的感觉是见到那些名山大川时，总是忍不住地大发感叹。有时也喜欢"穿越"，诸如在三峡，我会幻想一下与李白同世，与他仗剑远游一番；还有一次在浙江绍兴水乡，居然想去乘一只李清照当年坐过的蚱蜢小舟，趁绿肥红瘦的时节，从爬满青苔的渡口，向烟水迷蒙的溪中划去……

现在呢？年纪不饶人了，凭实说来，虽仍爱山，但已怯于登攀，受限于体力，每每去了，也只是浅尝而止，心有存憾。有时，拗不过好友邀约，背起行囊去杂树生花的山中跋涉，也是行至半山，怎么说也不肯走了。只有一回，在闽侯旗山，原想登到半山就休息，哪想话语一出，就被几个年轻人连拉带搡推至峰巅，领略了一回感官的欢乐。

再说水，蒹葭苍苍的溪河，波光明丽的湖泊，或是纤细的、氤氲的水系水脉，仍能激起我思绪的向往，也更宜于我心扉的歆张。在过去的那些年间，我想方设法亲近了不少有名的溪河湖泊，诸如黄河、长江等，甚至美国的密西西比河、俄国的伏尔加河等，也留下了我不足为奇的足迹。无奈，大江大河是看不完的，小溪小涧也是走不尽的，更多的时候，我只能小心翼翼地打开画册，在灯下独对那些雄伟的大山、澎湃的大河，或曲折蜿蜒的清溪，赏读一种力量和冲击，一种恬淡和静谧，甚而一种莫名的欢乐和忧伤。

令人高兴的是，我居住的福州，俨然已是一个逐渐融入大自然，让居民望得见山、看得见水、记得住乡愁的城市。犹记平日里，不管是漫步在绿意盎然的乌山、于山、屏山，或是流连在悠长的白马河畔、潋滟的西湖岸边，一年四季，水草丰美，花树簇拥，鸟喧蝶飞，景致如画。特别是有时黄昏行走在闽江边，总会惊觉那一波一波的江水，后浪推着前浪，像绵绵的乡愁，也像沉淀已久的诗情，汩汩流淌在我的心中……

这正是：醉翁之意不在酒，在乎山水之间也。

石帆的绝唱

一

　　一个美丽的地方，总是能吸引人不断地前往。这些地方，有的是以丰富顺畅的自然生态教人心醉神迷；有的则以一种豪雄壮美的天然景观令人流连忘返。有的呢，其实是应了"见微知著"这句话，仅以岭头一树暗香的浮动，或以水中一片藻丝的变幻，便足以使人心晃不已，回味无穷。

　　福建省平潭岛的镇岛之宝"半洋石帆"，通称"双帆石"，曾被明代旅行家陈第誉为"天下奇观"。到了现在，这个奇特无比的自然景致，又被专家称之为"垄断性的世界级旅游资源"。因而，如今这里，也同世上诸多海洋风景名胜一样，吸引着来自四面八方的游人。

　　我也是这游人队伍中的一员。但我忽略了到底是十年前或是更早一些时候来过这里？我想这可能不重要了，重要的是，我至少记住了那一次，我是在一种延续的民间传说中，并且是在平潭岛一种润滑的海风中，对视过"半洋石帆"那夺据心灵的眼神。我更愿意说，就在我与它倾心的对视中，仿佛看到我的故乡莆田湄洲岛渔女头上梳起的船帆般的头髻。而当我惮落身上的微尘，把目光放到两片石帆的顶部，我还隐约听到了一阕清歌。那歌声中，有春红夏绿，有秋黄冬白。那歌声，点燃了我不曾告白的一个美好的向往；于是，我断定，那顶端绝峭飞出的，正是"半洋石帆"的绝唱。

　　的确，我没有画花入梦的技巧，自然也难以描摹"半洋石帆"绝唱的本真，但我后来读到清朝女诗人林淑贞对它的诗赞："共说前朝帝子舟，双帆偶趁此句留；料因浊世风波险，一泊于今缆不收"，似乎对"半洋石帆"的绝唱更有了几分朦胧的感知。在这里，我还想说说那次我来初探时的另一个感触，或说是对地处平潭岛西北的一个叫看澳村的印象，因为"半洋石帆"就矗立在这个村西侧五百多米的海面上。我原先以为这样的地方，到处有悬崖峻拔、岸涯盘回，甚至还可能看见一些琪花瑶草。然而我到了那里，才发现那是一个小小的渔村，田舍房屋，均以青灰色石头砌成，不囿于一处，却又错落有致。我记得那天日光很好，从远处迷蒙的海气中反射过来的光彩，有一层美丽的琥珀色，这使那些平缓的丘冈、山坡、田地、小径、树篱，全部笼罩在一片丽彩之中；这一充满幽僻又有些古拙的美，倒叫我有一种说不出的惊喜。而最使我艳羡不置的是，这里的木麻黄、相思树，一丛丛，一排排，绿油油，青苍苍，仿佛都像尽职的园丁，守护着渔耕农作，守护着一草一藤。更令我惊异的是，这里到处都开满了鲜花，诸如石头隙罅间长着睡莲般的叶子、开放着黄色花瓣的五角旱莲，以及爬上矮树叶面，开着蓝色花朵的扶桑花等等，它们各据地形，斗艳争奇，其璀璨缤纷，远胜过棱镜虹霓。走近渔家，便见花萼葳蕤，倩影罩窗，房前院后，涛声隐约，一切都像油画般令人着迷。

二

　　时光荏苒。这一回，当我再次来到看澳村时，我发现，这个村子的天然风韵已像少妇般更加成熟了。房屋依然是石砌的，依然杂错间置，还冒出许多新楼、新房，但到处都是一片清荫敷秀、花影参差；触目可见的相思树、木麻黄，更是葱葱郁郁，浓绿翳日。一条看似新修的水泥路，两旁芳草漫溢，直抵海边岬角。人行其上，时而能得以远眺天青，时而又能得以俯瞰波碧，更有吹来的海风中也夹有阵阵花香，使人几疑到底是进入渔村，还是置身于海上园林之胜？下车时，又发现岸边渡船已改为汽船，十几分钟就能到达"半洋石帆"的礁岸，这使游人一个个都喜形于色。正是六月天，渡口海风徐徐，清凉一片。站在岸上远远望去，一个圆盘状的大礁石上，正托着一高一低的两块碑形海蚀柱。放眼望去，整座礁石形状与大船无异，上边坐落的那两块巨石，恰似两面鼓起的双帆，正欲起锚远航。

对人类而言，大海依然是个动感而又神秘的地方，亿万斯年来，它创造了多少奇迹，恐怕无人能说得出、说得清；因此，人们只能从已勘探与认识的一部分来推断大海就是诸多物种，甚而人类历史的发源地，更是一种悲壮力量的象征。现在，我们至少可以说，大海也是美的创造者。

正是丰澹的大海，创造了奇迹般的"半洋石帆"。

远望中，我突然悟到：也许，多少亿年前，这里并不是裸露的，它原来就是好一座山或一座峰，也许有过藤萝缠绕，凉雾薄浮，四周景物朦胧，一气贯通。之后，月走星移，地壳变迁，山峰隐落，石飞沙没，又经多少斯年的风雨侵蚀、岁月雕凿，最终只留下这一堆盘状礁石和两块碑形的海蚀柱，这正是天地独具匠心的创造。看那风浪中屹立的两块石帆，汲尽洪荒苍凉之气，终于激越鼓荡为两柱坚韧的风骨。如今，它以海为地，裁云为衣，脱尽一切羁绊，凛冽耸立于海天之间，令人向往，令人惊叹，令人敬羡，令人回想。

"上船了，上船了。"几声招呼，终于打断了我超然的想象。在船尾甩出的一片白色的浪花中，我默默又专注地看着那渐行渐近的海蚀柱。忽地，我心里分明感觉"咯噔"了一下：这不是两块巨大的印章吗？一个是正章，一个是闲章，它们通体清凝，煌煌煜煜，刚好盖在海面上，那顶部也像"印纽"，似乎还沾着一些看不清的颜色。于是，愈想愈像，愈看愈真！然而，在一阵发现的惊喜中，我突又想到，这两个巨大的印章，它的底面上

四季都因你而饱满

到底能刻些什么呢？还有，谁能怀此力拔天地的豪气，刻得了这种巨型印章？这里面，是否还有未被发现和未被挖掘的传说与故事呢？……不过，最终我还是想到：这么多年了，难道只有我一个人有此灵光发现，而其他人都不曾察觉，也没有这样说过吗？

我相信，把两块碑形海蚀柱看成双帆，是从外征、象形上来确定的，问题的关键在于托着它们的一个圆盘状的大礁石，远看确实很像一艘大船，这样，双帆的存在就如同锦上添花了，愈看它们，就愈像大海鼓起风帆，正在海上破浪前进。但在涨潮时，根据形象，完全也有理由把它们看成海上印章，甚至可号称为"东海第一印"；接下去，问题也就来了，人家肯定会问：为什么这里会有这么大的两块印章？它的由来又是什么？即便这巨石所彰显的意象以及气韵与印章无异，但在这里，自然给人的视觉与想象往往都与神话或传说有关。对"印章"而言，目前显然还缺乏这方面的佐证。倘若有人再问：它们是从何来的？这时，纵然是"发现者"的我，恐怕也回答不出一个字来。但是，我必须声明，我仍然尊重自己的发现。

三

上岸了。我要求自己有所发现的内心镇静下来，或者从容一些，好零距离地与之再次接触，再次细观微察一下这个著名的自然景观。走了一圈，发现这块岛礁底部是一组平坦完整的岩石。两个石柱，均由粗粒白色花岗石构成，东侧的一个有三十三米高，西侧的一个则几乎矮了一半，只有十七米高。石柱的底部都是近似四方形体，直立在礁石上。科学考察人士曾指出：在漫长的地质历史中，岩石的风化壳层层剥落，现存的两个石柱，是风化剥离出来的新鲜核心部分。科学家们的结论，让我想到在对岸的看澳海滩上，还留有许多不可思议的一系列球状海蚀造型石景，有青蛙仰天、双龟拱桥、弥勒佛等等，形象不一，但个个鲜活生动，足以令人嗟叹大自然的鬼斧神工。

我一向不喜欢在众多游人中蠕蠕而行观看风景，而喜欢一人或最多几人沿途慢走慢看，觉得这样才不乏胜致。因此，我走了一遍后，便拣了个能避暑热的地方坐了下来，细看那两片石壁，似都有泉水流过的渍痕，便想起上次来时，村里有人曾介绍说岩石顶上有一棵"灵芝草"，谁能吃到就会长生不老。后又听说那只是一个童话，说的是一只海龟想爬上去采撷这棵"灵芝草"，献给对岸的一只母龟。至于神龟能否爬上这样陡峭的石壁，是否把"灵芝草"献给了母龟，倒是没有下文。还说那高石柱上有三片"瓦"，经历无数热带风暴，仍纹丝不动。其实那不是瓦片，科学家说，那是风化后的残留片，状似瓦片而已。还有，西侧的矮石柱，底部虽只有少部分与礁盘接触，却稳如泰山，难以撼动。有地质学家推测，再过一二百年，它将成为世界上最大的风动石。科学确是理性的，不过，人们在相信科学的同时又愿意趋同民间传说，说明人的内心有一些愿望和欲望是共同的，其中，很多都是人对美和善良的一种认知与向往。

坐在礁洞里看海，其实也可以成为"半洋石帆"的附加景点。从这里看出去，可以看到海水在日光的作用下，有时是深蓝的，有时又呈暗黛；海上的云，玲珑缥缈，别有一种妩媚之感。据说在向晚时，岛礁上双帆伸入彩云之中，烁烁生辉，堪称绝伦。这使我又想到另一个民间故事。当时，皇帝昏庸无道，朝廷腐败，饿殍遍野。一日，有个蓬莱大仙奉观音之命驾着彩云经过海坛岛时，见哑童剪纸手艺很好，又有抱负，就送他三张仙纸，嘱他任意剪裁人、物、马、车，俱可成真。哑童便将仙纸剪兵、马等物，试图部署讨伐昏君。谁知消息走漏，朝廷派出大队兵马前来围剿。哑童见大势已去，便与寡妇乘仙纸剪出成的船只逃到此处，不幸又遇风暴，船只沉没，只有双帆化作二石露出海面。次日，彩云满天，沉没的船身竟浮了上来，化作了巨大的船形礁盘，双帆从此也矗立在这片礁盘之上，让后人供奉、瞻仰。据当地渔民讲，在看澳村，以及周围一带，渔民出海之前都会到这里祭拜，以求出海打鱼时一帆风顺、满载而归。

看着海，看着云，想着这样的民间传说，我突又记起双帆石的眼神。本来，我该燃一炷香，为传说中两个无畏的灵魂捧上我的敬意，但我觉得，自己还是用心去默读他们的梦想更为合适。他们没有名字，风磨水洗的只剩下一个期盼。如今，在云海之上的天堂，他们一定也已找到自己安身立命的去处了。只是，遗留下来的这两片石帆，一高一低，形影相随，时而在轻柔氤氲的晴光里显露，时而在五色繁会的云彩中交融，教后人迷恋不已，又回味深长。因此我认为，双帆石是有生命的，否则不会有流传多年的许多神话和传说，而人的许多美梦、奇梦、幻梦，甚至连文学名著《西游记》《红楼梦》等，故事也都是从石头开始的。换言之，千万年来，人择石为伴，石与人共处，人通石性，石露灵性，由此才演绎了多少传说、传奇。"半洋石帆"就是典型的例证之一。因此，它也理所当然地以其奇特壮美，成为"天下奇观"。

汽船又载客抵岛了，而我也该踏上回程了。于是我收回思绪，再一次用我的眼神对视双帆石，我知道那里也有一双默默的眼神在对视着我，如同我上次来时有过的那种感觉。然而，我却复述不了这样的眼神。我觉得，复述这些，如同复述辽阔浩瀚的大海一样，难度不言而喻；因此，切切只可意会，不可言说。蹑足敛步中，我隐约又听到了"半洋石帆"的绝唱，那歌声中似有车马的辚辚声，人群的呼喊声和螺号声，乃至船帆升起鼓荡的风声、潮声，一阵接一阵的，令人心恻。随之，我异样地感到双帆正鼓足风力，以非凡的气势，飞驰向波涛滚滚的东海……

三叠井纪游

这样的地方，只要去过一次，便总想着什么时候再去一次。

是没有看够吗？是的。这样的地方，光用眼睛是看不够的，只要人一进景区，就不知要先看什么为好，感觉到处都是赤橙黄绿青蓝紫的颜色，自己迈出的每一步，都像走在画中。

不是吗？初看那沿途，山青水碧的，但一走近，却瞧见崖壑幽深，林木葱郁，无一处不充满着浓郁的原始风貌。而耳畔，时不时传来的声音，是泉流淙淙的吟唱。一打听，这是纵贯景区的溪流，它有一个好听的名字：采兰溪。

这条溪，为昙石山古人类文化母亲河荆溪的上源。曾几何时，沿岸兰花簇生，团团香气中闪动着采兰或浣纱的妙美女子……

当然，这样的情景，现在最适宜用诗去想象了。

教人惊异的是，景区内景点众多，类型各异，多彩多姿：山，有临溪而立的清峻；水，有逶迤隐现的曼妙；石，有峭拔奇崛的俊秀；树，有藤蔓张扬的恣肆。概而言之，我认为：这里是集深潭飞瀑、怪石峻岩、奇树古藤、异草香花的一个山水草木大观园；尤其是这里还拥有大量国家保护的各种珍稀动植物，具有很高的旅游观赏价值。

这里，可说是一个绝佳的旅游去处。

来到这样的地方，你说眼睛够用吗？不说上面那些，单说那可以随意亲近的古朴幽雅的奇树园、百藤湾，沁人心肺的林间空气，吸一口，就无不令人心旷神怡，流连忘返。而精彩绝伦、如诗如画的数处飞流瀑布，以及神秘莫测的仙字潭、天书岩，惟妙惟肖的万寿龟、金蛤蟆等等，更是让人沉醉在青山绿水之间，惊叹大自然的鬼斧神工，瑰奇美妙。

在这里，光靠一双眼睛是不够用的，只有加以用心，才能慢慢读出并体味这一切的原汁原味和底蕴，感受这一方秀美的水土：是上苍的眷顾，是自然的馈赠，是天然的氧吧，是人间的仙景。

这个地方在闽侯，叫三叠井景区。

二

说来惭愧，我居住在福州城，算算离三叠井景还不过四十分钟的车程，还记得曾经在一首诗里听见它的水声，却一直无缘光顾过。而这些年，倒是天边地角，能去的，不远千里都去"穷游"了一番，现在想来，这自身还真有一种叫作舍近求远的毛病。

知错就好。来了更好。现在，我脚底就踩着松软的叶片，朝三叠井进发了。因为，它是我这次探访的主要目标。

所谓"井"，在当地人的方言中指的是深潭；三叠井，指的是山上瀑布千万年冲泻形成的三层相叠的深潭。

这个上午，我刚来到景区门前，就听见四处嘤嘤的鸟叫。在一片风帘翠幕中，穿过天书岩、雷劈岩，首先看到的是三叠井的第一井：象鼻瀑布。这是因巨岩形似象鼻而得名。沉黑如铁的巉石向天耸起，奔腾的溪水从高处泻下，喷珠溅玉，声震峡谷，时适初冬，明丽的阳光照射潭底，飞散的湿雾中竟幻出一道彩虹。陪同我前来的景区老吴向我介绍说：这里终年都保持着充沛的水量，瀑布美景四季常在。如果遇到下雨，景色更为壮观。他说，当飞腾的瀑布以雷霆万钧之势冲向深潭，轰隆的声浪响彻山谷，不绝于耳；站在观瀑栈桥上，立马感到有一股力量涤荡心胸，其快意，妙不可言。交谈中，方知他是一个热爱书法绘画的人。他的手机中，存有他的有关景区的字画，笔墨饱满，很有张力。难怪他的介绍，多有动感，还带有某些艺术的见解。随后，他边指点边交代一同前来的小詹陪我好好观赏一番，再向第二井仙女潭进发，原来他要下山去迎候另一批客人去了。我稍稍停留了片刻，拍了几张照，便同小詹向一处名叫"天梯"的山路进发。小詹说，往仙女潭原先只有陡峭的险道，不适合游人攀登，现在劈出的"天梯"，以石铺成，辅以栏杆，虽然安全，但坡度很高，还是很考验人的胆量和力度的。我点点头，鼓足勇气说："上吧！"

　　"天梯"果然笔直、险峻，它有三百二十二个台阶，坡度少说也有五六十度，人行其上，感觉鼻子不小心就会碰到前边的阶梯。于是我手脚并用，一级级往上挪，心想，传说仙女潭是仙女洗浴之处，凡人哪得寻常见？这回大约是个缘分，我怎好错过？不过行走中我又想起，闽侯这地方，出过一个才女作家庐隐，我从她的书中知道她去过短萼仪花满山遍野的福州鼓岭，但就是找不到她是否来过三叠井，或是写过哪些文字。不过，印象最深的是她写去鼓岭时，与抬山笕的笕夫还有村民谈话，对比之下感觉自己有些"自惭形秽"，原因是"虽然我们的外面是强似他们乡下人，但他们乡下人至少要比我们离大自然近些，他们的心要比我们干净得多"。这番话，让我对陪同我的导游、一个来景区打工的外地人小詹暗暗肃然起敬了一番。眼下，我们走的这条依崖的石路，时而盘折回环，时而笔直向上；他在前，我在后；但他却不断回头，嘱我抓紧栏杆或小树干，走走停停，向我介绍山势、路向、树名、景点，见我攀登得有点吃力，便立住拉我一把，并让我休息一会儿。说实在的，尽管我一路手抓的多是绿叶纷披的栏杆，但在这种陡峭的石壁向上迈进，回望脚下都是笔直的沟壑，不免心惊出汗。只

四季都因你而饱满

是想到小詹说过，有时他一天要几次陪客人在这样的小天路上来回，便又鼓起勇气继续向前。不过，教我一路停留的不只是小詹淳朴的身影，热情的话语，还有那路旁石隙中蹦出的小草，以及没有故弄姿态的野花。最是时而觅见身边的崖罅上，也不知是因山风吹过还是飞鸟嘴里落下的种子，竞相的成长为一丛丛的绿树，呈现着天然的野趣和勃勃生机，这时，我觉得自己也增添了一股力量。

三

爬过天梯，走过一段弥漫桂花香气的小道，终于来到了第二井——仙女瀑布。

抹抹汗，抬头看，但见潭中乱石如垒，两旁陡绝险峻，夹一泉流自高泻下。这泉水诡匿侧出，又淙散喷射，但不激烈，倒像柔情迸进，徐徐溅下。那水，汇进一方不大的水潭，倒映着奇崖秀壑，自然错落，莹金耀银。仔细看，这里的泉水，就是不同凡响，不管是洞中、沟底、滩前，那水是一色的清莹凝润，闪亮灵动；但流到不同的地方，水色或呈碧绿，或呈黛蓝，在不同的光线和山影树丛间，变幻着万千奇异的色泽。凡稍见平坦的地方，那水面是清澈如镜，倒映着坡谷、绿树、花枝，层次明晰，色彩斑斓。传说，这是仙女洗浴的地方；水边，大都花草丛生，藓苔蔓络，其景色秀美，令人眼花缭乱。

我是不肯安分的人，于是临近飞泉落处，用手捧一把水珠，轻轻一捏，那指缝泄露的，是几滴银白色的珍珠。回想仙女在如此夺人心魄的潭中嬉闹，其幸福指数，肯定"爆棚"。而今游人到此，胸际间所涌起的，自然也是一种难以名状的惊喜和温馨甘美。

不过，令我没有想到的是，此去不远，有个景点叫"状元帽"，原来是一垒岩石堆砌成状元帽子的形状。再去不远，还有一段几近湮没的官道，那是当年学子进京赶考的必经之路。据说，赶考期间，福州和莆仙一带，至少有近万人通过此道。又据说，学子在客栈住下，都要去"状元帽"前跪祈，回去再喝当地的青红酒，而禁喝黄酒。这是因为喝红酒预示"考红"，喝黄酒则必定"考黄"。可怜莘莘学子，到此都无暇去"仙女潭"看一眼，怕只怕前去看了仙女分了心，从此误了一生功名。

闲话休述，离"仙女潭"继续向前，沿着蜿蜒的山势，我们穿过桂花苑、含笑坡、野蕉林等一些极富诗意的景点，虽说有时可行大步，有时则只能蹑足而行。蹀躞其间，游目四顾，不时可瞥见一两只小动物从草丛中窜过，原来是叩击的足音惊动了它们。这一带，愈走愈觉深邃，四周幽静得只能听见泉水的扑簌声。又行一段，忽有近午阳光从身边的树叶隙缝中筛下，参差破碎，荧光四射，加之耳畔隐隐传来一阵又一阵的瀑布清音，顿觉山麓充满了大自然盎然的生机。

这时小詹说，三井中最高的一井"清音瀑"就在前边了。他说，这个瀑布，游人难以企及。原来瀑布四周高崖耸立，天低云近，水从其间泻下，抛出成串珍珠般的水滴，恍若天女散花。但此瀑因地势过于险峻，尚未开发。游人至此，只能在高处俯身向下探视一番，想象那悬浮于尘世之上的奇瑰水练，是怎样地让人向往，终又游兴难尽，心生憾意。

既如此，我只得向前数步，手抓树干，循声向下看去；但见眼中尽是杂树生烟，青藤密布，除此，便什么也看不见了。小詹护着我点头笑笑，似乎有些歉意。殊不知，曾经号称"诗人"的我，竟开始肆意地在心中想象那飞流是如何进溅而下的，还想象底下的深潭如何承接着不尽落下的翻腾水浪花，四周有烟雾似漂似浮……只是，那一番多么壮美的景象，今日只能光听其声了。也罢，留一点遗憾，多一点想象，也许这正是大自然的安排，无可厚非。转身，倒是发觉右边一座横卧的岩石，有一线泉流汩出，于是沿着岩嶂小心下行，转身掬起数滴，只觉得清凉透骨，再看四周，山影凌厉，树木浓密，光斑浮动，氤氲聚散，一切都充满了一种奇幻的色调。

再向前数十步，一座小山崖横空而生，几乎挡住去路。这时，人只能躬身蹑足，擦岩而过。在这山峦拥簇的地方，我又闻到了一股似无还有、欲寻难觅的清香，向山脚一看，原来是一片竹柏树散发出的香气。这种树，树干为柏叶似竹，故名竹柏，为珍稀树种。实际上，三叠井景区是一个天然的植物宝库，有二百三十多种树木、竹子和蕨、藤类植物。放眼望去，深林幽谷，山腰峰头，道旁崖畔，藤绕古树，枝垂山涧，鸟雀翔集，栩栩如生；花开花落，暗香飘逸，山石含笑，风情万种……

　　三叠井，用陡险显示它的高蹈和神秘，又用翠润显示它的亲切与温和。在这里，草木和鸟鸣相依偎，人也成了天地间静默的契合者，并与山间的万物同在，任由心中的梦想放飞，尽情享受心境的恬淡。

　　记得古人说："善读书者，无之而非书。山水亦书也，棋酒亦书也，花月亦书也。"此话于今日的我来看，分外亲切。我感觉，三叠井就是一部好书，随意翻开哪一页，眼睛都会被吸住，心会随着每一景致游走，因此我也确信，每个人来此一读，都会顿觉身心一洗，读之忘返。

　　惬意流连了许久，发现时间已不早了，只得恋恋回转。走了一程，忽见蹬道明亮了许多，原来是一抹灿烂的阳光泻下，如彩焕飞腾，采兰溪两岸枝丫，连同藤葛苔藓，顿幻作金阙玉宇，灿然生辉，真是美不可言。

三叠井纪游

龙井三级瀑

　　我每次有机会去一些地方寻访山中飞瀑，总会想到历代诗人大家登山抚水，留下的诸多不朽诗篇，比如李白著名的《望庐山瀑布》："日照香炉生紫烟，遥看瀑布挂前川。飞流直下三千尺，疑是银河落九天。"这首诗，夸张又自然，新奇而真切，几乎成了后代人们欣赏其他瀑布时的唯一参照物。不过我喜欢的还有宋代诗人白玉蟾的《三叠泉》："九层峭壁划青空，三级鸣泉飞暮雨。落日衔山红影湿，冷云抱石苍崖古。点点溅湿嫦娥衣，潭潭下有扶桑府。寒入山谷吼千雷，派出银河轰万古。"入乎其内，出乎其外，有形有神，瑰丽奔放。总之，不管怎样，有一点是可以肯定的，即从这些诗中，人们不难想象，诗人与山中飞瀑互为窥见之时，心情是多么激奋又豪兴洋溢。

　　我也曾向往、期待过那样的时刻，并且有幸享受了观看庐山瀑布、壶口瀑布和黄果树瀑布带来的充实与愉悦。特别是身临其境时，通过记忆中古人写下的诗文，来体会几百年前的人与我同读飞瀑的心境与感悟，觉得特别有趣和有味。

　　幸运的是，这次去闽北，我获得了探访当地自然保护区中龙井三级瀑的机会。不过当我得知这三个瀑布深藏原始密林，未经开发，兴奋的同时又有点担心：我吃得消吗？当地向导看出我心中的顾虑，对我说："你这人看上去还不到花甲之年吧？跟我走，准行！"这句带有表扬和激励的玩笑话，顿使我信心倍增。我向他抱拳致意："行，全靠你了！"

车出城关，约一小时后，我们来到盖洋镇白岚村桃源自然村以东五公里处，通过保护区检查站，便下车开始步行。我抬头一看，区内峰峦磅礴，山壑陡峭，竹木繁茂，水流清澈。向导说，这就是明溪君子峰，为省级自然保护区，不能随便进出，因此许多外人都不知道这深山老林藏匿着一个名叫龙井的瀑布。瀑布呈三级跌落状，从下到上分别为"水帘""珍珠"和"天注"。从名称来看，给人一种非同寻常的澹美与神秘感。向导说，他小时候就央求大人带他进去探险过，十分刺激；后来去了多次后，有不少朋友都叫他带路，在峡谷中游玩。他说："峡谷内尽是原始林木，峭壁危崖、飞泉四泻，相信你看了会写出好文章呢！"我一听连忙摆手："哪会呢？怕只会辜负你的心意。"

边走边谈中，我紧跟向导沿着桃源东面山涧逆流而上。一路落叶重重、溪转水回。这确是一座原始的、草木繁盛的山峰。抬头看去，溪流两侧林木满岸，葱郁茂密，挤得天空仅现一线。迎面峡谷刀砍斧削，直劈千仞，涧石嶙峋，沟壑遍布，山泉喷涌，流水淙淙，清澈透亮，空气中含着不知名的花草气味，格外清新宜人。我对向导说："这弯曲的小路，是谁开出来的？"向导回头对我笑道："这林中不许开路，都是人踩出来的！"我点点头，沿着山谷小路继续前行。但这由人踩出的路，时小时窄，时陡时缓，我只能用手随时抓住树枝、杂藤，奋力跟随向导前行。向导很有经验，也很机敏，别看他一个劲向下或向上走，只要我在后边一没了脚踩叶藤的声响，他就马上就转过身来询问："累了？那歇一会儿。"或者说："渴吧？喝口水。"而他说这话的时候，身上不见汗渍，嗓音还那么脆亮。我呢，刚进山时就出汗了，走了约一小时，只能喘着气跟他说话。善解人意的向导看出我的窘态，连忙说："再歇一会儿，快到了！"这时我立住脚，往向导手指的方向看去，翠生生的林木帘幕下，似有一挂瀑布，若隐若现，从高崖上飞流直下，像一张帘布嵌在山崖之间。侧耳细听，果真有轰轰、哗哗的声音传来，于是又紧跟向导七拐八拐了一段险路，又径直向下，终于来到第一级水帘瀑前。

抹把汗水，定定神，听向导介绍："这个水帘瀑，瀑布落差约三十米，宽约二十米，瀑底有两百余平方米的水潭，深约两米。"我边听边移步，小心翼翼地立于潭边，只见悬泉飞瀑，腾空而下，喧声如雷，周边的绿树随风摇曳，翠草繁花各具风姿。我猛吸几口空气，清新湿润，顿时神舒气爽起来。看了一阵，听了一阵，"平地有雷鸣不断，半天无雨势如倾"的诗句突从心中涌了出来。不是么？你看那瀑布垂直下泄．在石岩上砸落，轰轰隆隆，有的如琼浆乍泄，有的似碧玉纷落，溅出的水花形成弥漫的喷雾，顷刻又化成乳白色的轻烟薄云四散开来。离瀑布几米远，也能感觉飞珠溅玉的水花，正纷纷扬扬、飘飘洒洒地迎面袭来，四周全笼在一片微雨似的、烟雾似的帘幕中。在这里，森林与泉、瀑、溪流的跌宕效应，造就了峡谷极高的负氧离子，而特殊的生态、充足的水分，促使山谷上下青石布满了苔藓，形成了一幅幅天然石画，出神入化，鬼斧神工。向下望去，汩汩溪水如几条银白色的细蛇，在突出的溪石丛间蜿蜒。那些由浪花冲刷淘出来的小潭，则波光涟涟，水清见底。

这时向导说："好看吧，这是晴天里都可以看到的景象，你看水帘从高处跌入潭中，溅出大朵的浪花，然后消失得无影无踪。但一到雨季，溪水暴涨，訇訇隆隆，好像无端发怒的野兽，很叫人惊悚呢！"

我点点头，笑着对向导说："也许，大自然跟人一样，也有高兴和生气的时候；高兴时绮丽动人，生气时粗暴吓人。所以要善待大自然。"

向导一听，竟竖起大拇指："对呀，对呀，你说得真好！"我哈哈笑了起来："这哪是我的发现呀，这是一代一代的科学家和劳动者总结出来的经验。"

说话间，向导又引我攀回小路，继续向前。行不多久，发现右边断壁下，有几股奔泉夺路而下，冲击着溪中一块形似神龟的巨石。向导说："你

四季都因你而饱满

看，水往山下流，这只不知从哪个地方过来的神龟，却向山上爬去。"我定定地俯看了一阵，心中也觉稀罕。于是我对向导说："也许，这只神龟是从人间中过来的，因为它已厌倦了红尘，所以要爬回山里继续过清静的日子。"这几句话，原是我为消除疲乏、临时编造的，不料向导听了，又大声叫好，他说："这个说法高明，还是你们文化人厉害。"接着他要我为这一景地取个名字，我连忙说："还是不要取什么名字为好，让来这里的人自己去体会。"说罢，我们又奋力向前方进发了。但走着走着，我又发现溪畔有块卧石，上面凸出一个形似古代泛舟归来的哲人。我不由站住看了又看，心想：他也许就是明溪理学鸿儒罗从彦吧？他早生华发，背倚绝壁，心头过尽理学的千帆。正是他，听着飞瀑高一声低一声传来，既认定以天理为万物本原，又视天理为永恒不变的道德原则，从此一任风生水起，宠辱不惊……

正想着，听见向导在前面喊着："到了到了，珍珠瀑到了！"我连忙加快步伐，紧抓迎面斜下的枝条，哗啦、哗啦向前闯去，待见到向导的身影，这才喘着气在一块明亮的山地站了站，寂静之中，感觉阳光似镍币般落在肩头，几乎要发出声来。

原来，第二级珍珠瀑，在第一级瀑布上游三百余米处，落差约三十四米，只见晶莹透亮的涌流从崖顶冒出，经峭壁直下，像银河下泻，在一方偌大的水潭激起千波万浪，顿时琼浆飞迸，碧玉粉碎，喷雾如烟，薄云似雪。飞瀑落处，潭水沸腾；泡沫散尽，犹如镜面，在阳光的作用下，银光闪烁，幽深透亮。四周，尽是名树奇花的倒影，微微闪动，鲜活无比，给人以真真切切又虚虚实实的感觉，充满了大自然的神秘之感。

我看得呆了，恍觉自己走进了一片仙景。然而，这时偏偏有风吹过，沁凉凉的，可以感觉它含着浓重的水气，温柔地抚摸我的脸颊，我这才回过神来，发现树木仍站在身边，小草无声地生长，花朵无声地绽放，但远去的溪水，却哗哗、哗哗地流淌；这是生命的涌动，谁也不能阻止它们；

正是大自然，才有能力孕育出这一切。这时候，我觉得心痒痒的，似乎想唱一首歌，或想写一首诗，但我终于什么也没做。为什么？因为在大自然面前，只要站立一会儿，就会发现自己的渺小。

也不知停留了多久，我和向导终于向第三级瀑布进发了。还好，这一次我们只用半小时就走出了密匝匝树木缠绕的窄路，抬头一看，第三级瀑布已兀现眼前。这个瀑布名天注瀑，在第二级瀑布上方五百多米远，落差约五十五米，瀑布宽度却有十多米。瀑底水潭，面积起码有二百五十平方米左右。仔细观察，那巨大的飞泉仿佛来自天外，自崖顶直泻而下，扑向瀑底潭面，瀑流滚滚，涛声如雷。向导用手指向瀑布，对我说："你看这个天注瀑，只有碗口大的蓝天罩住瀑顶，瀑流在一个不到一米宽的悬崖上，呈九十度角倾泻而下，你说这不正似从天而降吗？"

果然，从向导手指的方向看去，只听隆隆之声从高空中飞落到偌大的水潭。那倾泻的水幕不断撞击石头岩面，宛若玉花飞溅，玛瑙跳荡。向下看，瀑水经过约半里路程的流淌，撞击在梯级沟壑的岩石上，声如奔雷，澎湃咆哮，珠花迸发，如雨如尘。我壮胆迈步向前观看，但见飞瀑形似匹练，飞流泼洒，水声如涛；仿佛青龙吐涎，激起一朵朵水花，飞溅在山间，而升起许多银白色的水柱，在半空又化成了纷纷扬扬的礼花，极为壮观。如此景象，让人不由得想起袁枚的《观大龙湫作歌》一诗："龙湫山高势绝天，一条瀑走兜罗绵。五丈以上尚是水，十丈以下全为烟。"

这时向导又向我介绍说，他小时候就听说，这里的深潭中常有仙女出没，不过那是不容易看到的。他说，他和朋友们有几次在不同的时间段到这里，都没见到仙女。但有一回，他们到这里时，正逢一阵山雨落下，一会儿就放晴了；这时，恰有山风吹来，雨珠如轻歌的女子，在花草叶面曼舞；接着太阳出来一照，水珠变为蒸汽，若仙女一般缭绕升向天空。他说，那一回总算在幻觉中见到仙女了。他还说，还有一回，也是雨过天晴，天注瀑周围雾气腾腾，在阳光的照耀下，他看到一道彩虹悬挂其中，光芒四射，色泽艳丽，令人兴奋莫名。

天注瀑果然壮观亮丽，我一下拍了多张照片，正心满意足地坐下休息，却一眼觅见一只蜘蛛吊在草茎上随风摇曳，好是逍遥；身旁的野果，正弥漫出香甜的气息，我感觉我的心瞬间就醉了。

回程路上，我不由想到：多级瀑布，在福建并不鲜见；但与峡谷、险峰、绝壁、深潭、溪流、怪石、密林等多种景观相呼应的，龙井三级瀑可算是景色绝佳的一个。这三级飞瀑，自然天成，险、秀、幽、异。要我概括，或可这样说：一级瀑似飘云拖练；二级瀑如喷雪飞珠；三级瀑如银河脉悬。此外，曲曲路程，含烟凝翠，程程溪涧，流水寒玉，更有长藤古树、奇花异草，蝶飞虫鸣，令人目不暇接，流连忘返。这正是：

> 万丈红泉落，迢迢半紫氛。
>
> 奔流下杂树，洒落出重云。
>
> 日照虹霓似，天清风雨闻。
>
> 灵山多秀色，空水共氤氲。

总之，游完龙井三级瀑，我不能不想起唐朝诗人张九龄的这首诗。因为，令我兀自臆想的是，这首诗活脱脱就像为龙井三级瀑而抒写的；它的每一句意象，似都能在这里找到印证。莫非，张九龄当年真的到过明溪？但我回县城询问了几个写诗的和编地方志的朋友，他们都对我的疑问表示惊讶，并说没有这回事。不知为何，我听罢还是感到了几分惆怅。

龙井三级瀑

云谷山

写下这座山的名字时，我倒没有责怪自己对它寻访得太迟，但在内心里，似乎却迟迟没有原谅自己对它的无知。

这座山叫云谷山，位于闽北建阳营口镇东山村境内，原名"庐峰"。八百多年前，理学先贤朱熹来此结庐读书，游遍了这座海拔高达九百九十九点三米，与武夷山交界的主峰，以及蜡烛山、冲水岩、四角塔、蛇仔岗、莲花岗等五条山脉。朱熹足迹所至，发觉这里古木苍翠，花草葳蕤，涧水飞流，奇石侧立，宛若人间仙景。待攀上山顶，四下眺望，他不禁连连赞叹道："庐山之巅，处地最高，而群峰上蟠，中阜下踞，内宽外密，自为一区。"更让他为之惊叹的是他数次重游后发现，此山"虽当晴昼，白云坌入，则咫尺不可辨；眩忽变化，则又廓然莫知其所如往"。因此他老人家大约是激情澎湃难抑，或是听弦知歌，心中豁然，便大有深意地把"庐峰"更名曰"云谷"。从此，云谷山这个名字，就在当地百姓嘴里口口相传下来了。

纵观朱熹一生，似乎是个理性高于一切的人，但从他对云谷山赋予的人文亲和力和诗性的钩沉方面看，他其实又是一个相信万物有灵，敬畏天地所有的生命的人。这里，虽是他的一个暂居之地，他却视之为精神故乡。由此，他完全被这里的山水所吸引，并以他的本真的体验，为这里的山水打下了深深的文化印记。例如，他酷爱这里的白云，便把"庐峰"改为

四季都因你而饱满

"云谷"；他留恋这里的山水，便深情地表示要在这里"耕山钓水，养性读书，弹琴鼓缶，以咏先王之风"，并说此举"亦足以乐而忘死矣"！这在朱熹一生的言行里，实属罕见。

1175年，朱熹在云谷山中修建"晦庵"（又名云谷庵）著书立说，还把主峰"一顶"命名为"赫曦台山"。就在这一期间，他不但亲自为云谷山撰写了特有灵气的美文《云谷记》，还亲自命名了山中二十六处景点，每处题诗一首，称之"云谷二十六咏"。

八百多年前的朱熹，就是以这样一种敬畏天地的自觉，自然地融进了这个地理空间。

八百多年后霜降时节的一个早晨，我来寻访云谷山。从铺满梯田的山脚望上去，山色依然透出一派浓绿。细看，那绿中竟有好几种颜色：葱绿、翠绿、幽绿、浅绿。隐隐的，那绿中都似有晨光的莹亮，一闪一闪地投下斑驳的流影。再一细看，那一湾山坳上还散落着几棵柿子树，有不少柿子像红灯笼似的挂在枝丫上，与溪涧旁几棵红火的枫树相映成趣。我不禁想到，若从那边的溪涧上山，不知是否会看到朱熹笔下的《南涧》："危石下峥嵘，高林上苍翠。中有横飞泉，崩奔杂奇丽。"但东山村的向导老李立即否定了我的想法："那条路走不得！当年朱熹才41岁，传说他健步如飞，但却惊叹峰回径转，我们还是沿着有一些石阶又顺着山势而上的旧路上去。"

细问得知，原来由于年代久远，人迹罕至，那条被人称作"溪流瀑雨水奏乐，云飘雾绕醉幽谷"的南涧已接近湮没，无路可走了。正说着，老李突然叫了起来："看，云来了！这是朱熹最喜欢的景致！"

我抬头望去，只见空中如变戏法似的飘来万千缕白云，轻纱般地徐徐汇聚到半山腰，有的还未落定，飘飘袅袅地涌动；有的低回留恋，轻轻盈盈地腾挪；一团团，一片片，忽而散开，忽而融合，散发着一种蓬松而轻柔的乳白色。慢慢地，所有的云片云丝都互相融在一起，编织出一条巨大的白色腰带，紧紧缩住了云谷山。过一会儿，那腰带又缓缓流动着，叠叠相承又变幻不定地朝山谷飘去。

云谷山的云，真是把人看呆了。

上山时，我和老李都有些兴奋，不停地说这说那。因为，我们方才看到的云景，都还在各自的心中翻腾不已。不过，走了好长一段路，也没踩到几块旧时由农夫和樵夫们铺砌的垒石，倒是愈觉山深树老，曲折回环。此时，轻柔的光线，淡蓝的薄雾，还有隐约中听到的哗哗溪声与阵阵鸟鸣，似乎预示着前方会有一个生气勃勃的世界。

然而，好不容易到达朱熹当年著书立说的"晦庵"时，左看右看，我只收获了一份不无失落的怅惘。原来，朱熹在《云谷记》中描述的庵堂四周，如今只剩得一块呈阶梯状的石头砌成的地基。三间草堂，不复再见；堂前原有"隙地数丈""植以椿桂兰蕙，茂树修竹，翠密环拥"，也早无影踪；倒是四周生了谢、谢了生的杂树，一直顽强地生存下来，成了这一沧桑的历史见证者。我走上前去，手抚着这些杂树，这才慢慢感觉它们确实没有颓唐的样子，反而有一种别样的亲切和诗意。不是吗？时间流转，从古至今的世界已经不同了，但这些杂树还以它们的方式不断演绎着春秋冬夏，即便在冬天来临的时刻，它们的枝条还是簇新的。

在这里，我听到了一段所有人听后都会马上记下的故事：当年，朱熹在此建起草堂后，他的得意弟子蔡元定追随来到东山村，并在云谷山对面的西山上结庐苦读。虽说两山对峙，但还是有一段距离，要想互相喊话是听不见的。但在晴天的夜晚，两处都点起灯光，却微微可见。师生两人因此相约：学遇困惑时，夜间则"揭灯为号"。次日，相互往来，共探疑难。

听了这则故事，我不禁沉默了许久。惹得站在身边的老李忍不住问我："您没事吧？"

我说："没事。"

其实，我注视着那段残存的石板地基，心里在叹时间的无情，风雨的锈蚀……但我却分明从砖瓦之中，仿佛看到了一簇不息的精神之火，还在幽幽微微燃烧着。我相信，这一簇火焰，既留存至今，当会代代相传下去。

据说，朱熹在云谷山时，只想一心读书写作，常常谢绝朋友来访。他这样做的另一原因也是考虑到，当时云谷山交通不便，要来这里，须"缘崖壁、援萝葛，崎岖数里，非雅意林泉，不惮辛苦者，则亦不能至也"。有趣的是，他竟在云谷山小山之东，筑一"山台"景点，题为《挥手》。他在诗中这样写道："山台一挥手，从此断将迎；不见尘中事，惟闻打麦声。"因没有人来打扰他，便少了迎来送往的事情，从此他可安心做他的学问去了。但这个"径绕山腹，穿竹树南出而西，下视山前村墟井落，隐隐犹可指数"的地方，在哪呢？我们离开晦庵后一路寻了许久，身上都出了一层微汗，也只寻了一个大概的地点，由于时间有限，来前急速阅知的有关云谷山中原有或被朱熹发现的景点，如"两岸苍峭石，护此碧泓寒"的石池，"山高泽气通，石窦飞灵液"的井泉，"亭亭玉芙蓉，迥立映澄碧"的莲沼，还有"小丘横翠几，层嶂复嵯峨"的云庄，"涧里春泉响，种桃泉上头"的桃溪等等，都无法逐一细览，只能走马看花，或远远投以一瞥，最后才一鼓作气，气喘吁吁地登上山顶。

擦擦汗，喝喝水，定神一看，果然是个浑然天成的壮美景观。老李挥手叫我朝北看去，但见眼底下浮现着的座座秀丽的山峦，竟是武夷诸峰。视线移动时，随即，一览无余铺开的，是一幅幅行气如虹又飞红簇翠的山水巨画。但见那苍茫连绵的远山，色彩变幻的云海，金包银饰的梯田，错落棋布的村庄，以及那飞流直下的溪河，纵横有序的路径，还有那一片片的软红稚绿，那一处处的灼灼青青，全都萦绕交织在一起，让人尽览了一种层次高华、彩晕烘托的奇幻仙景。

山顶上，有石屋三间，近乎百平方米，看似可居。老李介绍说，这石屋冬暖夏凉，而且近旁有泉水，可引以漱濯。但这石屋到底是谁建造的呢？老李说，很早以前，村里有老人说，这些石屋是清朝时一户猎人因躲避山中洪水搬到山顶暂居修建的。

最令我惊异的是，就在距山顶下方二三十米的一块坡地上，有一道观，道观门前，竟然并排屹立着两株据说也有数百年树龄的红豆杉。无疑，这是朱熹1179年离开云谷山到江西星子县任知君后才长出的珍稀植物。否则，它怎么也不会被朱熹忽略。

于是顺着山岩下来，近前观看，两树均有二十余米高，胸围须三人牵手才能合抱。高大的树干魁伟挺秀，繁茂的枝叶遮天蔽日。正逢秋尽冬来时节，一些尚挂枝头的红豆显得晶莹剔透，分外夺目。

我看见地上还留有几颗未被捡走的红豆，它们在沉默松软的泥土上安然无声地躺着。从没有奢望与红豆亲近的我，这一回再也忍不住，悄悄地捡起了其中的一颗，吹了吹尘土，便轻轻地揣入怀中，我想，明日回到家中后，我会端出一碗清水，轻轻地，认真地为它洗尘。或许，我还会和红豆说一句话：感谢你，自古朱熹走后，你已为云谷山守望了几百年。

下山时，老李经不起我一再撺掇，带我下到南涧走了一小段。这南涧，茂树交荫，巨石相倚，水流其间，声震山谷，连当地都没有几个人敢去探险，但我向来喜欢野性的水，认为不驯的水有不驯的美，有一种蓬勃和激烈的冲劲，叫人敬畏也叫人向往。果然穿过灌木丛下到溪涧一侧，但见溪中乱石如垒，两旁陡绝险峻，泉流自高泻下，诡匿侧出，淙散激射，刚烈与柔情迸进，叫人为之心惊也为之狂喜。为安全起见，我们互相牵手站立在一块巨石上仔细观赏，看见前面恰有一方不大的水潭，倒映着奇崖秀壑，自然错落，莹金耀银，如梦如幻。我发现，这云谷山的泉水，就是不同凡响，不管是涧中、沟底、滩前，那水是一色的清莹凝润，闪亮灵动；但流到不同的地方，水色或呈碧绿，或呈黛蓝，在不同的光线和山影树丛间，变幻着万千奇异的色泽。凡稍见平坦的地方，那水面是清澈如镜，倒映着坡谷、绿树、花枝，层次明晰，色彩斑斓。水边，大都花草丛生，薛苔蔓络，其景色秀美，令人眼花缭乱。飞泉溅处，用手捧一把水流，指缝泻落的，是一串银白色的珍珠。回想当年朱熹徘徊在如此夺人心魄的山水间，胸际间所涌起的，自然是一种不期而遇的温馨甘美和生机勃勃的诗情。

云谷山是生意盎然的，也是和谐宁静的。也许因为这里人迹罕至，使它脱却了人间喧嚣的气味，保持了一份万物绽放光彩、大千朝气蓬勃的态势。不过，至今想来，云谷山最有幸的是被朱熹赋予了文化意识。

转回下山路上，掠过茂密的树林，急湍的泉流，那散落于轻云淡雾中看似杂乱的草、细碎的花，以及一些蜂巢鸟穴，仿佛也得之天助，殊多意趣；更不用说随时可见的飞鸟、蹿跳的野兔和爬行的蚁群。我想，这里的自然生态，肯定会使来这里的"高人"少了优越的神情，凡人多了性情的流露。

老李突然记起什么，说："前两年，村里的人还发现山上有华南虎！"

我有些愕然："是华南虎吗？"

老李说："反正发现过老虎，但还没有拍到。"随之他又说："上面对云谷山进行保护和管理后，这里野猪也变多了，山鸡、白鹇到处都有。"

我一听不禁笑了起来，点头对老林说："这一切，首先应当感谢朱老夫子，正是他老人家当年在云谷山修建晦庵，还写下了'云谷记'和'云谷二十六咏'，免费为你们做广告，这云谷山才开始扬名了。"

老李一听也笑了，点点头说："是啊，现在这里还留有朱熹手迹，如'南涧''战龙松''赫曦台'等摩崖石刻。还有南宋理宗皇帝御书'庐峰'，刻于安嶂山麓涧旁一座高约四米的圆锥形岩石上，每字一半见方，上款'己卯赐蔡杭'，下款'宝祐丙辰十月朔，太中大夫参知政事臣蔡抗刻石'。石刻字体苍劲，刻工精细，为闽北古代石刻艺术之精品。1992年被列为县级文物保护单位。"

听老李介绍，我心中不由得有些惭愧起来。不是吗？都说"山不在高，有仙则名"，云谷山虽然没有神仙来过，但却迎来了朱熹，他写下的云谷山诗文，使一处鲜为人知的胜境，其知名度几与武夷山齐名。据说研究朱子学的海内外学者，几乎都知道建阳有座云谷山。但平日也学写诗作文的我，竟迟至今日，才得幸初睹云谷山，才在岁月的肌理深处，如饥似渴地读到了朱熹那刚健率真又不失野逸空灵的《云谷记》，以及落笔畅快又隐现清雅俊逸、鲜活透亮的《云谷二十六咏》。

下到山脚了，那枚远古的夕阳已挂在西山顶上，沉沉的云彩镶嵌着缕缕黄金，有点刺眼的光芒一下照射到我的那一颗因被山水触动而坦露的内心，我觉得周身一下变得敞亮和舒畅了起来。回望重峦奇嶂的云谷山，我突发奇想：要是朱熹还在山中，今晚，我定要携一壶老酒前去拜谒，听他讲云谷山的一切，听他以深厚的理学穿透漠漠乾坤，直到北斗斜时……

四季都因你而饱满

海山天湖三都澳

一

　　往年三月，在我居住的福州城，到处已能滤出斑斑的水珠了。今年是猴年，开春以来的气候，虽说乍暖乍寒的多，但雨水到底也没像往日那样有太长的独白。于是逢着这春阳普照的晴好日子，我走进蕉城，再次来到了三都澳。

　　在我看来，三都澳是闽东山海交响中一段最为迷人的乐章，也是一道直扣心弦的"蓝色风景线"，云蒸霞蔚，流光溢彩，历来吸引着无数世人的目光。这个有奇异之美的海湾，水域面积达七百一十四平方千米，但唯一的出水口——东冲口，宽度仅有二点六千米；可谓腹大口小，水深港阔，加之不冻不淤，避风良好，是世界上少有的天然海湖和深水良港。

　　这里，也是我国仅有的大黄鱼产卵洄游场，素有"大黄鱼故乡"之美称，而今，则成为大黄鱼繁殖自然保护区和天然繁殖场。

　　众所周知，三都澳是以其独特的景致、秀美的风姿闻名遐迩的，东海蓬瀛的雨，岱岳缥缈的云，浸古润今，拭亮了"大珠小珠落玉盘"似的岛屿，温润了澳内许许多多形态各异的礁石岸坞，由此也赢得"海上明珠"的美称。

　　其实，早在唐代，三都澳就已开发，茶叶、陶瓷等穿越茫茫大海，运向世界；明景泰年间，这个五邑咽喉要地，设立了河泊所；清康熙年间设税务总口，下辖九个口岸；光绪年间宣布对外开放，先后有日、俄、法、德、西班牙、葡萄牙等十三国在此设公司建洋行。至今留有的梵蒂冈罗马教廷组建的哥特式天主教堂、修道院、主教府和历经一百多年沧桑的邮政福海关，已成为三都澳极具特色的西洋古建筑遗址。这些特异的中外建筑，或掩映于苍松翠柏丛中，或沉寂于崖壁山岗之畔，峰幽林密，春绿夏凉，蝉鸣秋意，海景旷远，令来过这里的游人，无不心醉神迷地领略到旧埠风光与西洋建筑的韵味。

云水微茫，霞光潋滟，海上名都，仙景佳处。

遥想自唐以降，三都澳可曾宝辇途塞，绫罗障目？也许，一程程，都有折不尽的相思树；一处处，都有喝不完的陈酿酒。从此，追梦心悬长夜楼，留于千年作胜游。

一方宝地，内外蜚声，名人荟萃，纷至沓来。

"兰桡画舸悠悠去，水阔风高扬管弦。"令人遐想的是，春来花草日，半雨半烟时，当年曾在蕉城山水间徜徉的陆游，是否也到此一游，尚不可知，想来已是难以企及的一桩往事。但有资料记载：国民政府主席林森，中华人民共和国成立后的国家领导人诸如陈毅、叶剑英、胡耀邦、李先念等都曾在此留下足迹。大诗人郭沫若更是二度来此，留下"三都良港举世无，水深湾阔似天湖"的诗句，从此"海上天湖"，四方传播，无数来者，浪挂天帆，他们一头扑进的是迷人的画卷，双脚溅起的是亮丽的诗行，如此的意境，怎不教人流连忘返，向之魂绕，思之梦牵？

暖阳晴风，桨声欸乃；起舞弄影，风流代代。

改革开放以来，作为海洋旅游资源丰富的海岛重镇——三都，围绕海洋旅游大做文章，踏遍海岛寻妙景，铺开云锦试新毫，三都澳旅游景区由此应运而生。事实上，景区景点本都集中在三都澳东南部，如今从人文角度细细分类，却可分为斗姥景区、福海关遗址景区、青山景区、笔架山景

四季都因你而饱满

区和鸡公山景区五个部分，以及三都军港观赏和海上景观游览等三大游览点。

这些景区，这些景点，诚如出生闽东的诗人刘伟雄所写的那样，是"搁在阳光下的等待"，是"躺在岁月中的传奇"。

二

笔走至此，脑海浮现出数年前我来叩访三都澳的一幕——

"烟波荡荡，细浪悠悠，眼前无钓客，耳畔只闻鸥。"这几行字，就是那个春天里我与三都澳邂逅时在心中记下的印象，说来也巧，那也是三月的一天，我从福建边防总队宁德边防支队三都边防派出所海上警务区采访出来，天空正下着不大不小的雨，坐在车上望去，偌大的三都澳沉浸在一片淡白的雾气中。我注意到，即便是这样的天空，仍有不少游客结伴来此游玩。他们沿着岛上、林中湿润润但又翠油油的路径漫步，或一手举着雨伞，一手轻拨微伏的野草，观赏探头欲出的花朵，尽情享受大自然在雨天里显露的色泽与芳馥。令人感动的是，我看到一批摄影爱好者，在雨中举起相机，把镜头对准那些以宽阔水道为"街"、出入航道为"巷"、渔排集结为"区"、木屋错落为"家"的海域，对准那些穿着橄榄绿的边防官兵们在各自岗位上以高度警惕的目光巡视和护卫海疆的英姿。我瞬间想到，在风雨中坚守岗位，保一方百姓平安的边防官兵，以及用镜头专注地对他们投去敬佩目光的摄影者，不也构成了三都澳最新最美的一幅景致吗？我想起在采访中，这里的一些群众告诉我，他们一直敬奉三都澳的妈祖、临水夫人、斗姆娘娘，因为她们都是法力无边的海上保护神；但每天二十四小时为群众执勤、为水上人家提供全天候零距离服务的这些边防官兵，更是他们心中的"活妈祖"和"蓝色田园"的守护神。

边防官兵在当地人心目中的形象，令我感慨之余，不由想到了三都澳滨海和海岛矗立或横卧的岩石。确切地说，它们的名字叫花岗岩，这些岩石，从内容到形式都在暗示着山与海亿万斯年的变幻，每一块石头，几乎都是一首哲理诗，在默默地向人们讲述着三都澳的石头世界，是如何在长年累月中经受海浪的冲刷、侵蚀，最终形成了千姿百态的地貌景观。尤其是在斗姆景区、青山岛景区和笔架山景区，到处都能见到嶙峋的奇石、怪石。据科学资料记述，这些地层，因受到区域性断裂以及花岗石自身发育节理影响，常常沿着断裂面、节理面产生风化作用，或沿着裂面产生滑动、重力崩塌，随着时间推移，花岗岩体逐渐被雕琢成城堡状、峡谷状、长柱状、长垣状或尖峰式、峰林式、鱼脊式、石蛋式等形状，构成群岩耸拔、险峰矗立、陡峭巍峨、石群绵延、洞谷幽深的花岗岩地貌景观。这些石头，在荆棘丛生中穿过高低不平的野径，走进现代文明的视野，使人身临其境，仿若来到隔世的"侏罗纪公园"。

　　记得那一次，我留了下来，在青山景区和笔架景区做了短暂的逗留。较深的印象有两个，一是走在青山的山腰，周遭林木葳蕤，鸟声婉转；沿石阶拾级寻觅，但见阶沿坚石蜿蜒，石阶磨出一道道凹痕，无不记录着沧桑岁华；轻风微拂中，叶片簌然，抬头间，但见农舍渔村，半隐云间，半隐芳丛，顿时疲惫消除，隐隐的惬意与诗意浸染了衣衫……二是在笔架山，远远看去，那形似笔架的山脉隆起，又似撑开的巨手指向天空，如同通往迷宫的路标，一下提升了人对三都澳美好憧憬的高度。据说，在封建时期，宁德的县衙门一定要对准笔架山，以此表明书香县邑、文墨世家的文化心态。不过，这是百姓们也能向往的一种自豪，还只是文人骚客内心的一种指向？想必，两者都兼而有之。因为，在我曾经读过的有关三都澳历史的一些诗文中，我都看到了一种丰茂的人文往事……那天，在与笔架山久久的对视中，我仿佛看到了一个在笑声和絮语中复活的梦境。记得当时，我还听见一声黄鹂的花腔，直入云天。

　　话说回来，这次我到三都澳，除了重温旧游的心境和感叹，面对闪金烁银、锦绣依旧的天湖，一种暖暖的旷世之美即刻包裹了全身。都说：有些美令人敬畏，有些人让人沉沦。而当我站在天湖岸边，举目望去，蒹葭苍苍的碧蓝波心，杂树生花的斗姆山岛，像一幅幅逶迤、明丽的风景画图，直让我在心里叫道：美，是会化掉一个人的！

三

此行目标，是我不曾去过的斗姆岛。该岛处于三都澳中心区域，面积约零点六四平方千米。当小小的游艇载着我与向导离岸后，立即在海上天湖犁出了一路白色的浪花。我有些兴奋，因为游历这个岛屿后，三都澳的主要景观，我都算涉足了。不过，要想游遍三都澳几乎是不可能的，因为向导告诉我：在三都澳，不包括独立的小礁石，共有岛屿一百二十六个，其中有居民岛屿十七个，蕉城区占其中九个，分别是：三都岛、青山岛、斗帽岛、鸡公山、白匏岛、鸟屿、官沪岛、横屿、云淡岛。

说话间，游艇已经登岸。

午后的阳光，明晃晃的，却一点也不刺眼，倒是把岛上的奇岩、杂树照得鲜嫩丰美，惹人喜爱。向导介绍说，这就是斗姆岛，由七座山岗组成，中高边低，呈帽形之北斗状。这一说，我立即想起蕉城区的作家郑承东向我介绍过：去斗姆岛，或多或少、有意无意都会感受到道教文化的气息。

行走中，向导继续同我说：这斗姆岛可是因神得名的，这神便是中国神话传说中诞生的北斗七星的一位女神，是北斗七星的母亲，因此叫斗姆娘娘。传说，斗姆娘娘形象很奇特，额上长有三目，肩上共有四头，她本事极大，天上地下都行得通。道教《北斗经》中说，只要诚心礼拜斗姆，称念她的名字，就会消灾灭祸，延生得寿，获福无量。这岛上一块石壁上，就刻着斗姆神像。我一听，便径直前往膜拜。礼毕，不禁在心中感慨道：斗姆娘娘和我家乡的妈祖娘娘，都得到这里人们的虔诚信奉，从此一个巨

海山天湖三都澳

石嶙峋、叠石成洞的小岛，也开出了万树繁华，千年烂漫。这正应了一句话：山不在高，有仙则灵。不过，我想到：妈祖是救苦救难的海上女神，而斗姆是北斗的母亲，无疑可为这里来往的船只确定方向。请北斗众星之母在岛上镇守，可起明眼目、涤心志、鉴须眉、指航道的祈愿，这才是人们信奉的精髓所在吧？

拜了斗姆，回身登上石板路，只觉四处绿叶纷披，鸟鸣清脆，空气隐约飘散出大海咸腥的气息。左转右折，耳边听得风在瑟瑟微响；轻拢慢拨，眼前尽是花的灿烂笑容。一路绿荫重重，一路清凉通透，令人只想且歌且行，来一回迷不知终其所至。不过，我只让幽思出游了一会又收回了，要知道，在神仙福地，慢行有慢行的收获，即时时可窥见或触摸到那些裸露的奇石或巨岩。不是吗？它们的排列初看没有多少合理，细看，却有着连建筑师也无法想象的平衡、协调与和谐。这些石头石块，形态万千，各具特色，令人目不暇接，叹为观止。虽说它们是因大自然造化而呈现不同的神韵，在垒垒相连又各各独立中，最终却都因被人赋予性灵的名字而愈加形色俱全、生动活泼起来，如"仙趾石""母子石""犀牛望月""黄鱼朝天""狸猫拜月"等等。有的则被人赋予人们喜欢的"金元宝""海螺"和"芭蕉""野果"一类的名字。

不过，我对岛上的海蚀景观也情有独钟。如山上的斗姆迷宫，入洞后只能在石头的缝隙中匍匐前行，颇具惊险刺激；还有代表"福、禄、寿、喜、财"的人生五愿景的奇石，其鬼斧神工，惟妙惟肖；而凿于悬崖绝壁的海边栈道，更让人领略了在波涛万顷的官井洋边步行的惊险与惊喜。

最为令人心神舒朗的，是登上高处的斗姆亭。放眼远眺，阳光下的天湖闪闪发光，倒映着闽东天空的蔚蓝和深邃。四周，群峰起伏；海上，星岛罗列；海天一色，白鹭点点；一串串渔排，构成一座座海上村庄。"古今往事千帆去，风月襟怀一笛知"，面对如此壮景，我自然按捺不住内心的激动：三都澳，美丽的三都澳，我知道，只有辛劳、勇敢的渔民，才能真正读懂你的心。但我恳请借用你的人文作铺垫，让我打开怀抱，尽情接纳着自由、旷达、洒脱的天湖，赐予我"岛山环拱忘冬夏，潮汐翻腾有减除"（郭沫若咏三都澳诗句）的无涯风韵与情愫。同时，也允许我想象自己是你海上的一只不系之舟，在风生水起处，迎迓着粼粼波光，驶向大海的深处……

三都澳，请接受我由衷的顶礼和膜拜！

九龙湖·九龙洞

九龙湖

都说世间养性者，莫不与山水相契，他们走到哪里，都会一头扎进山中，或一脚踩进水里，哪怕是旧地重游，也是眷恋依依，走走停停，指指点点，一副魂不守舍的模样。这能装得出来吗？不能。你看他们，朝来探看曦光萌生玉树，夕至犹怜雾罩涧边幽兰；日下，他们翻动两只脚板，采崖壁之妙；雨中，他们披戴一袭蓑衣，掬水帘之趣。一句话，走到哪里，都只有一副孩童般的眼睛，而山水也自然情愿地种植在他们心中，让他们挥洒出千般诗意或禅意，乃至播下不尽的激情和柔情。

我常自叹不是这类人，逢山遇水，甩不了一个水袖，也唱不出半阕天上人间。许多时候，我只是随潮流或是被人推搡到山水之前，然后听人给我一个劝慰，让我不经意间在惊喜中去对视大自然的景物；最终，点燃的是一个名副其实的迟来的梦。

早先听说，九龙湖过去曾是清流县最大的乡镇沙芜塘的所在地。现在叫沙芜乡，"塘"字不见了。原来 1973 年，国家在九龙溪下游建了安砂水电站，这"塘"便被淹没在万顷碧波下了。而自古被誉为"闽水第一奇险"的九龙十八滩，也变成了凝碧叠翠的百里平湖。这次探访九龙湖，正赶上秋季一场大雨，当地人劝我择日而行，我却执意前往，不是说，雨天寻幽更有趣吗？还好，车出县城，雨也停了，一路云蒸雾绕，山水迷离，奇花异木，时隐时现，倒也别有一番韵致。从车窗望出去，雨后各种迷人的景色，如卡通片般地一一闪过，格外使人感觉不尽的清新和惬意。

车行约一个小时，来到景区。眼前是九龙湖最开阔的水面——十里平湖。细看，四周绵亘的群山，似有飞泉在云里雾里闪烁，扬着细微的声浪溶入谷中。平缓的岭头，青的靛青，绿的碧绿，在云端各现其姿，各呈妙色。山脚下，银带似的蜿蜒的岸脚，纷披着倒垂的藤蔓，一直纠缠萦绕到远处看不真切的峡谷。时令已近白露，层层叠叠的丛树不经意地现出一片斑斓的色彩，夹杂着雨味的风吹过，发出沙沙的响声；偶尔，似见有叶片在空中飞舞，慢慢地落到湖面上，也落到水上一片齐整的养殖的网箱。

九龙湖南北长六公里，东西宽五公里。雨后的水色非蓝非绿，既不透明，也不发黄，倒像一面古铜色的巨大镜面，映出九龙山岭迷蒙的倒影，映出头上灰云密集的天空。湖心一座龟形岛屿，笼着薄薄的轻纱，突然一阵风又吹来了，岛屿露出一片浓郁的绿，那各种树木托起的树冠，团团簇簇拥在一起，像一枚巨大的翡翠镶在湖心，四周轻浪涌动，让人担心它欲沉入湖底，但它像椭圆形的巨大的吸盘，牢牢吸附在湖面，晃晃悠悠中，竟从林中撒出一群白鹭，扇着翅膀飞向湖面，盘旋了一会儿，又迅疾地抖着翅膀，箭一般地冲向山林，消逝在一片轻淡的山色中了。

我不禁看呆了。这时，突有一片明媚的阳光冲出云翳，一下把九龙湖照得鲜澄发亮。只见云山耸翠，近水泛银，沙汀草浦，温润光洁。眼前景色突变，令人猝不及防。惊喜的瞬间，心底也不禁流出了"青山不墨千秋画，流水无弦万古琴"的古人绝句。

毫无疑问，九龙湖在不同的季节和天气里有不同的景象。同来的友人告诉我：晴天，这里风和日丽，碧水青山；若是偶逢山洪暴发，这里也会波涛汹涌，山色凄迷。但更多的时候，九龙湖如柔静的美人，每逢日出、晚霞，或月光皎洁的夜晚，湖面总是呈现、变幻着各种迷人的风姿和景色；

不论你何时来，九龙湖都会呈现给你充满诗情画意的山水画卷。难怪，九龙湖成了福建省级风景名胜区，是全省唯一的喀斯特地貌与浩大湖水完美结合与辉映的所在，也是全国原始生态保护最好的湖泊之一。

但就在这万顷波纹下，也令人嗟叹地沉淀着清流县原最大乡镇沙芜塘的历代风华。当年，这里是闽西最大的航运中转站，明清时，此处站长官阶竟达七品，可见这个中转站的不同寻常和重要性。如今，车水马龙，商贾云集的沙芜镇曾经的风华，虽已随着时序遭递而过眼远去，但仍未化作一片云烟，因为历代文人墨客吟咏九龙溪的诗词歌赋仍留存至今。最为引人注目的有唐代诗人张籍的《送汀州源使君》、宋代书法家蔡襄的《安济庙潜灵王谒》等诗文，令人读之心动不已。

绕湖半周，雨又下了起来。草在雨中瑟瑟作响着，干了又湿的树叶重又现出一层深浅混合的浓绿。奇怪的是，就在潮湿的空气里，我却闻到了一种不知名的野花的香味。友人笑着告诉我，也许是嗅到了这里传说中的九龙仙女身上散发的香气呢。说的是古时一农妇上山采菇，遇一云游僧人，送她一朵红菇，农妇按僧人吩咐煮了吃下，不久怀胎生下一女。及至长大，此女不但容貌出众、聪慧非凡，而且胆识过人。她听说九龙十八滩有黑龙常在水中作怪，便毅然驾舟前往，与黑龙进行几天几夜的搏斗，终于将其斩杀。但她最终却因天机泄漏，被玉皇召回天庭。从此，只要九龙溪的百姓有难祈求上天时，她就会下凡现身化难。这一带百姓便称她为九龙仙女，敬奉至今。

有关九龙湖的传说还真不少。不过我颇感兴趣的是至今还有实地能与传说相符的去处。于是辗转来到一个叫梦溪谷的地方。这是一个峡谷，长约三公里，两岸悬崖峭壁，满目原始森林。相传这是上天玄龙为与九龙仙女幽会而开辟的。令我未曾想到的是，当地有资料记载，宋代科学家沈括的后裔追随民族英雄文天祥护驾征战，曾迁徙至此，并定居下来。沈括的后裔见此溪谷与自己故乡的那条梦溪十分相似，就将此溪命名为梦溪，让世代子孙不忘祖上的鸿篇巨著《梦溪笔谈》，不忘国耻与中原故土。

雨依然下着，微薄的烟云无声地掠过沉思中的我，又即刻不见。回看九龙湖，偌大的湖面，再次浮起银灰色的光泽。湖边的山峦，却在雨中愈发葱郁了。冒着雨，热情的友人又带我来到一个叫新叽的客家民居村，村东头文溪边有一溶洞叫叽头洞。进洞一看，洞中尚存一些古代无名氏刻写的诗文，斑驳迷离，很难辨认。但我看过清流作家江天德有一篇文章曾提到此洞，说是洞中难以辨认的诗文记载一个宝藏的秘密，只有看得懂岩刻的人，才有可能获此宝藏。这个村西头还有一个明代伍家大墓，有石人、石马、石羊等守护。该墓正面明堂开阔，后山有靠，九龙溪则从旁迂徐而过，来无踪，去无影，九曲十八弯，却流水有情，一步一回首，据说是地道的风水宝地。墓主七个儿子，全是朝廷七品以上官员，最大的官至侍郎。

游兴正浓，雨意也酣。回程路上，水天一色的九龙湖，已罩在一片密密匝匝的雨雾中。放眼望去，但见层峦叠嶂，在云片中连成一体，似远似近，迷离恍惚，像极一幅意境深远的水墨画。这时，友人转身对我说："雨太大，还有一处白马山，今天就去不成了。"说着递过一张有关白马山的导游词。原来，与九龙湖有关的白马山也有个传说，说它是唐僧去西天取经归来的白龙马化成的，原因是白龙马不喜欢市井繁华，便选了这静僻之处隐居，此山也成了洞口村人祖辈守护的风水宝地。后来不知什么时候，村里搬来了位姓郑的富贾，想把白马山买下当作自家的风水宝地，此举遭到村民激烈反对。他心生一计，说村民信奉九龙尊王，那就替大家在山上建座九龙庙。村民这才转怒为喜。谁知庙宇竣工时，他竟将庙门牌匾换上"郑氏宗祠"字样，气得村民当即把牌匾捣烂。郑富贾把状告到县衙，说村里黄姓依仗房族人多势众，欺他小姓人家，占他白马山祖先产业。他哪曾想到，请来帮工姓黄的外甥早看透舅舅诡计，在建庙时，将每根榫头都写上村人和自己名字。最后在证据面前，郑富贾也无法奈何，只得将白马山权属归还洞口村黄姓。

故事到此还有新传：1931 年 1 月，毛泽东带领红四军二纵队回师赣南，途经九龙溪洞口村，在村中宿营，他听了白马山的传说，为鼓舞士气，就指着白马山对士兵们说："当年唐僧去西天取经骑过的白龙马，躲到这里来修身养性哦。"说着，轻抚了身边的白马，笑道："今天，我也要骑着白马带大家去'西天'取建立苏维埃政权的经，取解放劳苦大众的真经。同志们哪，我们也要不怕艰难险阻，有战胜九九八十一难的勇气。明天，我们就朝白龙马所指的方向前进，一定要把真经给取回来……"

　　看到这里，我不禁想到，以峡谷、溶洞、温泉和亚热带雨林为特色的清流县，以及当年以奇险和秀色著称的九龙溪，竟也与历史上几多伟人有过一面之缘，这实在是无可比拟的幸运，非独自身的美丽与丰茂所能演绎的。如今，白龙马的时代早已过去，九龙湖水上也早已有快艇飞驰。而九龙湖的诸多名胜古迹，这些年来，也早已种植在世人的梦里梦外。谁不说，多少心事，都已在九龙湖澹美的意境中净化并丰盈；而多少超然的想象，也会随着九龙湖的碧波，荡漾在四季转换的五颜六色之中……

　　再见了，雨中的九龙湖！

九龙洞

　　如果说世上没有两片相同的叶子，那么，世上也没有两个相同的岩洞。

　　《易经》《山海经》《神农本草经》都有关于岩洞的记载和描述。晋代以来的方志对岩洞有较详尽的记述，到隋代则有记述岩洞的专著。自唐宋起，岩洞已成为一些文人、仕官的研究对象和游览场所，由此"题记"和"摩崖造像""石刻"也日益增加。明代著名的《徐霞客游记》，记述了上百个岩洞，成为世界上最早系统记载岩洞的科学文献。

　　然而，在这些书籍和资料中，至今确也找不出两个相同的岩洞，这不得不让我们惊叹大自然的造化以及留给我们的无尽奥妙。

四季都因你而饱满

洞外天地各自宽，洞中玄机竟不同。

这是我个人对岩洞的一种浅薄的认识。这些认识，正是我游历参观了众多的岩洞，诸如北京的云水洞、肇庆的七星岩、桐庐的瑶琳洞、桂林的芦笛岩、福建的玉华洞等而获得的心得和感悟。

眼前，这个位于福建闽西北著名的风景区——九龙湖畔的景点九龙洞，又会是一番什么模样呢？

据资料记载，九龙洞又名狐狸洞，位于清流县沙芜乡。1989 年 8 月，中国科学院考古学家尤玉柱、董兴仁在《人类学学报》第 8 卷第 3 期上发表了一篇论文，题目是《福建清流发现古人类牙齿化石》。论文记述，发掘于清流县狐狸洞的古人类化石，不仅是福建迄今发现最早的古人类化石，可称作远古人类的"清流人"，与台湾远古人类"左镇人"一样，都是旧石器时代的晚期智人，有着共同的起源，是自古闽台同根同源的有力实证。论文中的论证，科学地鉴定了"清流人"古人类化石在福建考古学上的价值和地位，从此把福建人类活动的历史向前推进了一万多年，也填补了福建旧石器时代人类活动史的空白。由此，狐狸洞享誉八闽，成了无可争议的"闽人之源"。

目前，九龙洞洞群已开发了三个洞厅，长一点六公里，面积达一万多平方米。各洞厅钟乳石色均不相同，形状各异，千姿百态，惟妙惟肖。进入洞中，不时能察觉凉风习习，清爽扑面，使人无不慨叹古人类选择居所的独具慧眼。洞中有天，偌大石壁犹如天幕铺在头顶，上面似有星光闪烁，斑斓点点；洞中有水，潺潺流水汇成地下河，人们甚至可以在河中划船。大自然的鬼斧神工，把九龙洞的洞室雕琢得像现代人奢华的场所。想在这里举行宴会、歌舞、婚礼等活动吗？这里有米黄色的钟乳石铺成的宽敞、平坦的洞厅；想在这里一睹九天胜景吗？洞顶五光十色的道道弧形仿若天上彩虹，诸多仙女也许就是通过这条彩虹来往人间，与远古人类同歌共舞；玩累了，想在这儿休息吗？试看那边洞厅的"古人仙帐"，石榻石枕，芙蓉含香，那床头有点像猪的宠物叫华南巨貘，是与远古人类处于同一时期的古代哺乳动物，可惜随着环境的变迁，这种动物在一万年前已经灭绝了。

在这三个给人想象力的洞厅里游走，看到的更多是相似于人物与动物以及自然景物的溶岩。今人据其形各加描述，暂且取名，以便游人观赏。诸如"牛承甘露""剑齿象鼻""神聚龙宫""五岳独尊""古人卧榻""生命之源""莲灯普照""古钟长鸣""空中飞人""鳖鱼转身""王蛇出洞""鲤跃龙门"等等，五花八门，不一而足。甚或可说，天地玄黄，宇宙洪荒，都可以在这里找到某些踪迹。

专家们看岩洞，着眼于岩石性质、构造、气候等多种因素。但游人则无暇顾及这些，他们与我一样，喜欢独自溜达，自己想象。人在洞中，却常常心联洞外。看穿顶、洞室，惊异自己竟然发现了崇山峻岭的图案，发现岩石上爬满了好似苍翠的常春藤的形状；发现岩石间缝里，有风花，有雪月，有自己敬慕的至善至美的人物……

总之，九龙洞给我的印象是新鲜、奇特又奥妙的，它与我游历过的岩洞可说是截然不同的。一句话，九龙洞不但让我体验了古人类生活的居所，也带给我人间温暖的气息和图像。它不仅可以触摸，可以怀想，还可以让远古和现今的呼吸相通，唇齿相依，以至深悟历史长河的渊源是如何一脉相承，缓缓流淌至今……

不过，我对这个原名"狐狸洞"现改为"九龙洞"的命名有些不解。这是古代传下的名字，也与它的美丽传说相符，说的就是很久很久以前，狐狸洞出了一只修炼未果的狐狸精，看上洞中的龙宫，想据为己有，结果与洞中一条龙争斗，被仙女收服，最终教化成仙，但却留在洞中。这狐仙从此变得乐善好施，倾心于救苦救难。特别是它十分关爱村中孩童，不但时常分给他们食品，还教他们唱歌、跳舞。但大人们却从未见到它。他们很感激又很好奇，于是由孩子们指引，来到洞中找寻，结果只发现一尊形似狐狸的石钟乳。于是当地百姓就传开了，说是狐仙下山能为众人救苦救难。从此一传十，十传百，连附近数十里远的村民都到洞中来设案摆祭品，敬奉狐仙。从此这个洞被村民们叫作狐狸洞。想到此，不知为何，我竟想到了一支名为《白狐》的歌曲。我不知道，这支歌是否与狐狸洞的传说有点联系，或有点关联。歌中幽怨缠绵地唱道："我是一只守候千年的白狐，千年守候千年无助，情到深处，看我用美丽为你起舞，爱到痛时，听我用歌声为你倾诉……能不能让我为爱哭一哭，我还是你千年不变的白狐！"

多么凄美的歌词，那字里行间出现的忧伤、透明又温暖的质感，不但充满了一种神秘的暗示（那只白狐也许在洞中修炼千年，在救助无数穷人的过程中，爱上了一个凡间的男子，为他起舞，为他歌唱，然而……），也更加拉近了我与九龙洞的距离。

九 鲤 溪

初秋的一个早上，我进入九鲤溪时，发现雾还未散去，只觉周遭山隐水动，氤氲自生。我仿佛站在无边的宣纸上，用双脚勾勒一幅溪山淡墨画。但我知道，不是画家的我，是无论如何也绘不出眼前浓淡相宜的境地，那轻纱一般的雾，也掩饰不住这里的一种质朴的美，清越的秀！

果然，不一会儿，阳光从云中倾泻下来，闪闪烁烁的有点刺眼，两岸绵延的山岭突然撞入眼帘，犹如屏风镶嵌于斑斓的溪中，异常亮丽，格外醒目。行至近前才弄明白，这里就是九鲤溪放筏的渡口。

九鲤溪，位于太姥山西侧山脚下。这一带，山系着水，水绕着山，松杉滴翠，秘径通幽，空籁处处。放眼打量，这里溪面宽绰，水流得宁静随意，甚至带有过浓的温顺和纤弱；它脉脉地幻出了峰峦白云的眷恋，柔柔地润出了两岸树木的浓郁，淡淡地晕出了漫谷的些许雾岚，隐隐浸湿了山里深处牧童的笛音。

此处溪水，是顺着弯弯曲曲的山谷流下来的；高处急，低处缓，更远处似有溪水从岩上泻下，如小瀑布一般，飞溅起团团水雾；但眼前溪水却是清澈透明，可以清楚地看见几只小鱼在溪边漂游。

我乘坐的竹筏时急时缓地前行了，沿途可见溪边毛竹丛生，间有许多花木，红的，紫的，蓝的，溪流也就增加了无限的画意，只见竹影扶疏下各种花木，各不相让，尽情开放。溪水载着花香，几乎把乘筏的游人家都

四季都因你而饱满

熏醉了。令人惬意的是，九鲤溪的水是长久不涸的，一年四季，都是在清风、树影、彩石、鲜花中温柔恬静地流着，唱着那音调古朴的歌曲，而且，因为它是这样的清澈明朗，所以我们不独见到溪中那些快活自在的小鱼，也常常可见翔飞于滩头和树间的白鹭。

一程石滩，一丛樟树；一弯水路，一层枫林。一曲曲，一程程，只见两岸佳木苁葱，奇花闪灼。最是时见一带清流，从花木深处曲折泻于石隙之下，再进数百步，渐向东去，则平坦宽豁，两边杂藤繁茂，皆隐于山坳树杪之间。俯而视之，白白的浪花则如清溪泻雪，中有石磴穿云，环抱溪沿，幅幅美景扑面，令人目不暇接。

九鲤溪全长二十多公里，漂流区约十七公里，下游延伸到闽东霞浦县境内，和杨家溪景区相连。溪流两岸或峰回路转，或急流直下，偶有浪浸鞋袜，但均有惊无险。两岸的山上，有许多国家级的保护树种，其中最著名的是国家一级保护树木——红豆杉。排工说，树龄最大的大约有二百年了，主干有两人合抱粗，位于一个叫吉星濑地方的左上方，红果成熟时，许多鸟儿飞来，聚集树上，吱呀和鸣，使人能循声而至，轻易辨认。山上，还有闻名遐迩的中华蚊母树，为国家二级保护树种，是地球上最早的几种植物之一，也是集合观赏、物种研究价值的珍稀树种。

行经磻溪镇境内时，排工又告诉大家，这个地方有很多瀑布，如龙亭瀑布、溪口瀑布、龙须瀑布、隐龙瀑布、烟雨瀑布等。这些瀑布从高悬的山涧或峭壁断崖上飞泻下来，像千百条闪耀的银链。而瀑水就在山脚汇成冲击的溪流，浪花往上抛，形成千万朵盛开的白莲。其中龙亭瀑布落差一百三十六米，宽三米。瀑布下方有一块可容两百多人观瀑的巨石，巨石下是一个十米见方的龙潭。仰观瀑布，飞流直下，犹如白练悬空，烟雾缥缈，声势逼人，凉风习习。瀑布周围有拔地而起数十米的岩峰"将军印""文笔架"等几十处岩石景观。而溪口瀑布，位于桑园翠湖大源头下游，落差六十米，飞流直下，水汽弥漫，彩虹缤纷。瀑布下方，峡谷两岸布满千姿百态的水蚀石，水雾飘忽，时隐时现，犹如观看神秘的海底世界。

记得，前些年春季曾到过此地，沿途瀑布给我深刻印象。而今乘竹筏穿越，虽不能一一亲近，但在秋日时分，放眼四望，发现愈是下游，溪水愈不平静，呈现出金黄嫣红相互杂驳的粼粼波光，宛若一条条鲤鱼腾跃在水面，使沿途都敷上了一层烟波浩渺的愁绪。这使我不由想到，溪水从古到今一直涤荡着满山岑寂，也为人们擦拭着被种种世相所浸染的心灵。而四周绵亘的群山，似有飞泉在云里雾里闪烁，扬着细微的声浪溶入谷中。平缓的岭头，青的靛青，绿的碧绿，在云端各现其姿，各呈妙色。银带似的蜿蜒的岸脚，纷披着倒垂的藤蔓，一直纠缠萦绕到远处看不真切的峡谷。层层叠叠的丛树不经意地现出一片斑斓的色彩，夹杂着微香的风吹过，发出沙沙的响声；偶尔，似见有叶片在空中飞舞，慢慢地落到溪面上，晃晃悠悠中，竟从林中撒出一群白鹭，扇着翅膀飞向溪面，盘旋了一会儿，又迅疾地抖着翅膀，箭一般地冲向山林，消逝在一片轻淡的山色中了。

我不禁看呆了。这时，突有一片明媚的阳光冲出云翳，一下把九鲤溪照得鲜澄发亮。只见云山耸翠，近水泛银，沙汀草浦，温润光洁。眼前景色突变，令人猝不及防。惊喜的瞬间，心底也不禁流出了"青山不墨千秋画，流水无弦万古琴"的古人绝句。

无疑，九鲤溪是时缓时急的；平缓处，闲庭信步，悠然自得；湍急处，飞筏似箭，有惊无险。在漂流尽头处的渡头村，有两片面积为二百五十亩的枫树林，林边河滩上是一片面积百余亩的荻花滩。每年秋末冬初，树叶黄里透红，荻花一片雪白，别有一番情趣。在两片枫树林的间隔地带，有十几株树龄为数百年不等的古榕树林，历尽沧桑仍生机盎然，天空密叶交错，地面虬根盘绕，为游客提供了一处理想的小憩场所。据专家考证，这是全球纬度最北的古榕树林。而九鲤溪下游，则是霞浦县境内的杨家溪，相传因北宋名将杨文广平定南蛮十八洞而得名，自古是出入闽省的必经之地，至今还保留有秦汉时期修建的古驿道——通津路和始建于明嘉靖年间的闽东最长古桥——通津石桥。南宋状元王十朋任泉州知府曾宿此地饭溪驿站，并赋诗赞云："门拥千峰翠，溪无一点尘，松风清入耳，山月白随人。"

水路无尽，遐想无尽。对于流碧凝翠的九鲤溪，我有太多的感悟。在我看来，不管是春风、夏雨、秋声、冬霜，它都像一条色彩的溪流，在云中雾里不甘平庸不甘寂寞地流淌着，让整个生命的内涵不再拘禁在固有的流程。正如有人说的那样：如果你永远面向大海，那么你永远就有梦想和挚爱。所以，不管在什么季节，人都应当到野外去感受生态山水，去珍惜每一缕阳光的温暖，每一簇山花的微笑，以坦然和自信去耕耘那个属于自己的天地。

回程坐车时，我不禁又想到，以秀色著称的九鲤溪，过去由于人文讯息闭塞，也只是"养在深闺人未识"，如今能不负时代，演绎自身生态的美丽与丰茂，吸引众多的游人，这实在是一种无可比拟的幸运。而九鲤溪沿岸的诸多名胜古迹，原来深藏山中，这些年来，也一一种植在世人的梦里梦外。因此，来过九鲤溪的人，都会发觉，不论自己有多少心事，都会在九鲤溪澹美的意境中净化；而多少超然的想象，也会随着九鲤溪的碧波，荡漾在四季转换的五颜六色之中……

九鲤溪

仙人井

仙境之说，源于中国远古神话。真正穷究起来，不管传说是在哪里，即便去看了，总归虚无缥缈。不过，这些地方，确也风景绝美，如"蓬莱仙界""桃花源"等等。至此终于明白，仙境原来是人的精神上的一种意象，是大自然向人敞开的一种襟怀，是与物同游，天人合一，相与言语的一种境界。

其实，世间万物，莫不可观，每观一物，莫不有所得。这回，我前往探寻的是位于平潭岛流水镇王爷山绵延数里的一片"东海仙境"。一入境地，便见南麓海滨一带，险崖峻峰，临海而立，任海上波浪，层层叠叠，推涌而来，或轰鸣，或呼啸，或涛头拍岸，或浪花飞吻，感觉轻晃中又巍然耸立，确是难得的一个观潮好去处。

不过，在此观景，与穿行在青山绿水中感觉迥然不同，更不是花间醉然品酒，茅舍淡然品茶，也来不得浅吟低唱；因为，当人登上高峻的礁岩，头顶晴空万里，耳边海风飙飙，看到的是历经风浪的沙滩，留下不尽斑驳和亘古豪情的飘逸；而苍茫旷远的大海，看一眼，便让人胸襟装满了时光的倥偬和沧桑。

这是"东海仙境"给我的最初印象。进入景象阅读，不论是当地有关远古仙人们驾临此地留有的神话，还是教科书上此地白垩纪火山岩的生成历史，"东海仙境"都以它的雄浑壮美给人难以抵御的诱惑。景区由"仙人井""仙人峰""仙人谷"等景点组成,使人不禁联想,当年这些仙人居于此地,肌肤若冰雪,绰约若处子,不食五谷,吸风饮露。后来,乘云气,御飞龙,游乎四海之外去了,只留下各自孤独而又神秘的幻影。当然,这些地方,自从被世间的人命名的那一天,时光的尘埃便悄然飞散,海上粼粼的波纹,也会以"荡摇浮世生万象"的幻境,一下迷住了来者的眼睛。不用说,那些神话传说,那些红尘旧梦,那些风吹浪打的日子,那些温暖繁华的记忆,甚至无数的细节,不断补充又扑面而来。如今,所有光阴的角落都已敞开,这些地方,就像一本书的章节一样,让人一页一页慢慢地轻翻着,有离奇,有惊喜,有心揣过,有泪烫过,也不知是别人的还是自己的,总之是温热迷人的。

这里,我已急不可耐地要说说自己"半日游"的观感。

这是夏天的一个午后,在平潭旅文局小简和导游小张引领下,我们三人来到危岩高耸、气势磅礴的仙人谷。这个峡谷,完全是从海边冒出的,属海蚀沟状地貌,因此,山体看上去像被巨斧一下劈开,形成长七十余米、宽三十余米的两面绝壁;它们矗立着,岩石裸露,却无一点刻骨的伤感,显得孤傲俊朗,黝黑发亮。细看,岩壁上青苔斑斑,裂缝处有不知名的植物附着而长。最奇的是峡谷之中,铺满密密麻麻椭圆的鹅卵石,这是亿万年来潮起潮落海水冲刷的结晶。走在谷底,踩着光溜溜、青粼粼、大小不一的卵石,咔嚓嚓、哗啦啦,似踏进一条石头的河流,虽说单一,倒是呈现出一种不落世俗的纯净状态,恍若禅境。而这种禅境,是亲切的,从不拒人于几米之外。也许,这正是身处海与岸的毗连之处,无语堆积的卵石自有凡人所难探求的生命自在;其天真之气,则体现在大小与形状的趣味上,从线条到形象,无不圆润稚嫩,拙朴可掬。在此之上慢慢走着,感觉与仙人一样,气定神闲,悠哉游哉,不啻一种美妙的人生体验。据小张说,每年夏天,到此游玩的游客,总是下到仙人谷底,把玩那些黛青的鹅卵石,久久不忍遽去。待回到谷上,于天高云淡、蓝白相间的背景下,俯瞰海岸边，长堤栈道，游船码头，水阔天远，似一幅彩画铺在眼底。

时光弥漫，如今人类对海洋的认知已由肤浅变为深沉，由陌生变为熟悉，因之，无论是游走在仙人谷或由此转入仙人峰，站在山海之间，长天朗润，大海碧蓝，岛屿奇崛，光谱迷离，让人恍若身临仙境、遨游太虚。大自然的鬼斧神工就这样把惊人的创造抛洒在海岸线上，让人在色泽炫美的景致环抱中，身心沉浸在一种特有的艺术氛围，一时灵光四射，激情奔涌，浩瀚的音律就会从心中飞出，去碰触这一片美妙山海的不尽意蕴。

不用说，最为教人震慑的是以险绝神秘著称的"仙人井"。移步来到第一个观景台前，只见一口庞大的井状火山岩形成的洞穴赫然在目。这口巨井，深四十七米左右，井口直径超过五十米。井中，水波飞旋，不停击打着岩壁，声若铜钹铁板，喤喤铮铮；又似隆隆滚雷，穿壁裂岸……不尽水花，在井中簇拥着，撞击着，咿咿嘈嘈，发出千奇百怪的声响，因此在平潭民间很早就有了"龙宫奏乐""龙宫献宝"等传说，为仙人井增添了一层神秘色彩。先说"龙宫献宝"吧。据流水镇东美村的渔民说，此处每当风雨来临之前，井口都会引来成千上万的蜻蜓，羽翼纷聚，色彩斑斓，灿若云锦，扑朔迷离；故称之为"龙宫献宝"。每逢初一、十五大潮时，井中则浪花飞溅，涛声轰鸣，犹如金钟撞响、铜鼓齐擂。原来，"龙宫奏乐"是由因井中潮水冲击岩石的罅隙，水石相搏，声如洪钟而得名。面对如此奇妙之景，中国科学院地理专家称，"其壮观险绝，可与昆明洱海之滨雄甲天下的'龙门胜迹'媲美；其浪潮雄壮气势，堪比'钱塘观潮'"。

从外观看上，仙人井的岩壁石块大都呈朱红色。显而易见这是火山岩喷发后形成的海蚀奇观。那天，我斗胆靠近井沿往下望去，只见井底的东北和东南角各有一人多高的洞口通往海面。正值涨潮，汹涌的潮水如两条蛟龙从洞口往井里穿梭，强强相遇，互不相容，扑腾滚翻，扭结撕咬，喷射起簇簇白色的飞沫，如同刚揭盖的一锅沸腾的滚水，雾气袅袅，令人头晕目眩。

据《平潭县志》记载，潮水从这井底双洞涌入，"声如洪钟，响彻云霄，观者无不惊心动魄"，所以此井又有"仙井吼涛"的美名。不过，当遇南风时，海上风平浪静，井下侧边的两个洞口在海水退潮后便裸露出来，形成井与海之间的通道，就可驾小舢板进入井中，来一次"坐井观天"，倒是悠哉乐哉。又说，夏季进入井里，不仅凉爽逼人，而且险趣横生，因为洞口狭窄，需要弯着腰，才能入内。而且要算好潮水，如果遇到涨潮就出不去了，能进入井洞内探险，是一种极为刺激的体验。

这时，小简告诉我：仙人井处于平潭岛君山火山喷发中心的边缘地带。地质专家发现，在井里，其实有四个海蚀形成的洞口，使得仙井底与海相通，其中西北向和东西向的海蚀洞显而易见，东北向的一组则相对隐蔽，而这三个方向的四个海蚀洞，与仙人井的形成有很大关系。专家分析，仙人井是各种海蚀综合作用形成的海蚀竖井。它的神奇就在三组四个海蚀洞在仙人井交汇，形成规模比较大的海蚀掏空区。由于底部岩层被掏空了，引起上部岩层出现垮塌、冒落，直至冒顶。

听罢介绍，我随手抓一块小石子丢下深井，悄无声息，像一粒沙，落在一只牛胃里。

关于这口巨井，当地传说，是八仙中的铁拐李曾云游到此，时值炎夏，口渴难忍，便用手中的拐杖在这山头中敲出来的。但是，还有一个故事，却使我黯然了半晌。原来，相传古时，平潭曾有十八名学士，为一睹仙人井真容，驾着舢板就出海了，没想到海面上突然狂风大作，十八名学士葬身大海，化成了十八块墨黑色的礁岩，从此伴着涛声，守护着仙人井。站在仙人井旁的观景台向海面望去，一座座礁岩无序排列，浪花环绕，在茫茫的大海中时隐时现，这就是当地人称之为"十八学士石"的景点。

记得童年时，我就在故事里听到天下所有的井是通往神灵的暗道，它会记下探头去看井的人的面孔，让人心生恐惧。此刻，我却愿意再一次躬身看井，希望这古老的海井像一头老牛巨大的胃囊，反刍出十八名学士藏

仙人井

身在海底什么地方，是否还有一些欲语还休的感伤和离殇，在他们柔软的心扉里来回跌宕，千回百转、百转千回？海底，可望得见清晨海上的一轮朝阳，或在晚上垂钓到一缕月光……

是的，诚如地质专家推断：神奇缥缈、烟涛微茫的"东海仙境"，其实是漫长的地质发育年代，历经大自然的精雕细琢而塑成的。在未来的数百年内，随着海蚀作用的加剧，几个大的海蚀洞会越来越大，完整的"仙人井"或许将不复存在，或形成更为神奇的景观。因为大自然的力量，有时就像魔术师，总能出其不意，教人叹为观止。

四季都因你而饱满

130

重游熙春山

几次去闽北邵武，都游过熙春山。每一次，都会让我感受到古人的一种审美意趣。就说山名吧，那个"熙"字，最早使我想到的是"群山霭遐瞩，绿野布熙阳"——这是唐代诗人韦应物《西郊燕集》的句子；后来还想到"熙笑"一词，意为和悦地笑着。但"熙"也通"禧"，有幸福、吉祥之意。因此这"熙"与"春"的配搭，在我看来，真是顺应景物，机趣天成，慧眼独具，明媚其中。

然而，这座位于邵武市区西隅的山，原来不叫熙春山，它最早俗称"登高山"，素有"樵川第一峰"之称。又因山中一峰耸立，状如狻猊，谓之"啸天狮子"。

按理，以山的形貌取名，似也无可非议，但到了北宋至和年间，文人雅士兴致来了，他们大约是不满"以貌取人"的俗称，又据景物特色，建了一座"熙春台"于半山。于是在巉岩幽岭的松竹掩映下，邵武太守张纮，即兴吟唱了一首《熙春台》的诗：

闻说西山顶上台，清凉山寺半窗开。
云藏雨意明还暗，水激溪声断复来。
顿觉吟肠消沆瀣，应无闲梦入尘埃。
憾君不且留千骑，同折岩花对酒杯。

从此，无论晨曦中还是夕阳里，这里总是诗声四起，追着缕缕薄雾，越涧逐坡，一时媚态百生，幻若仙境。之后，以水代酒吟诗放歌的文人墨客，常到此谈诗论文，甚至纵论天下。熙春台从而声名鹊起，山也改名熙春山。

这次来邵武，忍不住又重游了全山。不夸张地说，我又切实地感受到这座山，会给人带来一种性情之温、诗性之美和理性之智的启迪。

先讲性情之温。

兴许是亿万年前造物主的匠心独运，邵武东西南北，各有形态各异的秀水灵山。如位于水北镇的云灵山，看似高峻，深入一看，却腹中旷达；水系悄悄遍布了山岭，像扇形一般，脉络通达；于是，山势与纵横交错的泉脉，使山中到处出现怪石嶙峋、奇滩异涧，由此也铸就了自然美景的永久活性和持久张力，并以其充裕的养分滋润着生于斯长于斯的百姓。而市区东南面有一座福山，历来被人们视为迎祥呈瑞、吐故纳新的文化名山，"晨光海上来，云气生万壑"，其形态各异，恍若峥嵘跌宕的生命和艺术的升华。因而在许多传说和现实生活里，人们又常常赞叹并记住此山带给世间的种种福祉。

独独熙春山，倚云临溪，嵯峨积翠，下瞰城郭，岚气如黛。也许是它要感恩邵武这方土地，因而无论是以脚下富屯溪载来的水光山色，或是以山中微风捎带的鸟鸣泉声，它都会在四季中温情默默地给人们铺展着层出不穷的美景。人入山中，宛然置身于一座天然的植物园中，头顶古木参天，遍地奇花异草，绿柳幽篁，橙林橘苑，千姿百态，引人入胜。一路上，桃园、梅园、桂花园，程程教人驻足；半山腰，杜鹃、山茶、广玉兰，处处令人流连。其实，这里一年到头，都有名花异卉，竞相开放，争奇斗艳，赏心悦目。当人嗅着山野草木的清香味，总觉有一首歌、一首诗，要从心中溢出。但在重重的翠色花影里，让人遣怀释意的还是那种恬然和静谧，它让人脱却了平日的火气与烦躁，让心胸温润得如微风拂过的涟水，一层

四季都因你而饱满

层皱褶熨平，放松到自己能感觉生命因恬静而出现的几分绚丽。这时，沐浴着山谷中清凉的空气，感受着自然界的盎然生机，脉脉的柔情也会自内心升起，丝丝缱绻，在半明半暗的光线里沉浮，所谓梦里梦外的款款深情，此刻都会在这里得到共禅。

再说诗性之美。

熙春山古来名胜古迹颇多，宋、元、明、清各代，于山上山下建构有许多楼台亭阁，旧时有"昭阳八景"和"昭阳续八景"，这些建筑，或古色古香、清荫幽深、精巧玲珑；或端庄雅致、秀逸大方、典雅静谧；扩大一点说，这里的云树花枝，浓淡相宜，桥榭轩廊，错落有致，即便是曲折山径，也有领略不尽的风光景色。难怪宋人戴式之在《熙春山》一诗中会兴奋地写道：

步到风烟上上头，恍如造物与同游。

千山表里重围过，一水中间自在流。

近郭楼台隔云见，邻峰钟磬出林幽。

风流太守诗无敌，有暇登临共唱酬。

事实上，这些能收揽和烘托澹美风光的建筑，正是浸染着对中国传统文化的热爱，渗透着对文化传承的理想追求，才会激发了历代文人不断的吟唱。其中最具诗性之美的，尤以沧浪阁、熙春朝阳、六噱高啸、惠应祠、越王台为最。

沧浪阁在熙春山之东，俯临富屯溪。建于明万历年间，俗称八角楼。清雍正二年（1724），为纪念邵武出生的南宋著名文学评论家、爱国诗人严羽，邵武知县周伟在原址重建阁楼，而易名为沧浪阁。历尽了三个多世纪沧桑，古阁原已破败不堪，唯阁前的砖雕牌坊尚存。到 1981 年才重建，新阁为方形，二层木结构，四角攒尖顶，檐角端翘，上覆绿色琉璃瓦，雕龙画栋，阁内天井中种有黄杨、翠竹、桂花、石榴等，四季常青，鸟语花香。如今沧浪阁藏有严羽的《沧浪集》《沧浪诗话》等著作拓本。其阁顶，是欣赏富屯溪夜景的极好去处。

从这里再往前，越至"六嘘高啸"，便可站在山顶上，鸟瞰全城，各种景色，历历在目。元朝诗人黄镇成曾写道：

会景亭西晓独登，
晨曦一上万山清。
满城桃李春如绣，
人在金鳌顶上行。

吟罢，随之便可来到集"金鸡报晓""天香楼""德政堂"于一体的惠应祠。其中天香楼原为"魁星楼"，建于宋代，据传李纲少年时曾在此就读。这一说法，使人诗思幽幽。只是线索太少，只能浅尝而止。驻足中，窥见松鼠悄然相望，鸟儿也静静环伺。缓移脚步，不觉来到了建在熙春园西北山巅的越王台。只见苍松翠柏，郁郁葱葱，八对宋台石俑分列两旁，造型各异，栩栩如生。据记载，越王台是为了纪念西汉初闽越王诸兄在邵武建城立下的功绩兴建的，原址在市区西北约五华里的越阳村。当年，此村既是越王无诸的屯兵之地，也是他狩猎之场所。他在村中筑高台以操演军马，后人名之"越王台"。可惜后来遭毁。宋代黄希旦因之诗云：

荒台枕古丘，
伊昔越王游。
辇路今何在？
凄凉草树秋。

为恢复邵武这一悠久历史的重要标志，1985 年改建"越王台"于熙春山。数十年过去，古朴雄伟的越王台，依然轩昂壮观。细看，台基用条石、台件用大型城墙砖砌筑，十分坚固。台上建楼亭，四周是古代供瞭望之用的垛口，底层四面辟券门，正门额上镌刻着雄劲流畅的"越王台"三个金色大字，系当代张爱萍将军所题。台内立有石碑，为邵武历史沿革碑记。从台后石梯登上台顶，放眼望去，铺锦叠绣的邵武城一览无遗。好久不曾光顾的诗情，也在那一刻间从心底涌动了……

该说熙春山的智性之美了。

首先，我们要感谢古今园林的设计师和能工巧匠。他们能巧借地形，精心布局，顺应自然，挥洒智慧。如半山的"园中园"，就是在一处不显眼的地方，完全以人工建造的一座园林建筑，由荷花池、桂花厅、春舫、观鱼亭、假山等组成，其桥舫廊榭、粉墙假山，掩映在绿树修竹之中，虽由人设，宛然天成。园内，初春桃李芬芳，盛夏荷叶色秀，深秋丹桂飘香，寒冬蜡梅吐艳，游人来此，凭轩品茗，精神无不为之一爽。

总之，一座山在他们手里，几多崛傲，几多思虑；几多恣肆，几多运筹。多少日夜，他们敛眉收脚，抱怀束气，使巉岩崔嵬，皎河沉月；山势宕跌，移步换形；他们使华贵与深秀相融，崇高与灵动统一；至今令人叹为观止，心中充满敬意。

其次，从山上折回沧浪阁的人，都会忍不住再看一眼看那古树傍着古阁，眼前又会浮现出一个穿着羊皮衣服在富屯溪边垂钓的隐士，他就是气盖寰宇的诗人——严羽。邵武擅长历史小说创作的作家马星辉，曾在他的书中描写过严羽，说严羽勤奋好学，学识渊博。青年时，文武兼备，极重气节，人们都把他视为"奇男子"。的确，严羽曾投笔从戎，率军拼杀江淮，在扬州城大胜而归……然而，"郁郁驱流俗，悠悠叹乱离；羊裘终隐去，渔钓复何之……"这首明显是归隐的诗，也是严羽所作。这究竟是怎么一回事？

原来，有一年夏天，富屯溪流水清澈，汩汩如泉，除却听到几声知了鸣蝉，四处一片宁静。但路过的人们发现，柳荫下面有一须眉雪白的老人正在垂钓，时近中午，赤日炎炎，热浪灼人，而这位老人家却反穿着一件羊裘背心，看似从未洗过，油垢重重，灰尘沾衣。此时，他头戴一顶草笠，双目似睁似闭，一任云卷浪舒，一副旁若无人之态，这正是严羽老先生。你看他不疯不癫，却在夏日里穿着羊裘，这又为何？日后，人们才获知，严羽此举乃影射时局日月颠倒，寒暑不分，忠奸莫辨。他曾对好友言道："我大暑天穿羊裘，忍受炎炎酷热，正是与水深火热之中的国家同命运，同感受之举动。"原来，严羽自扬州大胜后，曾直抒胸臆道："去年从君杀强虏，举鞭直解扬州围"，颇有一番豪壮之气。却不料眼见皇帝日益昏庸，奸臣当权陷害忠良，于是愤然卸职，回到邵武故里。从此在旁人的眼里，他成了一个行为乖张的怪人。那时起，人们常见他穿着羊皮衣服在富屯溪边垂钓，夏天也不脱掉。其实，他哪里是在作"怪"，分明是以自身的智性，将一颗赤子之心呈现于天地之间。只是当时没有人能够读懂他内心的挣扎和失望罢了。从此，只有富屯溪水和熙春山，日夜与他对话，安慰他满腔的失意情怀。庆幸的是，这期间，宋代最负盛名、对后世影响最大的一部诗话——《沧浪诗话》问世了。

　　关于严羽的生平事迹，文献记载极少。后世只知道，他曾长年隐居乡里，清高自诩、不喜随俗，但与家乡老诗人戴复古结为忘年之交，有过一段朋辈三五相聚熙春山下，一起过着诗酒酬唱、切磋学艺的快活日子，至今传为诗坛佳话。

　　都说，熙春山"林存景在，林茂景美"，然而纵观全山，以"智"取胜的地方还真不少。以"熙春园"为例，偌大的园子，便是根据植物的生态习性，作有层次的空间构图和色彩的搭配，因地制宜，疏密相间，山水与建筑相照应，自然环境和人工环境相协调，以其形、色、香作为造景的素材，以孤植、列植、丛植、群植、林植为配景手法，形成丰富多彩的植物群落景观——绿荫护夏，冬令常青，听着蟋蟀和其他不知名的虫子有节奏的长鸣，天、地、人合一之妙觉，顿时油然而生。

　　熙春，山光水色　山积波委；
　　熙春，山明峰秀　山吟泽唱……

　　令我欣慰的是，即便是重游熙春山，也会情真意切地读到邵武悠久历史的变迁，读到当地文化与精神的地道元素；更读到由这里的一座座山所折射出的一颗颗美好的心灵和对生命的体悟！

下 尾 岛

　　下尾岛是一个苍茫而又临近、缥缈而又真切的岛屿。

　　若问：下尾是海岬之下、岛尾之尾的意思吧？我会说是，因为还真有那么一层意思。然而，人一上岛，只感觉心房被时光一下打开，奇观异景不断，特别是被粼粼的波光霎时迷了眼睛的那一刻，诗意的海岸，惊艳的美图，似都捋着历史的文脉，把此处的古事、美事、俗事交错更迭，渲染出一幅氤氲的水墨画，让人细细把玩……

　　是的，明明是天籁中的岛屿，却用"下尾"作为岛名，实在太谦逊了！

　　说起来，那是初夏的一天早上，雨忽急忽慢地下着，雨脚轻弹路面，泛起阵阵雾岚，使通向东冲半岛南部下尾岛的山路，一下被罩进了一片绵绵的薄纱里。忽然，一阵海风拂过，朦胧中似有翠微闪动。又过了一刻，天居然放晴了。这时，一早到县城接我的长春镇书记老谢在车上告诉我：闾峡村所属的下尾岛地界到了。于是下车，迎面走来的是闾峡村支书老盛，他热情地握住我的手说："欢迎！欢迎！"两位地方负责人亲自前来为我当向导，让我感觉有点过意不去。一番言谢，我立定向四周看去，只见坡石云树，起伏竞秀，海风习习，海水汤汤。这时，老盛对我说：听说你是作家，可能你也知道，2020年"诗歌海岸·青春霞浦"第三十六届青春诗会在霞浦举行，诗人们应邀到闾峡齐聚，对这里的景物赞不绝口，他们一个个脸上闪烁着真诚的笑容，让人十分难忘。话音刚落，镇书记老谢形象地告诉我：闾峡村是霞浦县第二大行政村，距县城四十多公里；如果说，东冲半岛是伸向大海的手臂的话，那么闾峡村就是这臂弯处的一个海边小桃源。原来，闾峡村主体分为三个大区，即古城区，滨海新村，东沃区，为闽东地区著名的鱼米之乡。这里沙滩长约三公里，宽八百米，面积达一点二平方公里，被誉为霞浦四大沙滩之一，与外浒、大京、高罗沙滩齐名。

天公作美，说话间，但见晴空下一片滩平海阔，碧浪叠涌，鱼鸟翔跃，实为踩沙、海浴、冲浪的理想之地。看着看着，突有豪气上升，感觉那漠漠东海，一波一浪，一岛一石，一船一桨，一叶一帆，都是自身的蔓延。站在身边的老谢挥手说，沿着左边一条崎岖礁石路，可通往古灯塔。顺着他的手势看去，一座红白相间的灯塔果然耸立在山上，据说为清光绪初英国水警所建。它是地标建筑，更是航海坐标，仿佛和海边树林一样也拥有生命似的，在天地的洗礼中诉说着历史的悠远。

随之，我们向下尾岛走去。老盛自豪地说：1930 年的一个秋日，著名爱国将领萨镇冰将军巡视闾峡，他一步一步挪至闾峡村口，将手搭在额上望去，但见脚下潮平如镜，小船往来，于是在沉吟间，留下了诗篇《题吕峡》（"闾峡"亦名"吕峡"）："村庄山海半渔家。下有苔痕傍浅沙。天然良港无匪警，时逢野老话桑麻。"听到这里，我猛地想起著名诗人蔡其矫的诗中有一首也写到闾峡，"天落在湾上屋顶，近旁只有海涂和浊浪；远海是火柴枝一般细小的，一串帆影向南挪动；高飞远逸有如希望，迢遥的一线白光，照耀在远方"。我告诉他们，说我知道在霞浦也有不少人都写过下尾岛，诸如诗人汤养宗、谢宜兴、刘伟雄。当年，一壶酒就可以让这三位好友坐在街边，一边吃海什碎一边聊诗歌。曾几何时，谢宜兴也来此幽径徘徊，提笔描写沧桑，着墨记载年华。他独具慧眼地写道："大海一点也不着急。以水为具，一线一面，一星一点，一笔一刀，细细地刨削，雕琢，镂刻，不时扬起一些刨花与木屑……千百年不为人知也不在乎；执意把一个半岛的犄角、僻静海岬，打磨出海风也尖叫的造型纹饰。通往下尾屿的路啊，曝光了大海的创作，潮水般涌来的手机叹为观止，但大海毫无竣工的

下尾岛

139

意思，云在天空想到自己的飘浮和浅薄，羞赧的脸上有晚霞飞过。"

就这样，我们一边说，一边沿山地边缘走去。不一会儿，攀上筑有石板路的小山包，便绕道直趋海岸。脚下，是几处向海的石崖，平铺的礁石，裂隙纵横，有的已完全被分割开来，不成规矩，却排列有序，任凭波浪在裂隙缝里穿梭跳跃，激溅的水花，如白色的裙边，在礁石四周明明灭灭，无休无止地为海岬打磨奇异的纹饰。老盛说，这就是海蚀。据科学解释，这是波浪对礁石长期撞击和冲刷的结果。而处于东北角的下尾岛，正是最突出的一处海岬，它无遮无挡也无所畏惧地直面海天，千百年来，任风摧浪击，凿岩成孔，镂石成穴，从而形成独特景观。

然而，大海的浪花洗不瘦当年的音符，一种向着大自然敞开的海岬与礁丛不屈的精神，让无数游人闻风至，与物同游，天人合一，尽情嬉戏，相与言语。眼下，他们三五成群分布在一处处的海蚀崖前，看波浪自泛晶莹飞雪，听响声隐含山海秉性，就连散落着的各类小礁石，因其形肖状物，生动妙曼，也使他们啧啧称奇，拍照不停。是的，如今多少人都爱欣赏海岸礁石风光，感受大自然的鬼斧神工，哪怕曾经的风华已换作苍苍白发，他们手抚无须言语的海岬、礁石，才知人生的曲折是如何不足为道。

不过，在下尾岛，最佳的妙景当属嵌入海蚀崖下的海蚀洞。这一带，岩体属层积的砂砾岩，质地坚硬却又钢脆，很容易被风霜海浪侵蚀，冲刮剥离，间隔崩塌，形成洞穴。其中最大的一个海蚀洞竟可容纳数百人。那天，我进入洞内，但见一线天光，照亮了无数因海浪雕琢而成的内壁纹路，如一幅幅抽象派的铅笔画。看着看着，耳边恍然有波涛拍洞的余响，让人胸腔装满远古的心跳。渐渐地，被孤单包围着的我有点沉不住气，于是跑出洞口，放空所有的惊悸，轻嗅海天的气息，一时百感而难言。

回到岸上，我的脑海里不时转动着一个感想，那就是：我也是个靠近海边长大的人，提起海岬，提起礁石，在过去只觉得太普通了。这些地方，常年遭遇台风，有时还猝不及防，那嘶叫的风声、拍天的浪涛扑面而来，惹得多少人家怨声载道。僻远、孤寂的海岬，留给人们的向来都是一些屈节、盘缠的形象。而今，当旅游已成为人们精神生活的一种追求，许多人都会毫不犹豫地选择去海岸深入探寻，体验一把读懂大海的心情。是的，那是旷达、超然又洒脱的大海啊，它能让千帆百舸竞相争渡，也能使最原始、最僻静的海角，跌宕出连海风也会发出尖叫的神奇。我还想到：一直默默无语却又风致无二的下尾岛，尽管刚搭上霞浦旅游攻略的顺风车，与其他景点比较而言，是慢了一拍；但无论快与慢，它是在有序开发的进程中愈发凸显其优势的一个景区。

有意思的是，我还听到老盛讲了这样一件事：说是基于对生态环境的认识，当地人为发展旅游，在修建通往下尾岛的路段时，所有材料都不用车子载重上山，而一律靠肩挑背驮。为什么？为的就是怕车轮压坏了两旁植被和天然风景线。如今，我看到弯弯的青石板路，两旁缝隙间已钻满了野草，路石铺排有致，石阶磨得光亮。走在这条路上，恍然如见渔民们曾顶着烈日，洒着汗水，从远处一步、一步抬来用料，夯基层，削边坡，灌砂浆，嵌石块……有趣的是，正当我们回来时，发现有一只苍鹭休闲地在路上散步，它看我们走来，便自觉退至路旁，发出的叫声让周围更加阒静。而我看到这只鸟，想到修路的故事，分明感觉有一阵风，淡淡的，轻轻的，透着一丝暖意，拂过脸颊，浸进心里，令人沉醉。大自然实在太过神奇，不经意间，连这里的人和鸟，也能予人一种格外的感动。

都说生命的脉搏，源自苍凉的远方；梦迷梦醒，月缺月圆，海则是灵魂的故乡。徜徉在海岬，吹着海风，看潮起潮落，总会怀念起曾经的美好时光。奈流年匆匆，只希冀远方灯火常亮，也期望年华湛然一碧，而不必总是风急浪吼。想到此，回头再看一眼还在形态迥异的礁石边游玩的人影，卷起裤管光着脚丫，在沙滩上拾贝壳，捉螃蟹……怡然自得，心中不觉又定格了一幅幅生动的画面。或许，午夜梦回，这一切又会在心底淡出层层的念想，期待在最深的红尘中又一个偶然的相遇！

下尾岛的故事，看来是没有结尾的。

寻美云龙桥

冬日，来到闽西罗坊乡，几疑走进一幅画：日出三竿，青山绰绰；白墙黛瓦，波光潋滟；薄雾中流淌的青岩河，浸润着柳堤下的一处处田园，满垄繁茂的山芋叶片，显得格外碧绿幽婉，柔嫩可爱。抬头看去，一座魁梧秀丽、形拟卧龙的古桥扑入眼帘——只见它临水靠岩，桥身宛似龙卧，蓄意待发；桥墩俨如巨爪，紧嵌水底。头上，浮云悠悠；桥下，烟水渺渺……

云龙桥建于明崇祯七年（1634），乾隆三十七年（1772）重修，距今已经有391年历史。据说，桥未建时，此地只有一条就地取材、经济实用的碇步桥，石磴采用自然石块，砌入河滩，供人往来。云遮雾罩或洪水陡涨时，行人只能止步。建桥后，风雨无阻，通行便捷，往来的人就更多了。但因此地晨昏之时，常有云雾缭绕，把桥渲染得如腾空的蛟龙，故取名云龙桥。1996年被列为福建省文物保护单位。

步向桥头细看，两端门楼，皆用杉木、小千瓦构筑起七米多高的鹳雀楼，甚是威武；门楼上系有一对大铜炉和若干小铜钟，内垂铁马，微风轻拂，叮咚作响，不啻美妙旋律。这座古老的桥梁，东西走向、六墩七孔，桥墩涉水部分用赤石砌筑，赤石以上使用圆木，分七层纵横叠涩出跳，形成下窄上宽的桥托，承架圆木铺设桥面廊屋。如此设计，凝聚了先民的多少智慧，使得当年路过这里的修行者，也赞叹不已。耐人寻味的是，全桥长八十一米，桥上的廊屋，都装有两层伞板，与上面的卷棚顶屋瓦一起遮挡着外界的风雨，给来到桥上的人们以一个驻留的空间。可以想见，数百年来，陌上红尘，有多少人，在刻骨铭心中，桥上相逢；又有多少人，在云淡风轻里，匆匆别离。最是男女，拈花一笑，午夜梦回，馨香依在，心底叠印的是人间的多少美丽与期待。

按说，桥上建有桥屋，可避风雨，并不鲜见；然而，鲜见的是，五米宽的桥面，不铺木料，竟以大小均匀的鹅卵石铺砌而成，一步踏上，坚实稳固，清爽逼人。桥中偏西处，还建有双层六角攒尖顶魁星楼，两端置牌楼，属典型的江南古建筑屋桥。再看桥底下层，用花岗岩条石砌成四座大船形桥墩，桥面是用各色的小鹅卵石铺成并组合成元宝、铜钱等各式图案，桥顶有一"文昌阁"，恍若岳阳楼之形制，又如巨人骑龙，让人遐思顿生。

云龙桥横亘至今，得益于当地人悉心的保护。据介绍，这座桥与连城县其他几座古桥一样，多是由当地村民和一些乐善好施的客家人共同捐资修建的，且多建于深山老林的崎岖古道旁，是和谐互助的客家文化符号的一种象征。自从修了云龙桥，每天都有村人轮流担来茶水，为过路挑夫、行人尝用。三村五邻的人，都把施茶人的这种行为，看成一种功德和修为。不是吗？行人至此，疲乏可得小憩，风雨可得暂避，日夕可得安歇，足见这里前人一向的用心和善良。

云龙桥屋上还有一处可供观赏的便是花窗框景，这些框景的外观大多采用日常生活中常见的器皿、蔬菜、水果、叶子等形状雕刻而成，图案类似花冠或白云状，半圆形的窗洞便开在桥亭伞板上，人站在桥上，可以远眺风光。正所谓望中闻水声，何人不生情？而乡愁，正是水的低吟，浪的咏叹。千江有水千江月，万里无云万里天，看着想着，耳边就会泛起回家叩动门扉时的那一声轻响。

看了楼阁，在清风送爽中走出桥屋，发现这边桥首，岩壁巍峨，琳琅尽致。峭壁上，一幅篆体阴刻"龙腾青岩"四个大字赫然出现。殷红的字迹、苍翠的植物、灰黑的石壁，连同荡漾的碧波和古朴的廊桥，构成了意蕴生动的"云龙胜景"。

折回头，再次走过桥屋，放眼看去，这条绕村的河道没有来时想象中的斗折弓曲，而是一滩浅水，缓缓流淌。而今，繁花间生，多少年来的喜怒哀乐，也随着这长长的流水徐徐铺呈开来；试看岸上幢幢新房，傍水而立，粉墙黛瓦，错落其间；那村头路上，时近中午，仍有菜农商贩摩肩，菠绿柿红，芹黄藕嫩……真是民丰物阜，一派新颜。

桥西头，矗立着几棵百年的古樟，树高根深，繁茂如初，孕育着无限生机。据当地村民讲，每年正月十五，云龙桥上下就会举行走古事节目（当地客家的狂欢节）。村民们分组抬着吉祥物，从桥头下水，呼喊着在水中奔跑，争先追逐，逆流前进，波飞浪溅，火光摇曳，场面十分壮观。一些游客听罢，立即表示要在正月里再来云龙桥，亲身经历那种火爆的场景，在烟花迷离中把自己站成一道风景，留下称心如意的影像。而更多的人，则把云龙桥的古事、新事交相融合，在心中渲染出一幅山乡新时代浓墨重彩的图画。

梦回东关桥

永春是我去过最多的一个县，公事、私事都有。印象里，春秋两季中去得多，且都是应朋友之约前往的；因此，我记得有关描写永春的诗文里，有"春风细雨滴嫩叶"和"满目金黄遍地香"等句子。其实，永春古称"桃源"，素有"万紫千红花不谢，冬暖夏凉四序春"之美誉，不管什么季节，人到此地，都能捡到赏心悦目的诗句。

这一回，我再来永春，正是立夏过后望小满的日子。民间有道：万物至此皆长大。而在我看来，此时此地，正应了当今永春女词人姚海兰的词句："看十里长堤，青梧栖凤；片橘四野，白鹤飞天……登高处，望云河牛姆，无限山川。"

目光收回，我站立的地方，正是自古驰名的东关桥。

多年前，我到过此处，其时应是夏天，朋友其岳、南斌、梁勇等人，陪同前来，在桥中摆一小圆桌，用携来的山泉茶水，举盏相敬，无分你我；笑谈中，同邀青山入座，甚是快乐。随之，听他们介绍，说东关桥又名通仙桥，始建于南宋绍兴十五年（1145），至今已有八百多年的历史，是闽中一带罕见的长廊屋盖梁式桥。我一听，顿时肃然起敬，于是起身，边走边看边听，方知自宋开宝以后，永春便与泉州互通舟楫，东关桥成了南来北往的官人、商贩、学子和普通民众的必经之地，难怪有人这样描述，这里"水上交通日见繁忙，官府文檄穿梭往来，民间商旅熙熙攘攘，溪中帆布木船阵阵……"而东关桥下，水面宽绰，利于船只停泊，于是桥头、桥上，人流如织。道光年间，桥两头还有许多客栈、店铺、酒肆，人来人往，甚是热闹。当时我问：现在还能找到泊船的遗址吗？朋友说：据说桥的周边有二三处，沧桑变化，现在是看不到了，不过老一辈船工记得，民国时还有船只在桥边候着，船工安详地在船头坐着，望着行人轻声招呼，或等人前来借问，温润的闽南音透出的诚挚与热情，让人感觉有暖暖的水波轻叩你的心弦……此后，一直到泉永德公路通车之前，东关桥依然是当时大田、德化、永春通往泉州的交通要道。我一边听，一边注视着桥屋里的诗词、楹联，由于时间剥蚀，一些字迹已经磨损，伫立默思，一种盛衰荣枯之感不禁系心萦怀。

细观全桥，全由青色花岗岩和特大木料构筑而成，有四个桥墩，五个桥孔。桥墩为船形，均用青色花岗岩石条榫合叠压，逐层干砌而成。墩的两头，俱作尖形，以分水势。墩下以大松木作卧桩，古称"睡木沉基"，整座桥梁就荷载在这个水下基础上。资料介绍，桥墩上用三层巨石叠设，以承架大梁。除墩上筑墙砌体外，梁上部分，如桥板、护栏、柱檩、雨篷、屋架、椽桷等，全是木结构。看似廊桥，胜似廊桥，其构造之奇特，技艺之精湛，实属罕见。

那一天，令我至今还留有记忆的是桥上两三处角落里，有村人在弈棋，弈者凝神，观者不语，更有散落坐在板凳上的人，或驰目远方，或闭目游心，仿佛云卷云舒，都一任由之，真是一幅宛然从物、返璞归真的民间生活图。只是不知什么时候，突有雷声响起，紧接着感觉桥屋之上，有银河倾泻，一场大雨不宣而至。顿时，几里开外，瀑飞如帘，奔流生风，四周全罩在一片茫茫雨雾之中。又过了一阵，感觉桥底下有激流喧腾而过，仰视之间，但见水浪翻滚，险峻逼面。而从桥外面跑进来躲雨的人，早淋得浑身湿漉漉的。幸好不多时，云收雨歇，从桥窗探看，桥石依旧峥嵘，水淋淋地昂立水中；想到它历经数百年的风雨，依然完整如初，着实让人心生敬意。当然，这期间桥身上下也有损坏，于是历代总有人站出来修建，最主要的是明弘治十三年（1500），里人颜尚朝在上面修建了桥屋。正德三年（1508），尚朝之子时静于桥上砌砖为路，列椅两旁，以供行人休憩。清康熙十八年（1679）续修。乾隆四年（1739），里人尤元愈、尤锡观、万锡兰续修。清光绪年间知州翁学本重修。1923年李俊承捐资再修。1984年，省文化厅拨款维修。1991年被公布为省级文物保护单位。2002年，旅居马来西亚华侨李深静捐资重修。桩桩件件，有石碑刻记，行行字字，读之心热。

然而，这样的一座名桥，却在2016年9月遭受一场重大的灾难。那一天，受台风"莫兰蒂"影响，永春大部普降大雨，其中湖洋镇、外山乡和东关镇尤为严重，水大雨急，史无前例，终于由上游扑来的一股股洪水恶浪，把东关桥中段二十多米桥面无情地冲毁了……

令我自己也难以置信的是，我在第二天的电视新闻中刚好看到了这则消息。我抓起手机拨给永春的朋友询问情况，他沮丧地告诉我："一大段桥面被冲走了，天灾实在残酷！"

放下电话，我怔了半晌，遂找出我写了两次没能写完的一篇有关东关桥的散文。看着看着，忽觉心有愧疚。不是吗？原想认真地写一写东关桥，奈力不逮心，终未完成。现在东关桥几毁于洪峰，再看残稿，竟成追忆。稍感欣慰的是我到底曾去过了一回，有过细心地观赏，认真地探问，也在文中详尽记述了桥的由来，并盛赞永春古代的能工巧匠对东关桥建筑的艺术有天然的禀赋，说整座桥都展示了他们融贯各种民间艺术门类、探寻民间艺术规律的智识，揭示出这座桥的建筑同时展现艺术从空间到时间的持续性和流动性。如今，我只能在心里默默地对东关桥说：请接受我迟来的祈祝吧！

其实，永春有好几座历史悠久的古桥，它们或古朴持重，碧水清荡；或轻巧结实，青苔招摇，多少年来，它们连通着人的血气，维系着城乡的脉跳。但承载乡愁最重的无疑就是东关桥了。春天桃花盛开，色彩艳丽；夏天峰峦簇翠，田园铺金；秋天水天一色，层林尽染；冬天泉流冷冽，芦花入梦。来到桥上，谁不曾想过，当地传说中习武的七娘，是否秉着香火从桥上走过几回？空中飞舞的白鹤，可曾用锐眼摄尽桥姿，又传于世人，化为白鹤拳法？那一群群手提盛名的老醋和佛手茶的乡亲从桥上走过，或扶老携幼，或漂洋过海，或击掌以助南音和农家山歌；那动人的一幕幕，而今还藏在那些波纹之中……俱往矣，感恩东关桥的永春人，总是不计一时得失，不怕困难挫折，勇猛开拓，砥砺奋进，创下多少崭新的喜人业绩！

再挥茧手筑梦境，更将诗雨洒芳洲。

思绪回拢，我庆幸又一次站到了东关桥上。我想到，去年国庆长假刚过，有记者便从永春县获悉，东关桥"受伤"的消息，牵动了许多海内外永春人的心，大家纷纷捐款用于修缮东关桥；以一首《乡愁》令两岸传唱不辍的永春籍台湾当代著名诗人余光中，也来电询问情况。随之，文体部门立即行动起来，抓紧出台筹建方案。消息传开，人心一振。果然，不足半年，在能工巧匠的努力下，损毁的一段桥身被精心修复，一座旧貌如初、古意盎然的廊桥又完整地重现在世人面前，奇迹般地使永春的乡愁存续，真是令人感慨万千。而我，也在永春人传承护卫东关桥的精神上获得新的灵感，相信永春的这种根之恋、根之魅，当会促使我继续把未完的文稿写就。

我想说，修缮过的东关桥，依然如前人在《东关桥赋》中所写的那样："垂虹横卧，朱漆盈梁，与仙境相通……"那虹影中，有桃红橘黄的映像，也有远古空蒙的飞白；倚桥顾盼，凭栏思索，仿佛一次的邂逅，就能尽览八百年的时光。

我想说，东关桥古老的脊骨依然挺立着，因为正直和不屈正是它一向的追求；难能可贵的是，它曾为海上丝绸之路的陆上通道服务了多年，从一个英俊少年变成一个慈眉善目的老人，依旧荣辱不惊，笑看人间变化，

四季都因你而饱满

让人一走近它，便变得佛心满满。

　　登上桥身，我再一次久久地倚桥张望，但见四面青山逶迤，岸绿花妍果香。已近中午时分，淡蓝的溪水安谧端庄。这时我突发奇想，此刻要是从桥下钻出几只帆布船，或撑一支长篙，或摇一双木桨，聚向下游的美丽乡村，那该是一幅多么澹美、超然的画面。如今，一溪两岸，十里画廊，东关桥恬然于城郊，缀田园之馥郁，汇泉流之空灵，古朴秀美，娴静犹存。时有老人或学子来桥上，或展卷读书，或漫步健身；也有男女双双携手，来桥上凝谛远山，静听溪声，用恩爱的眼神，走进对方的心里；更有一些游人，一到桥上就用手机拍个不停，把照片发给远方。一句话，东关桥依然让人流连忘返，临走时，还直想把桥上桥下当成一幅画卷起带走……

　　而我就在这一刻，捡到了自己的诗句：

　　　有了桥

　　　爱不再变得迢遥

　　　有了桥

　　　梦不再变得缥缈

　　　有了桥

　　　温柔的心

　　　彼此都听到了跳跃……

五里桥

多年前，第一次在晋江见到五里桥时，我一下就被震慑住了：天下居然有这么长的石桥！

是的，它像擎飞的一道彩虹，恬然铺展城乡；又像一卷悠长的画卷，吐纳苍茫蒹葭。难怪多少年来，省内外游人，都会抛却尘嚣，慕名来此踏桥，发乎性情，倚碧枕流；由乎自然，返璞归真。

据介绍，五里桥是用花岗岩和砂石构筑的梁式石桥，横跨晋江安海和南安水头两重镇的海滩，始建于南宋绍兴八年（1138），前后历经十四年告成。桥长两千两百五十五米，是我国古代首屈一指的长桥，故有"天下无桥长此桥"的美誉。明清两代，均有修缮。近几十年来，国家几次拨款进行维修，保留原状。

想想看，这"长虹卧波"的壮景，至今已有八百多年了。八百多年，几度起落，几经枯荣，五里桥已成了闽南石文化的化石，桥文化的标本。

五千年文明的中国，总是在风尘仆仆里行走。而勤劳勇敢的闽南人，以自己的智慧，为人间铺下一座奇迹般的长桥，留下了一段令人动容的故事。

当地《私乘谱牒》记载，建桥用的巨石，居然多从对面的金门岛开采海运而来。在没有起重机的年代，千百个建桥者，只能趁着潮落，奋力用一块块巨石砌起桥墩；又赶着涨潮，利用海水的浮力，将石板托起，依次铺架桥面。多少惊险、多少苦累，可想而知。就这样，人们长年累月地与风浪搏斗了十四个年头，终于完成了这座工程巨大的梁式石桥。我国著名的桥梁专家茅以升，在20世纪50年代视察五里桥后，也情不自禁地写道："凡是到过福建的人，都会感到'闽中桥梁甲天下'之说，确非过誉。"专家的这几句话，给了五里桥的建桥技术以很高的评价，也教后来者明白了五里桥独特的价值。

如果从桥头一走到底，像漫长的老胶卷，每一格都有故事。这也使我在后来的年间，有机会去晋江，总要去五里桥走走。当然，我也喜欢在桥上看风景，但见远山如髻，田畴如绣；清风拂衣，身轻如梦，心中有说不出的惬意。有几次，我注意到，桥上有许多侨乡亲人的远别，男女的相逢，老幼的扶持，更有乡亲结伴走向桥中拜谒神像的画面……说是长长的一座石桥，却能使遥远变得亲近，陌生变得熟悉，让生活的一切，都染上了世间烟火温馨的底色。

是啊，回想起来，五里桥给我最大的收获就是一种敬重、一种自在。人行桥上，遇见来往的人，只需亲切地点点头，便有一种异乡的情意在心头荡漾。那时，你什么都可以想，也什么都可以不想，只让桥下流水滋润你的心湖，滋润得你不想走，只想静静地屹立在桥上，把自己凝进桥上的图、水中的景。那时候，若有温润的桥风轻轻地拂着，任由自己在流水时光里淡淡地沁养，又是多么的忘怀。

其实，人都喜欢倚桥顾盼，凭栏张望。特别是在五里桥上，如果不算矫情的话，会觉得每一分钟的邂逅，都是八百年的守候。更有人指出，过去中国式的爱情，多数与桥梁有关，诸如断桥、鹊桥、廊桥……多少故事，迷离婉转，又会定格多少留恋的目光。有一次我也突发奇想：想象月下的五里桥上，走来一个穿着惠女服饰、唱着婉转南音的姑娘，把个袅袅娜娜的身姿留在一卷空蒙的画里……

显然，那是心中一种诗的想象。现实中我能记得的，是我国现代著名

五里桥

诗人郭沫若，1962年冬游览安海时，曾写过一首《咏五里桥》的诗。诗曰：五里桥成陆上桥，郑藩旧邸踪全消。英雄气魄垂千古，劳动精神漾九霄。不信君谟真梦醋，爱看明俨偶题糕。复台诗意谁能识，开辟荆榛第一条。

诗人高度赞扬了闽南劳动人民的创造精神和大无畏气概，抒发了对民族英雄郑成功的崇敬之情。当地人曾对我解释过，诗中所说"郑藩旧邸"，即指郑成功的父亲郑芝龙建在桥头附近的故第。"明俨"是郑成功的字，"复台诗"为郑成功所作，寄托了他对祖国和故土的无限萦思。在五里桥一带，曾流传这样一首民谣："石井郑国姓，安海去招兵；西桥放柴草，共同去抗清。"可见这一带人民对郑成功的敬重和爱戴。

历尽沧桑的五里桥，今天依旧以它伟丽的雄姿横跨世间，给人们多少奇伟的想象。然而，它更像一座历史的丰碑，记录着世代劳动者无可伦比的智慧和卓越的才能。尽管，当今国内已有许多跨越江海的大铁桥，凌空飞架的立交桥等现代化桥梁，但海内外游人还是喜欢到五里桥寻踪览胜。当人们从桥南走到桥北的桥头亭，再转过身来，极目远眺一望无尽的长桥，更有仿如气吞长虹之感。

令人深感欣慰的是：五里桥以古桥梁建筑特有的价值，被列为国家重点保护文物之一。这是福建人民的光荣，也是中国人民的骄傲。

云铺霞染的茶路

走进星村，一片虽已干涸但仍醇香的茶叶，随着秋风梦幻般地飘落在我的脚下，我捡起端详了一会儿，便欣然把它揣入口袋。

星村镇坐落于武夷山世界"双遗产地"核心区，"襟九曲秀水，涵莽苍林海"。正是她，漫天舒展着保护区的绿色肺叶，翕张之间，滤不尽的正是清新爽人的空气；也是她，擎举起群山壮伟体积，荫庇天地，遂自古钟灵毓秀，生生不息。

都说，武夷收尽人间美，美在星村山水间。从码头一曲放筏至九曲，疑是人到九天上；若逢傍晚，站在溪边，一眼望去，那闪烁的灯火，真个灿若繁星，其村名与实景可谓名副其实。难得的是，多少年来，星村人代代保养其灵秀山水，传扬其天姿丽色。近年来，随着推进茶业观光产业，更是吸引了四方宾客前来度假，养生休闲、品茗论道。在网罩般密布的茶路上，众多摄影家和旅游发烧友举起手中镜头，捕捉魅人心魄的瞬间。一帧帧被定格的美图，无不诉说着星村人对大自然的爱和游人陶然忘我的欢笑……

何为茶旅？即沿茶路寻幽探胜。但什么是茶路呢？依我看，在茶山茶海中飘浮的星村、溪路、山路，都是通向云山雾海的茶路。它们或笔直，或曲折，或蜿蜒，或盘旋。不过从山地高处看，其间确有两条主要的路线，一条是从镇所在地至畲族文化村及白塔山，另一条则是从镇上伸向国家级自然保护区黄岗山。这两条主茶道，两旁茶园毗邻，茶山叠涌，无数交叉的小径，缀连其间，历经风吹雨渍，四季云铺霞染，赤橙黄褐，时隐时现。细探，有的呈临溪而绕的缠绵，有的现沿山穿越的清峻；有的呢，则有绿隐碧现的玄妙；还有的，更兼层层浓翠中，时闻石泉落涧的清籁，青藤缭绕的浪漫。涉足其间，多少清幽惬意，多少恣肆率性，都能在淡淡香气中得以挥洒，真是一步踏入，处处迷恋。

记得去年，正是桃花水涨、雨声拔笋的时节，我怀着一份长久的思渴，来到新枝摇绿的星村。心弦，一下就被通往白塔山的一条茶路轻易地拨动。当我随游人漫步在布满茶树的田垄上，放眼望去，雨后的山水，轻绕着似梦似幻的烟雾，空气中时而夹杂几丝幽香，悠然沁鼻。朦胧中，我看到山野路边，淡紫色的丁香花轻轻摇曳。不用说，最惹人喜爱的正是这一重重嫩绿凝烟的茶山，望不尽似的，把群峰淡然的天边也抹出一层翠微色，看一眼，便使人心亮如玉，暗香洋溢。

茶路，就这样嵌入我的心里，也融入我的梦中。谁曾想，相隔一年多，我又有机会来到星村。巧的是，这次我去的恰好是通往黄岗山的茶路，于是心中喜不自禁，只觉脚一迈动，满眼皆景：那墨绿中溶溶滟滟的茶山，那金的稻穗、红的枫叶；还有那鸟儿的啼鸣、瓜果的醇香，无不如画如歌，让人看一眼就心澄目明、惬意横生……

也许，太过于想在云淡烟轻的秋日去勘踏茶路，采撷渴望已久的秋色茶香，于是我们这一行来自省城的作家，兀自从一条由浅渐深的山垄走去。不久，便看见在一丛丛密林间散落着的一间间岩茶作坊，我们发现，那里早有游人循香而至了。但我们并不急于向前，因为更能引发思绪的，似乎是这些隐于茶丛的路径。而依我看来，这茶路仿佛来过，实则陌生；感觉它看似普通，却含有一些神秘。它们像密布的神经，通络着茶山茶岭，轻轻踏上，便会引发茶尘的轻泻，茶香的弥漫。而远远的，裹在山内的茶路，好比古代道家的丹砂之地，愈深，愈诱人进入。凭去年的经验，路遇好客的做茶人，他们都会引导游客从垅边切入，然后带到茶园小屋或草寮里，坐下聊聊茶事，小品一下他们的酿制。果然，这一路上走走停停，遇了不少茶家，喝了不少好茶。只是，品尝的瞬间，任是谁都会想到，正是这星罗棋布的茶路，条条脉脉，在牵引并托起星村众多的岩茶品种。

路随脚伸，脚随路转。回想起来，武夷岩茶区的历代栽培茶家、茶农，正是走过、踏过数不清的茶路，才从中反复选育出了名目繁多的优良单丛。而不断从各种茶路上出现的茶人，总是耐心把茶的品质优异者，依据形状、地点等不同特点，命以"茶名"，最终得以传世。有资料显示，武夷山选育名丛早在宋代就已开始，至明清，经过数百年之积累，才迎来清末武夷岩茶全盛时期。而今，武夷岩茶的名丛、花名有近千个之多。这不，茶路的前方，有个叫桐木的地方，正是正山小种的原产地，也是红茶最出名的产区，那里，有望不尽的古树参天，竹海流翠，云雾缭绕，涧水潺潺。那里，早晚温差大，气候却温润。树木的落叶成了天然的养料，野生于其间的小种红茶，与奇花异草为伴，同珍禽异兽为伍。正所谓灵山道地蕴好茶，得天独厚的生长环境，造就了正山小种举世绝伦的高贵品质。难怪清代以来，茶商云集，星村更成为武夷岩茶集散地。打量岩茶本身，从它出生、成长、成名，每一个节点，都显现浓淡相宜的典雅，每一个转身，都迸发有色有香的内涵。初看，它有一种掩饰不住质朴的美，绵柔的韧；再看，那清越的秀，成熟的韵，一下就拨动了人心；而当它滤出茶汤淌入杯中，那内敛的慧，持守的醇，更是教人久久地回味、啧啧地称奇！

星村的岩茶，就是在这些茶路的伸延中，凭时光缓缓培育和营造出来的。"求木之长者，必固其根本；欲流之远者，必浚其泉源。"茶与茶路，互为一体，山有多深，路有多长；茶有多醇，路有多香……

当然，岩茶是深挚万物的综合滋味。但正是这众多不知名的茶路，一步步、一程程，引领我们前来啜饮品茗，让胸怀与名山一统。只是这一天，贪玩的我们一路盘亘，也不知过了多少时辰，待要继续向前时，发现黄昏已经来临，前方已沉入一片昏暗之中。于是，你看我，我看你，虽说心有不甘，也只得恋恋地回头。

次日，沿九曲溪岸踏行，披荫探幽，至山脚近前，居然发现一处茶坊，写着"曾家厂一号"；同行的诗人曾章团甚为雀跃，笑说是找到"祖家"了。入内，见右手旁有一偌大的古朴茶室，桂花开在窗外，小鸟飞在篱边。大家都说：相遇是缘，随遇而安吧。说着，各自径直走向一张长长的茶桌。落座甫定，听得一声"来了"！眼前，风一样旋来一位朴质的中年汉子，细看眉间眼角，溢着笑意，原来是茶坊主人："大家辛苦了！喝茶喝茶！"话声刚落，看见他用木匙，从桌上的罐子里掏出一撮一撮正山小种，撒入杯盅。随之提来热壶，"刺溜"一声，沸水注入。顷刻，那烟染火烤的茶叶，仿佛经历了多少细雨秋霜，终于欢快地在杯中溯游；随之，卷曲的叶芽缓慢舒展，看叶片上晕红清亮的茶汤细细荡漾，沉香扑鼻，令人感觉这一泡，能将天地精华，山水灵气，日月滋养，晴雨风物，全都揽于盅内；待斟入杯中，大家颔首道谢的同时，轻轻地托住杯盏，低头呷了一口，咂咂回味之中，一种光阴的味道，若丝若缕，立即在唇齿间弥漫，那醇厚绵长、清醇甘美，教人有说不出的舒畅……此时，诗一般记忆的浅岸，已挡不住茶叶鲜嫩波澜的倾覆，一种熟悉的泱泱生机顷刻漫游周身……恍惚中，灵魂也被温柔地涤净。

茶路上的岩茶，就这样一丝一丝绾住了我们欢快的思绪。此时，屋外的竹，屋外的花，屋外的叠叠翠绿，也全幻化为一行一行的诗句。隐隐中，似有萌青的歌声自山顶飘落，声似茶叶绵软、幽雅，音似茶汤清亮、明丽……

我口袋里那一片茶叶，似乎也窸窸作响了起来。

拱桥的竹林

闽西北有个地方叫拱桥，初听以为是大山深处的一座古桥，想来水曲滩多，桥畔少不了有亭台或楼阁。谁知到了拱桥一看：沿新安溪而上的，一路尽是青山相对，层峦联袂；哪有古桥的影子？

原来拱桥只是乡镇的地名，但问当地的人：为何这地方叫作拱桥？老年人回忆说，这里盛产毛竹，祖上的人常把粗竹稍稍拱弯在溪面搭桥，地名由此得来。如今这种拱桥早被水泥桥替代了，但两岸山脉，依然逶迤多姿，处处竹影婆娑；而这里的山村，大多依山隐现于绿竹翠篱之间，或傍水倒映于溪面清流之上，三三两两地与梯田的缭绕云雾相映成趣，使人不由想起"古树高低屋，斜阳远近山；林梢烟似带，村外水如环"的诗句，正是此地最好的写照。

我喜欢这里的溪，它从蜿蜒曲折的山谷里穿行而来，又向三弯九绕的下游奔流而去，每一弯、每一滩，那蓄成的潭水，清澈得似一面面形状不一的镜子，幽幽地闪着青蓝，莹莹地透出甘甜，让人看一眼就想掬捧入口。溪中，大小不等的溪石，由于水流摩挲，变得千姿百态，色泽纷呈，令人遐想联翩。

然而，我最喜欢的，是这里的竹林。来到拱桥，在山环水抱中，抬眼便可见到，从山麓直到峰腰，从豁口延到溪边，一片片翠竹连绵，绿浪接天；迎眸移步，把露湿珠，幽菶处处，清凉无价。不管走了多远，总是置身在一处处绿涌翠滴的海洋，顷刻之间，就能把红尘的烦扰和周身的疲惫洗涤净尽。

拱桥是漳平市地处闽赣交界的一个不大的乡镇，居然坐拥了上万亩竹林。过去虽有官道，人来不多；这些年，生态发展的理念扎下根来，交通也改善了，使许多人得以到此一睹青山秀美、竹海壮阔。游人沿着起伏的峰峦看去，风起时，十里翠波接涌，碧浪掀天；风止时，四周娴静轻柔，幽深邈远。走进竹林，身披无尽的清爽；静闭双眸，心涌难言的愉悦。聆听竹叶的呼吸与轻语，竟会领悟到一种丰富的单纯。于是，情不自禁中，或手抚竹节，细看绿纹荡漾，拥几分透明的情怀；或人竹相依，作双双遒劲状，晒一回亮节高风的向往。或许，有执手之约的人，会手捧绿叶，轻唤心上人的名字，许一个晶亮的未来……

其实，走进拱桥竹林，一路上，时时都会捡到古往今来诸多熟悉的诗句。进山，有郑板桥的《竹石》：咬定青山不放松，立根原在破岩中；入林，有杜甫的《咏春笋》：无数春笋满林生，柴门密掩断行人；走一步，有陆游的《竹咏》：好竹千竿翠，新泉一勺水。拐个弯，又是杜甫的诗：桤林碍日吟风叶，笼竹和烟滴露梢。这时，肚里有几滴墨水的人大约都会感叹，唐代刘禹锡有首咏竹诗确实写得精妙：露涤铅粉节，风摇青玉枝。依依似君子，无地不相宜。而王维的一首咏竹诗也十分独到：独坐幽篁里，弹琴复独啸；深林人不知，明月来相照。虽只寥寥四句，却也道出了人世间许多人都向往的一种清逸绝尘的意境。由此想到，这山中之竹，即便穿过了许多朝代，仍有当今尘世中的人应当效仿的地方。你看它们，独姿静处于深山，不惧流年推换，风雨相摧，一袭翠衣依旧，清俊风骨不改。其质朴清白，旷远淡泊，自古以来，赢得多少世人的喜爱。

在拱桥的竹林里徜徉，我自然也联想到魏晋时"竹林七贤"的故事。他们尚老庄、崇放达，追求清静无为的散淡生活，成了人们追忆和崇尚的一个风范。但在今天，人们表现放达的形式却更为多样了。从拱桥竹林里

四季都因你而饱满

吟诗踏歌出来，游兴正浓的人，还可以在溪边撑一篙竹筏，一路滑行，一路欢叫。沿途，随时可以停下，或欣赏水纹荡漾，或远眺两岸竹海，在清凉静雅的气息中，尽情领略"舟行碧波上，人在画中游"的快乐。

就说我自己吧，说实话，初进拱桥竹林，一番惊叹过后，我就发现自己的心忽地变得十分贪婪，因为我竟然想在一时半日中，就把整片竹海都装进我的心中。好在游玩过后，经过竹海翠绿的泼洒和清凉的浸润后，才发觉自己平静多了。以致当地的友人要送我竹篮、竹碗一类的东西时，我都婉谢了。不过我没有空手，倒是带走了一根瘦竹。我笑对友人说：我回去后，会请人做一支笛子，明月清风之夜，也学一点古人的雅意，吹一曲不慕奢华、笑傲江湖吧！

碧海青天夜夜心

如果你想知道海天拥立的一座渔镇，何以梅香阵阵，笛声抚弄；如果你想知道青烟点点的一片渔村，何以周遭雉堞，豪气干云；如果你想知道什么叫"两相对望，天籁温软""风波浪里，真情永在"；那么，请你来长乐梅花镇吧。

梅花镇距福州六十公里，曾是历史上著名的古镇、军事要塞和省会门户，素有"闽江南喉"之称；这里，也是海上丝绸之路一个重要的始发港。

据记载，梅花镇因地形之要，围山筑城，成为历代有名的"千户所"。山顶有石盈亩，巍然高出数丈，上镌"龙东石"，明洪武十年（1377）造。城高一丈八尺，广六尺，周六百四十八丈。历今六百多年。清康熙末，古镇因沙拥压，改为寨。曾四次重修，最后一次，是在清乾隆二十七年（1762）。其实，早在唐武德年间，这里就广植梅花，梅花镇因而得名，并标"梅城弄笛"为长乐十二景之一。至今，梅花镇有保存较为完整的明朝海防古城墙、蔡夫人庙、林位宫等。

记得我头次去梅花镇，是在 2014 年，当时梅花镇正在将军山景区扩大梅园，种植红梅、宫粉梅、白梅、绿萼梅等名贵梅树。之后又听说，该镇投入数十万元，在山上建成一座"梅壶友谊楼"及夜景灯光工程，完成了将军山西大门登山道和西大门牌坊及配套绿化设施，有效提升了公园的品位和景观效果，成为渔民平时休闲散步、放松身心的好去处。梅开季节，前来将军山赏梅的人更是络绎不绝。

众所周知，梅花是岁寒三友之一，自古以来，人们都赞美她的傲雪精神，赞美她不与百花争春的高洁的美。她所具有忠诚坚贞的本性和高格奉献的特质，历来是千千万万世间儿女共同追求的标帜。但一座以梅花为傲的古镇，尽管流光低转，铅华渐洗，仍海燕蹁跹，春莺绝啼，最是风动珠帘，笛声委婉，似有着几分女性的婉约；然而镇中唯一的一座山峰，又何以命名为豪雄的"将军山"呢？

这次再来古镇，当地陪同的小陈告诉我：将军山之名源自纪念数百年前用草鞋退倭寇的林位将军。林位（1528—1564），是明嘉靖年间奉命镇守梅花城的邑侯。据史料记载：时逢倭寇压境，梅花城告急。兵临城下之际，林位棋走险招，乔装改扮成小贩，经小路潜至城外，叫卖一种三四十厘米长的草鞋。此举被倭寇头目引以为奇，询问如此大的草鞋有何用处？林位镇静应对，假称梅花城内军民身高体壮，这种草鞋就是"被迫"为他们所制，并趁此机会，故意泄露"军情"，实则夸大了城内军事部署情况。倭寇头目不明就里，听信其言，脸有惧色，当即急令退兵。

看来这个山名，源于它在镇上特定的自然位置和历史。事实上，在我眼里，它正是一座地道的雄性的山，这是因为它的外形、内藏都具有一种独有的恢宏气象和品性，能让每一个登临其上的人，都从自然生态与历史云烟的交汇里，以自己真切的生命经验，体悟梅花古城带给人的联想与启迪，并让它成为自身力量的一部分。

那一天，我们一行人攀上山顶，放眼望去，但见大海壮阔雄浑，波浪涌动，随着初冬阳光的挥洒，海面瞬间变幻莫测，如无垠的织锦漫漫拂动，银光闪闪，色泽奇丽。看着看着，有关梅花镇的一些前世今生，也随着问答的话声，像缥缈光影下的波纹一样晃动起来……

往事如风，追索不尽。十几年前，梅花镇和对面连江县壶江镇政府一起筹集三百多万款项共同建造了将军山公园，这是为了纪念梅花与壶江友谊而修建的。原来，早在清康熙年间，两乡就商定共辟马祖列岛定置渔场；梅花定位"福沃"，壶江择地"山垅"。鱼汛丰获季节，两乡祭神联庆。不料是夜突遇外患袭扰，双方紧急应对，以"依舅"作为哨语联络，从两面同时进发，合力击退外寇。从此，两地渔民互称"依舅"相沿成习。20世纪中叶，福州沦陷后，敌舰横戈江面，壶江岛粮食中断；彼时，得知消息的梅花乡人不顾危险，冒死送粮过江解壶江之危难。1949年前夕，有不轨者骚扰梅花，壶江乡民得悉，连夜召集几百强壮乡丁驾舟驰援，使梅花乡化险为夷。中华人民共和国成立后，新一代的梅壶人倍加珍惜祖祖辈辈延续下来的兄弟情谊，并且不断发扬光大：两乡渔船在海上作业时，相互照应，资源共让，有难必帮，亲如一家；从来没有发生过海上作业纠纷，即使在生产中两船相碰、两网相绞，只要一句"依舅"，再大的事情都可化解；损失得再多，谁都不愿开口要赔，认为自己一方承受那是天经地义的事。这是因为，谁都不愿做破坏"依舅"关系的不义之人。特别是近些年来，两地亲情不断升温。有一次，壶江渔船在海上作业时，机器发生故障，无法返航，梅花渔业信息站接到呼叫信号后，十几艘渔船赶往现场，将遇险渔船及船上渔民救回。一次台风袭击长乐时，梅花的一艘铁壳船，来不及回港被狂风抛上岸，船体严重受损，壶江村民得知后，立即带上拖具，不顾半夜风大浪急，把搁浅船只拖回船厂修理。时至今日，每年遇到重大节日时，两地老人都会组织互访。规模最大的是2012年春节，壶江村四千多村民中有一千一百多人到梅花过春节，梅花百姓将最新的房子、最好的床、最美的食品拿出来，招待远方来的兄妹，并举行声势浩大的"接亲"踩街活动。千余男男女女，以"依舅"的身份在梅花镇吃、住、玩三天，梅花"依舅"则以最高的礼仪招待壶江"依舅"。梅花镇所属的梅东、梅西、梅南、梅北、梅城、梅星等六个村的一万六千多个老老少少，家家敞开大门喜迎宾客。三百多桌的酒席，三千多人的聚会，不再是为了满足舌尖的诱惑，而是演绎着几百年来的欢歌笑语，叙述着祖祖辈辈赶海人的亲情诗篇。他们品尝着岁月沧桑酿成的美酒佳肴，流露出对未来美好事业的希望和憧憬。而人人手中高举的酒杯，闪耀的是民族传统生生不息的气节和光芒。这就是梅壶"舅缘"文化永久的魅力，也是中国近代史上一个社会学的传奇！

如今，镇上将军山上的观海亭旁，一块石碑记载的就是这两地渔民之间患难与共的历史。这是一座象征梅壶友谊的永久性建筑。楼高二十一米，宽十五米，阁楼式古建筑风格，坐北朝南，上下三层，呈六角形。一层为敞开式休闲大厅；二层为封闭式，可供文物收展；三层为观景楼，可远眺马祖列岛、琅岐及壶江等大小岛屿，近瞰梅花城全景及周边村镇美景。

然而，梅花镇的渔业经济由于气候变化与环境受损等各方面因素，也曾一落千丈。陪同的小陈告诉我们：那时许多人每每回到家乡，总能见到冷清的街道与长吁短叹的人群，留在老家的基本是一些老人与孩子，有能力的也都出外谋生，而没有另外出路的渔民们只能坚守零星的渔业生产继续讨生活。于是，那些在春节回到老家的人，不是选择走亲访友或大吃大喝，而是想着怎么以实际行动帮助生养他们的千年古镇复兴。2017年4月，几位热心家乡振兴的梅花乡亲在网聊时达成了共识：将海内外家乡人凝聚起来，一起为家乡振兴出计出力。当天晚上，梅城荟沙龙的微信群就组建起来。"取名梅城荟，是希望荟萃群英来振兴梅花古城。"小陈告诉我们：2018年1月6日，福州梅城荟投资发展有限公司成立，公司以投资梅花、建设梅花、振兴梅花为目标，力求为梅花引进一批大项目、好项目，培育新的经济增长点。这一切，与当地政府的规划不谋而合。公司成立当天，便与梅花镇政府签订了项目合作协议。代表着文化层面和产业层面的这两项尝试，亦如投石问路，后招绵发。梅花镇也好似一头已快游不动的鱼，突然遇到一条波浪丰盈的水路，危机转向生机，生机化为一路欢歌笑语……

奋斗的年份，注定会在时间的坐标上镌刻下熠熠生辉的印记。古镇人民相信：贫穷不是宿命，苦熬不如苦干。只要自强而不息、自立而不馁，摒弃"等靠要"的思想，就一定能依靠自己的双手创造美好的生活、改变自己的命运。

如今，屈指算来，古城梅花镇已有六百多年历史了。随着人们物质生活的改善和对文化生活需求的日益提升，古镇旅游不断升温。当地有关方面也根据专家的提议，对城内外古迹做了统一勘探、恢复。有记载表明，古镇最后一次修整（1762）距今也有两百多年。眼下，女墙、战楼和大部墙体已倾塌无存，只有东门一带保存尚好，东西北三面残墙断续相连于乱草野藤之中；南面两城墙，虽已毁平而基址可寻可辨。岁月的苍苔，斑驳近似铁色，依然挺立劲健，在风雨中守护着过往的时光。

仔细察看，梅花古城地势甚高，来此的人，要攀上石阶，转过高低不平的石板路，才能步入梅花古城的一条大路。街面上，老样新式的房屋交替出现。这里，春暖夏凉，蝉鸣秋意，芦花似梦，海景旷远，四季景色，令人心醉。"古今往事千帆去，风月秋怀一笛知"，在迷人的景色中，回想那段历史，再看今天，滚滚红尘中，许多人辗转来此，为的就是能真正读懂古镇和将军山，以及大海的开拓者和耕耘者为百姓的生活与富足而奋斗不息的心。

不过，这次重来此地，我也发现：极富人文积淀的梅花镇背倚青山、面临沧海，岛礁环列，异彩纷呈，蓝汪汪的大海则是梅花自然景观的基调。难怪当年清朝知县贺世骏把"梅城弄笛"列为吴航十二景之一，而古人流传至今的两个"梅花八景"，则标为：龙东旭石、鸡屿晴霞、斗壶远泊、岩陇群照、浪台月影、石鼓潮声、马筹飞雪、虎穴号风；鳌潭鼓浪、螺洞听涛、石壁垂纶、水门归棹、寮岭农歌、沙村渔火、草洲人迹、蓬岛仙踪；人们只要从这些字眼里，就可以窥见其瑰丽奇谲，气象万千。

再看梅城左侧，正是闽江入海口，江水与海水交汇，经过千万年的沉积，形成一片巨大的滩涂湿地，平坦广阔，渺不可言。靠近大陆的滩涂上长满连片的碧草，这里便是闽江口湿地的组成部分，是鸟儿的天堂，也是观鸟的佳处。徒步于此，独坐滩头，人鸟对视，探幽测绿，心接广宇；远望船帆出海，搏风击浪，将军护佑，岁岁平安。

如今，随着将军山公园整体开发建设的完成，长乐旅游又增加一个新亮点。陪同的小陈告诉我们：再过两个月，在将军山上可以看到，二十多亩梅园各色梅花尽情绽放，走在直通山顶梅壶友谊楼的园间两百多米长的石阶步道上，梅香阵阵，醉人心脾。登上雄伟壮观的梅壶友谊楼，瞰看山下梅城，远处万顷碧波，渔船帆影点点，近处"鳝鱼滩"湿地，芳草萋萋，候鸟云集，古镇美景尽收眼底。乘兴朗诵《梅城弄笛图说》，碧海青天，仿佛又闻时光之声：

县东北五十里曰梅江，中有城，与定海对峙，邑镇也。岛屿错落，雉堞周遭，万顷鸿冥，渺不知其所际。遥望琉球，青烟几点。每值夜月晶莹，天水一色，数声风笛，如听龙吟。其清溪过客，邀桓将军据胡床三弄耶，抑李暮秋夜竞响裂石，身在瓜步舟中也……

筹峰山纪游

　　山，是大自然运动的产物，是天地间的骄子，也是世代风气先觉者、先行者、先倡者尊崇的对象。

　　不是吗？天下多少山峦，都曾给不畏攀登的人以不尽的启迪，使他们发出时代之先声、开启社会之先风、勇拓智慧之先河，从而推动了社会变迁和社会变革。从这个意义上说，山也赋予先行者们担当和价值。有了这样的责任担当，带着使命前行，就能跳出方寸天地，告别狭仄浅薄，远离轻佻浮华，从而进入一个个格局开阔、气象宏伟的天地。

　　长乐筹峰山，就是一座给人不尽启迪的山。

　　筹峰山雄峙于闽江口南岸，因"山峦耸云表，若筹也"而得名，绵亘数十里，海拔六百多米，与福州鼓山遥遥相对。长乐民谣"一旗二鼓三筹峰"，指的就是闽侯的旗山、福州的鼓山、长乐的筹峰山，为闽江沿岸三座名山。古今闻名的德成岩，就坐落在筹峰山中，闽省旧志称之为"筹岩"。这里边，自然景观星罗棋布，有三十六洞天、一百零八景。明代吏部左侍郎刘沂春，名其中八奇景为："日出扶桑""潮生海岸""夜月松涛""游云归洞""书台泉涌""文笔插天""步虚仙子""听法神龟"。

　　关于筹峰胜景，长乐史志更有精美的描述："……每当穷阴积雪，凝华万叠，瑶草琪花，璇房琼室，千姿百态之时，大有空桑、峨嵋之胜概。"故清乾隆年间知县贺世骏，将"筹峰积雪"标为"吴航十二景"之一。

如今，雪景已然过去。然而，且慢叹息的是，筹峰的德成岩，却愈发成为长乐山海交响中一段最为迷人的乐章，也成了一道扣人心弦的"山石风景线"。你看它，得益于天地蕴藉，云蒸霞蔚，流光溢彩；也感佩于先民爱惜，不仅保留了一份原始纯真的风貌，而且以大自然变化带来的丰厚蓄积，吸引着无数世人的目光。细究，它由周围数里范围内诸多天然奇景构成，如鲤鱼尾、一线天、响石峰、云中帆、鸢嘴峰等等。若天清日朗，在此俯瞰山河大地，眼底自有气象万千，令人叹为观止。原来，千里闽江到此入海，波滚浪漾，声势非凡；往更高处看，琅岐岛、壶江岛、川石岛以及闽江口两岸乡镇山川田野尽收眼底；"五虎守门""双鱼把口""金鸡报晓""白猴戏水"诸景观清晰可见。继续远眺，则马祖、白犬，以及御国山下诸岛屿均在眼前……

如此，从这里眺望，就会感受到杜甫"荡胸生曾云，决眦入归鸟"的诗说，大约追求的就是这样一种雄阔的体验。

视线回收，但见大筹岩上，石林插天，山上有"步虚仙子""凌云骆驼""仙人桥""巨灵峰"，还有雄奇秀丽的"莲花峰"，含苞待放的"菡萏峰"及"纱帽石""玉印石"；下有巨石叠磊的"观音洞""品岩洞""过溪阶""磨层石""獭狸谷"等等，触目成景，过目难忘。可以看出，其中许多景点可能是读书人命名的，但也有些景点，大约是当地人随物赋形、不事夸饰、直截了当拟定的，好就好在不管是"阳春白雪"或是"下里巴人"，他们都贡献了智慧，就是不留姓名。

筹峰山有故事。据长乐县志载：唐季咸通初（860），福建历史上第一位思想家伸蒙子林慎思，与其兄弟五人筑室读书于此岩中，他们披日月之光华，享古松之清风，灵魂归真，心灵参悟，又得"山川云雾之奇"，励志治学，先后"并擢高科"，得中进士，"五桂联芳"传为佳话。宋代理学大师朱熹，曾游筹岩，遂题岩名为"德成岩"，改"门楼精舍"为"德成精舍"。

由此证实，德成岩无疑是筹峰山精华部分，岩中层峦叠嶂，怪石嶙峋，苍松翠竹，郁郁葱葱；寺观殿堂，院墙屋脊，流金飞彩，掩映其中。登上德成岩，但见千峰拱秀，万派流光。若拾级登上云梯，穿过天成不二法门，却是一个秀窣壶天，境界极为清幽的所在。巨石下，有一天然石室，约略高一丈，宽一丈五尺，上下平坦如削，这就是德成石室，室内供一尊宋刻青石观世音菩萨像，其神态及衣褶线纹都十分精美，为德成岩镇山之宝。由于山景优美，名流追崇，加上诸多美丽传说，所以朝拜者众多，香火鼎盛，千年不绝。每逢农历初一、十五，进香的善男信女更是熙熙攘攘，竞相登临。引人称奇的是，石室中有一泓清泉，刚好自观世音菩萨脚下涌出，聚在殿前一个宽不过两尺深不过一尺的小池里，多少年来，用之则取而不尽，不用则满而不溢，故被乡人称为"观音泉""甘露水"，古人名之曰"福善灵泉"。当地人称：如用此泉浸泡山上野生的南方人参——山苍子，简直是仙液琼浆。由此，"天然石室""千年观音""福善灵泉"人称德成岩三宝。

还需一提的是石室之西的岩石上，有一宋刻碑文，即著名的《伸蒙岩石刻记》，内容记有唐林慎思重置读书堂于此及两宋时期岩宇兴废史实。石室之东建有伸蒙子特祠、德成岩禅寺、九仙观等，飞檐斗翘，古香古色。伸蒙子特祠门口有一圣旨碑，宽二尺半、高约一丈，直书"奉旨重建德成岩"，为清乾隆二十七年（1762）长乐知县贺世骏所立。

据记载：伸蒙子特祠前身是林慎思五兄弟所筑读书堂，唐朝皇帝旌表其门"儒英忠义"，昭立专祀，历代又多有宠赐重修。祠中楹联多为名公巨卿所撰，明代刑部右侍郎郑世威、礼部尚书林尧俞、户部主事黄周星、礼部尚书马思理、吏部左侍郎刘沂春，以及陈尚庚、刘鼎等都在此留下联句。正厅原两副柱联分别题曰："岩表德成在闽中独先诸子；家藏续孟视海内犹多一经。""报国精忠垂宇，著书大义炳星河。"后者为明刑部侍郎郑世威所撰，儒学气氛极浓。"德成精舍"自朱熹题名后，名闻遐迩，元时改称"德成书院"，从此成了吴航古代首屈一指的乡庠。石室西侧，岩石后方有一石洞，可盘折而上。穿过石门洞即是巨石顶上的"罗汉台"，石面平坦，可坐数十人，但其前方及左右三面均为峭壁悬崖，十分险峻，背侧岩石重叠交错，险陡崔嵬。"听法神龟"盘踞在群石之上，"默然不息若首之形"，天造地设，惟妙惟肖。紧挨着罗汉台的后方岩壁上隶书"海潮观"三字，走近可见一通天洞府，传说是八仙聚会的地方，从这里眺望台湾海峡，但见"扶桑一碧万顷"，极是壮观！

筹峰山风光旖旎，德成岩景色迷人，其自然景观、人文景观，无不引人一览为快，其中摩崖石刻、诗文联句，既有历史人物的英才伟略和忧国忧民的气节，也有书法家精湛的笔墨和追求书法艺术的执着信念；使人思之再三，流连忘返。

总之，筹峰山不是半天一日可以游完的，它就像一本厚重的典籍，只有慢慢地深入，细细地品读，才会引发内心真切的领悟，深情的吟唱。可喜的是，近些年来，筹峰山开发果林场，满山遍种龙眼、荔枝、枇杷、柿子等四季水果，而且由山下林慎思故里村口修筑了一条水泥路，逶迤经过果园到达德成岩景区.，游人日益增多，在新时代的阳光普照下，德成岩千年胜迹正呈现出一派勃勃生机。

有福之州

　　都说福州是"有福之州"，这对生活在这座城市已近四十年的我来讲，还真有许多深切的体味。

　　记得，20世纪70年代末，我从乡下调进福州，每逢星期天或节假日，就骑着自行车在市内到处穿梭，熟悉环境。很快，我就了解到：福州是一座已有两千多年历史的文化名城。这方土地上的先祖，五代时就扩建城池，把奔流向海的闽江揽入怀中，将原始纯真的乌山、于山、屏山纳入城内，显露了"山水城邑"的轮廓；这一揽一纳，虽由人作，宛若天开，使每一寸水土，都以其蕴藉的丰腴，使尝其福分的一辈辈后人，无不感佩先祖们阔大的心胸和独到的眼光。

　　时光倥偬。中华人民共和国成立后，特别是改革开放以来，福州迎来了思想解放、探索创新的新机遇。许多产业升级转型，引凤筑巢、腾笼换鸟，一个个砥砺前行的生动故事，浓缩了这片热土上奔腾不息的开拓浪潮。诸如："特事特办"的马尾特区、东扩崛起的金山新区、横空出世的产业园、旗山脚下的大学城……激情点燃，梦想传递。更有向海进发的福清江阴和连江可门大海港，一下拉近了与世界的距离。走遍福州的"二市五区五县"，就像打开一本本画册，每一幅绚烂的画面，都流淌着历史郁郁文气，氤氲着山水盈盈清气，无不令人领略南方人文的卓越神韵。而经历着日新月异变化的福州市区，也以传统和现代城市建设融合的理念，践行初心，不懈努力，从而实现了让市民真正生活在园林之中，而不必非得出城才能找到风景名胜的福祉了。

正因受山水人文的陶冶，福州人在肩负开放先行的历史使命中，善于弘扬优良传统，同时超越自我，在包容中坚持自己的理想与操守。

记得那些年，由于工作关系，与我交集的还有福州地方文化建设。一次，我去福州城乡接合部的东郊探访"邓拓故居"，路上看到一连串极富乡土意味的地名，它们分别是竹屿、横屿、前屿、后屿；这其中的屿，指的就是过去海水退去，陆续崛起的岛屿，经过多少时序嬗变，最后变成一个个城边村，其中有的因建设需要迁移了，但这些以屿字嵌合的地名依然保留下来。当地搞民俗文化的人告诉我：地名是城市的文化符号，承载着乡愁，更是历史文化的"活化石"。传承历史，留住记忆，正是城市文化底蕴和生生不息的象征。因此，福州老地名保护工作成了一项重要举措。另一次，我去市西北方向素有"市井活化石"之称的上下杭采访，顺路踏勘近旁的烟台山，发觉竟是一个保存着异域风情的地方。原来，烟台山上分布着大大小小清末和民国时期的使领馆建筑，全部是石料与木材的结合，体现了西方与东方建筑的艺术精华。在动荡的年月，敢作敢为的福州人冒着风险把它们保护下来。改革开放后，这些使领馆已作为历史风貌区进行管理和开发。山上，依然路径蜿蜒，苍松翠竹，郁郁葱葱；登上山顶，但见眼底楼群拱秀，幢幢流光。

令福州人自豪的还有闽江两岸街区如云的榕树。榕树为福州市树，当地植榕，古已成风；"满城绿荫，暑不张盖"，使福州又有了"榕城"的美称。可惜，在动乱的年月，一些街头大榕树竟被无端挖掉移走。幸而，阴霾散去，春归大地，热爱榕荫的福州人又把新榕一处处重植。转眼数十年过去，市内又是处处榕树，枝荣叶茂，开放挺拔，生机盎然。如今，福州除了榕树，常见的树种还有紫叶桃、紫叶李、紫叶矮樱、黄栌、美国红栌、金叶女贞、金叶槐、金丝柳等等，它们与繁茂葳蕤的榕树或并立、或交合，不分主次，相亲无忤，共同追逐着云彩，追逐着阳光，在鸟儿的啁啾中向上生长，呈现出一派旺盛的生命力与和谐的景象。

更令人引以为傲的是，福州之福，还蕴含在她是一座水网上的城市。市内河汊众多，它们就像绿叶上的大小茎脉，漫延隐匿于大坊小巷之中。当年，我曾在上下班时走过必经的白马河畔，常见的多是当地的老依伯、老依姆或妇女提着竹篮去购买鱼鲜，市井里人声鼎沸，充满了浓重的生活气息。到了后来，城市开发，繁闹地带上很多住在木质房屋的人家，却顾全大局，先后拆迁搬进新的小区居住；与此同时，一些商店与超市也随之开在附近，生活反而变得更为便利了。近年来，为加大生态与环境保护力度，福州启动市内河道综合整治工程，堪称城市改造史上的大手笔，人人参与，成绩斐然。我注意到，白马河沿线近五公里长的范围，也建起了木栈道和公园游步道，连接起北端秀丽的西湖与南端恬静的江滨公园。而今处处呈现出的水清、河畅、岸绿的景致，让人想到建设者为这一生态景观送走了多少不眠的日夜，挥洒了多少辛劳的汗水。

还要说到的一份福祉，是现在游人如织的三坊七巷。这是一片古老中充满传奇的坊巷，一脚踏上，就是开始一段历史与文化之旅。不是吗？走在茉莉飘香的巷道，触手可及的是凝重朴素、历经时光打磨的马鞍墙和雕花精美的窗棂。回顾历史，中国近现代的许多重要节点，大多与这里走出的人物有直接关系，如林则徐、沈葆桢、严复、何振岱、林觉民……以及心怀大爱的谢婉莹（冰心）等等，一个个如雷贯耳又灿若星辰的名字，都在这里留下时间的印痕和动人的细节，激励着一代代后人前进。

天若有情天亦老，人间正道是沧桑。福州人民的脚步，已从历史的云烟里迈进新时代。如今，奋斗在中华民族伟大复兴路上的福州人，又在这个充满多样性的城市，走进数字云，跃上新台阶。

有福之州，"福"从何来？也许，正是那八个字：海纳百川，有容乃大！

雨后西湖

喜欢雨后去西湖，且近黄昏，觉得那时，最适合走走。

其实，一年四季，在我眼里，西湖都是一幅灵秀、澹美的绢画。眼下，小暑已过，一场雨水，洗出黛色的山峦，在远方浮动着；湿漉的翠绿柳条，向湖面低垂着。草草，木木，则以不同的姿势，默视着湖岸的曲线，聆听着细波的絮语。此时，三五游客，相伴而行，悄声细语，如莲开落。人行岸芷，闻着树香、花香、草香，倍觉神清气爽。再看天边，刚刚露出的斜阳，几乎在慵困的云中睡着了，朦胧的天空，尚未褪尽的晚霞，渲染得四周一片姹紫，一片嫣红。

往日，在西湖漫步，常常看见长廊、小亭内，好像有忘归的人，在默默地凝视着什么，柔情却又惆怅似的，一任缥缈的思绪，牵动内心的向往。由此，我常常觉得，那些与湖、树、花木对话的人，享受到的大约是一种无障碍的视觉语言。那一时刻，任是谁，都会想到：与湖同在，实乃福也。

今年酷暑，热气蒸腾。黄昏去西湖漫步，总会惊觉，凉风快哉。有时，立于岸上，抖落霞光，湖中泛起的是一抹稔熟的酡红。于是，不免兀自轻吟几句，感觉时光在眼底凝聚，风吹皱千古往事。是的，这些年，不知在雨后黄昏的西湖漫步了多少次，每一次，都会不经意想到辛弃疾曾经游览福州西湖时写下的词句："翠浪吞平野，挽天河。谁来照影，卧龙山下，烟雨偏宜晴更好，约略西施未嫁……"除此，还有明代谢肇淛《西湖晚泛》

之赞"十里柳如丝，湖光晚更奇"等等，觉得字字句句，皆能入心。随之，襟怀大开，在心里喃喃祈祝：愿每一缕空气都清香，每一片树木都翠绿，每一个生命都沐浴清凉……总之，边走边哼唧着，也不怕别人侧目，只任湖风吹散身上的那些俗尘虚誉，只顾独自青睐，鸟隐蒹葭，人归晚霞。

徘徊西湖，有时我还会想到，这世上有多少诗书，曾与此地园林荟萃？又有多少人文，都共此处山水一色。西湖，是千百年来历史对福州的眷顾，是时光佺偬里愈见英姿风发的旷世佳人。作为这片土地上的后来人，或外来者，到此一饱湖色，撷英摄翠，喜乐之余，都应知福、惜福才是。因为，西湖是福州迄今为止保留最完整的一座古典园林，至今有一千七百多年的历史了。据史载，晋太康三年（282），郡守严高筑子城时凿西湖，引西北诸山之水注此，以灌溉农田，因其地在城垣之西，故称西湖。五代时，闽王王审知扩建城池，在湖滨辟地建水晶宫，造亭、台、楼、榭，在王府与西湖之间又挖设一条复道，便于携后宫游湖。西湖便成了闽国王朝的御花园。此后渐成游览区。到了宋淳熙四年（1177），福州知州赵汝愚在湖上建澄澜阁，并品题西湖八景：仙桥柳色、大梦松声、古堞斜阳、水晶初月、荷亭唱晚、西禅晓钟、湖心春雨、澄澜曙莺。西湖，也成了当时文人墨客的聚集之地；如李纲在西湖桂斋内读书，朱熹曾在岸畔讲学……

一部西湖史，读得人青丝褪尽。

中华人民共和国成立后，政府多次拨款修缮、修建。特别是 2001 年，清淤挖泥，扩建景点，修复后的西湖，真是"山复整妆，湖复易容"，春风化雨，神采顿开。如今，长期精心绿化、美化过的西湖，总面积约四十五公顷，水面面积约三十公顷。它通过柳堤桥、步云桥、玉带桥、飞虹桥，把西湖中的开化屿、谢坪屿与窑角屿连成一个完整的游览景区。一句话，整治后的西湖景色，愈见秀美，遐迩闻名。这正是："一年管领好花枝，东风共披拂……"

再说这天，我又是在一场雨后来到西湖，几缕向晚的霞光，穿透头上的薄云，轻盈地洒落湖面；几只小小的舟楫，轻轻推开波浪，晃晃悠悠，似在吟诵诗章。岸畔，树如云，花如焰，又有三三两两的游人点缀其中，似有柔情颤动。不期然，迎面走来了一群暑期中如花的女孩，眉如黛，眼如盈，好像夏天里活泼的音符，她们走到湖边，就绽开朵朵浪花；她们隐入柳丛，就奏出阵阵乐声。

多美的西湖！触目花团锦簇，波光潋滟；更兼霞晖水色，浑然一体；每一移步，都令人禁不住神思飞越。

犹记得，著名的科学家钱学森在 20 世纪 90 年代，曾提出了"山水园林城市"的概念，并首次把中国的山水文化、古诗词、古典园林建筑和山水画融合在一起。他认为：城市景观应涵盖城市地表自然和人造景色。值得注意的是，钱学森提出的"山水城市"概念中的"人造景色"四个字，是对以往园林传统和城市建设理念的重大突破。这使福州的园林工作者认识到：西湖，也必须建设成为一个绿色的回归自然的生态园林。这样，生活在这个城市中的市民，就可免去舟车劳顿，不必非得出城去外地才能找到园林绿地、风景名胜。这才叫真的享福。

还是这天，在一处桥下浅水区，我还见到荷花洁白如玉、荷叶绿得鲜亮的一帧景致。细看，盛开的荷花与湖石盆景相映相衬，独有禅意。水面，也有雨后残留的几片枯荷，如诗的断句静静漂浮着；也许，它们是在酝酿新的梦境，新的诗意。据说，西湖公园还引进了两个荷花新品种，一种是"冬荷"，能在深秋后开放。一种是"国庆红"，顾名思义，就在国庆节前后开花。原来，这种荷花是太空育种，显得特别珍贵。

总之，现在西湖已奇迹般铺开它的锦绣，装订着这里园林新的经典。不是么？世间许多名湖名园，其实都是代代人用匠心豢养出来的。如今西湖的守护者，更是心中有梦，手上有艺。我曾看见他们在西湖，如诗歌形容的那样：用骨气种植翠竹，用傲气点播菊花；或者，用音乐喷泉湿润人心和灯火，缀点一个又一个浪漫的夜色……

雨后西湖

我想到：下次再来，或约好友两三，云淡风轻中，泛舟湖上，桨声欸乃，定是逍遥的赏游。我还想到，若环游了四周，回到岸上，去听一回评话，或看巧手烹茶，邀湖光入座，看波纹慵起，新月酣醉，那也是一番多么难得的情趣……

　　西湖，你留给我的是清新灵动、多姿多彩的印象；尽管我偏爱读到你雨后黄昏的篇章，但也足够使我沉醉不已，沉思不尽。因为我觉得，你是把梦境变成现实、现实变成诗境的一个不可多得的范例。在这个踔厉奋进的新时代里，你碧湖如玉、色彩漫延的内蕴，使这里的每一寸土地都有了梦的根，每一滴水珠都成了梦之源。我相信，有梦的地方，都会美丽如画，如画的地方，都有美福翩跹。

白眉之美

一

好大一个湖。

已是早上九点多了，这四周，这湖面，依然静得出奇。这静，是一种波平如镜的静，是一种一尘不染的静；是一种飞鸟扑簌一声又不知响在何处的静，以及是一种听得见自己心跳的静。

静静的湖，就这样映衬着秋日的蓝天、云朵，映衬着湖边的绿草、树丛。水面，若有若无缥缈的，是几丝淡淡的水雾；远处，若隐若现蜿蜒的，是一条银蓝的绸带。这使人想到，那郁郁葱葱的深处，定然有"山如眉峰聚，岭似眼波横"的胜景，那深处的深处，想必就是"泉眼无声惜细流"的源头了。

但细一打听，上游还有好多山峦：鼓岭屏、观音山、牛场山、船坞山、福鼎山……一句话，山岭横亘，峡谷连绵；而这里，正是中段。这条汇百泉于一溪的溪流，就是白眉溪。

1998 年 10 月，白眉水库供水工程在此开工。2001 年 9 月正式向福州市马尾区供水。水库总库容为一千八百二十五万立方米。眼前的这座湖，原来是个人工湖。

现在，我就站在湖边，久久打量着四周，心中不觉涌出两句诗："高截碧潭长耿耿，远飞青嶂更悠悠。"看着看着，感觉有凉凉的风迎面吹来了，湖面也隐隐泛起层层涟漪。突然，"呼"的一声，一群拖着尖尖尾巴的鸟儿从水面掠过，深碧的湖面，顿时变成了一片像被揉皱了的绿缎。

多么美的湖！

可惜，这座人工湖还没有命名，只是通称"白眉水库"。其实，这条溪叫白眉溪，下游不远有个村庄叫白眉村，这湖呢？不如顺势也叫"白眉湖"？

都说，人类自文明萌发之初，就与水相伴相依，水也成了所有民族的记忆遗存。历史上，大禹治水，李冰父子修筑都江堰，乃至神话中的水神都被百姓视为圣君，为此修庙供奉，世代香火不绝。先行者孙中山，早在《建国方略》中就提出筑坝三峡；之后，"高峡出平湖"，圆满了领袖毛泽东曾经魂牵梦绕的愿景。

时光流逝，水声溅溅。与其说，水充盈着中华民族的正大气象，不如说，中华民族与水历来有着时光漫溢、你来我往的不解之缘。

就说眼前吧，这条白眉溪，是攒集了多少山泉才形成的，这般天然好水，若不加以利用，让其白白东流，该是多么的可惜。要知道，水也是有灵性的，你看它，总是随时序起落盈亏，虽说有时也桀骜不驯，然而大多时候，它总是趋下居卑，悄悄滋润田园。现在，白眉溪的水已汇潴成偌大的一片湖水，生活在它周围的人们，只要能用虔诚的心去掏取、输送，它朵朵如珠似玉的浪花，就会与人们一起，催生不泯的历史，滋润流芳的乐章。

二

离开湖边，转上大坝，但见坝身如巨龙身脊，横卧于峡谷之间，巍然，壮观，固若金汤。放眼四周，眼界愈加开阔起来。但见山映水中，水绕山岫，水天一色，澄碧清澈。走在坝上，呼吸着迎面吹来的清新空气，使人顿感心身舒泰。

我依恋这座人工湖。

虽然，它没有衔接远山、吞吐大江的浩荡，但它却吸纳泉流、水波澹澹。静时，如春山低秀、秋水凝眸的少妇，朴素自然，贞静自守。只有溢洪的时刻，当闸门缓缓升起，它才会跃然跳起，把清滑的溪流汇作滚滚白浪，溅珠喷玉地向远方奔去。而更多的时候，它只保持着柔美的个性，固守着雨中草色，岸畔桃花，护卫着漠漠茶园，阴阴嘉木，迎迓着寂寂沙洲，松月清风。每当春天来时，嫩黄的迎春，粉红的杜鹃，雪白的梨花，朵朵簇簇，熙熙攘攘，争着向它致敬，它才会含情脉脉、嫣然一笑，把这一切都尽揽怀中，收入心底。

我赞美这座人工湖。

它水质优良，清澈、甘洌、洁净、纯美。然而，饮用者都应记得，为了蓄起这一方水域，曾经生活在白眉溪的两岸山民，他们历代凭水而居，乘水而行；水是他们生命的血脉、生活的依托；但为了水利建设以及供水安全，他们放弃了家园，携幼扶老，迁到下游新的居住地，开始了新的生活。

这样的村民，这样的情怀与奉献，永远值得子孙们后代们铭记。值得铭记的还有库区的管理人员，暑寒交替，多少日夜，他们以一颗颗朴素、坚韧的心，忠于职责，时刻值守，巡视、护卫着大坝和水质安全。

水，是生命之源。

水，是地球上和我们人类身体内最丰盈的物质。

科学家告诉人们：想要健康、幸福地度过一生，只要让占人体百分之七十五的水干净就能实现。基于这样的认识，我有理由认为，天下所有作为供水水源的溪河与人工湖，都是一片澄静和神圣之境。

不是么？

白眉之美

当"毖彼泉水，亦流于淇"，它就是滋润万物的元素；

当"水何澹澹，山岛竦峙"，它就是充满灵性的想象；

当"日沉红有影，风定绿无波"，它就是生命葱茂的营养。

三

我热爱这座人工湖。

近看，水在湖中；远看，湖在天上。当水天一色时，空间和大地便充溢着生命的律动。不是吗？你看这一湖碧波，轻轻摇曳，好像生命的足迹在移动，看似轻盈，实则韧劲，它能使寂寞沙洲葳蕤成一片绿地；它能使草木潜滋暗长，抽出幽绿的叶，开出灿烂的花；它能使奔走的动物、高飞的鸟群，消除难耐的饥渴，彰显肢体的活力；它涌动的波纹，闪烁的正是充满母爱的仁慈之光。日出月落，它总是满满盈盈地映照百草万物，以清静，以温柔，洗濯与它相依相伴的一切，和世间无数的生命，开始新的跋涉。

我敢说，这座人工湖的水，只需看一眼，就会让人体验到难言的沉静、深邃，体验到久违的单纯、快乐，以及生命不尽的活力。

只是，我不知道，湖底哪一处，是否还有当地先贤的踪迹？以及，那水下是否还屹立着曾被纤夫们绳索千百年勒刻的溪石？……

转瞬千年，换了人间。如今这一带，山光非但不残，水色还更为阑珊。新的时代，新的气象，使人再也无暇叹息什么尘世如烟，逝波淡淡了。在这里，人与水，水与人，和谐相处，交融互鉴；连四季的花开花落，也没了清愁薄绪；远古的幽怨，只停留在已经泛黄的文字之间。

终于，我把目光慢慢地收拢回来了。我感叹，这座人工湖，确有一种勾魂摄魄的美，它的美，在于野性自由与温柔灵动得到了和谐统一。它的一草一木，一波一浪，一笑一颦，都让我心旌摇曳，思绪不尽。于是我闭上眼睛，仿若摁下快门，想把我看到水的澄澈和明丽都一一摄入心间。但当我睁开眼时，却仿佛感到还有一丝不足，一点遗憾。原来，我想到这是白天的人工湖，那么，如果到了夜晚，这里又是一番什么样的景致呢？

想想看：那延绵的山岭，在月光下呈现的是一种赭色，还是一种黛色？那湖水，在月光下演绎的是一种怎样古老的色调或丰富的光影？那一片山坳，是否会出现潇湘月浸、梦泽含烟的境界？瞬间，我不由产生了幻觉，好像天上的太阳已变成月亮，照着寂寂的山，寂寂的水，有人在一曲琵琶拨弄中，临水翩然起舞，那舞袖飘飞时，一枝暗香疏影，缓缓飞上了九重天阙⋯⋯

返回时，我忍不住又回头看了湖水一眼。我想，如果想给这座人工湖写一首诗，还是趁个夜晚再来一趟，并给自己安排了一个放达的场景：月夜，湖边，在茉莉花飘香的洲头，踏着一阕清丽的长句，登上一叶轻舟，撑起竹篙，悠悠地，向波心的明月划去，向碧水云天的远处划去⋯⋯

一条街巷的变迁

榕城古街，位于福州台江区瀛洲路。一条河水，潺潺湲湲地在街头盘绕着，像一轴看不见尽头的彩画，时而飞红叠翠，时而流碧凝金。走到这里，仿佛一种熟稔，一种舒适，总会恰到好处地温润着游人的心。抬眼看，四季帘幕千般影，落日楼台几笛风。那岸草的青，苔阶的绿，一下让人穿越历史，把岁月都看透，不尽沧桑话古今。

其实，民国初期，这里还是临江沙洲，河上烟起舟楫过，水中孤灯惹人愁。后建路成街，其间商业摊点逐渐密集，终于交通拥挤，危屋连片；剩下的，只有衰草残阳，天外孤鸿影……

时光如水，岁月悾偬。到了20世纪90年代，台江区人民政府集资改造，将路面拓宽，两旁统一兴建三层的砖混结构、具有明清风格仿古建筑，翘角、鹊尾、悬钟、水柱、琉璃瓦、绘梁画栋，形成富有福州地方特色的商业街。记得当时，我就去过数次，但见沿街开设手工艺品、日用百货、烟草、饮料、食杂、鞋类及日用品等商店，以个体经营居多。华灯初上，各种摊贩摆设道路两旁，人群川流不息，热闹非凡。随后，发现又有变化：街东侧，开辟风味美食，荟萃了省内外及东南亚各国的风味美食及闽菜特色；"榕城美食街"的称号也应运而生。而街西侧，则是旅游产品，主要经营地方特色和各种旅游土特纪念产品，展示福州灿烂的地方民俗特色。再接着，这条新生的榕城古街，又实施了城市景观综合改造，北端街区保持南国传统商业特色，南端广场新辟绿化景观和休闲空间，形成集旅游、购物、美食、休闲于一体的商业街区。

有一次，我接到去古街采访的任务。当我在瀛洲桥头一位姓黄的兄弟俩合开的小店内喝茶，随意与之交谈时，竟引来了附近几家老板。他们听说有个作家前来采访，便十分好奇，也十分热心，于是无遮无拦，纷纷打开话头。从他们介绍中获知：这条街所处的瀛洲河，明末清初便有商埠。家住瀛洲桥边、传承父母做工匠雕花的老黄对我说："过去的瀛洲河，水路能通全福州，包括市内西湖。河边有不少打铁铺，为船只制作各种用具。"他还记得两句顺口溜：一橹摇遍全福州，一铁打遍百千舟。另一位做鱼丸的老板，说他祖上人曾讲过，这里河两岸，过去曾不断引来许多求生计者，纷纷在此搭起经营百业的窝棚和店铺。但在那些年代，求得温饱尚属不易，哪顾得上发展？风风雨雨，直到改革开放初年，这里才挣脱了街窄、房陋、路难行的旧貌。

"看来，这条街的陆续改造，让你们分享到了改革红利了？"

"凭良心说，这一'脱胎换骨'确实不错，原先居住于这片旧屋区的住户，得益于较好的征收政策，纷纷圆了安居梦想！"……

交谈中，我对他们介绍的一些传说也颇感兴趣。据说这边的瀛洲桥北过去有一家店铺，从一个破落子弟手中购有一副对联，书写者非同寻常，有说是清初福建漕运总督施世纶写的，也有说是大翻译家林纾所书，联句"万国舟航通禹贡，九仙楼阁倚空同"，笔力深邃，落墨飘逸，但收藏人一直秘而不宣。直到20世纪80年代一场大火，把河对面房子烧掉一半，救火混乱过后，许多人才发现，当时收藏人什么都顾不上带走，但秘藏的那副对联却紧紧抱在怀中，保护完好。至今，有人出高价收藏，人家还是不肯，只说：这是古物，现在是传家宝，怎能说卖就卖呢？至于这对联现在藏在哪里，外人仍不知晓。

有趣的是，从他们嘴里，我还听到：从前这里，除了民间各种杂耍应有尽有，还常走动着一种以算命谋生的人，提着一只小鸟笼，有人找他算命，他便从怀里掏出纸牌扣在桌上，"唰"地一下把纸牌摊开，再放出小黄雀，在纸牌上跳着跳着，突然一低头，从中衔出一张纸牌，这就是问卦人想求的命相……尽管如此，当天的讲述者，都从各方面勾画了榕城古街的前身——沙洲演变的轨迹，其社会生活的纷繁虽难尽述，但是它的历史和文化碎片，无须探究，直到今天依然是清晰可辨的。

让我记忆尤深的是有人说，大约在 20 世纪二三十年代，这里还有马车场，原因是这里附近的富家巨室，无不备有马车。因之有艺人唱道：香车宝马美人座，轻辇回眸嫣然生。只是更阑红烛灭，缶罄声声欲断魂。是的，翠荷碧扇，疏篱金簪，掩不住多少穷人的流离失所；连那三月迷离的烟花，也遮不住奋起抗争的熊熊怒火。那时候，有多少义士，从夜半埠头下船，投奔外地革命的苏区；有多少仁人，在三更埠头上岸，隐入市中隐秘的战线……直到千帆风烟中归来，"我们的队伍向太阳，脚踏着祖国的大地"，歌声嘹亮，步伐铿锵。扬眉吐气的那一天，天蓝蓝，花艳艳，水流欢呼声，满城尽笑脸。从此风有信，花有期，古老的福州，每一寸水土，都以其蕴藉的丰腴，呈现出勃勃生机……

那天，采访过后走出榕城古街，回头再看一眼临街的门、窗、坊，绘以色彩鲜明的山水、花鸟、古人物，耳畔传来位于街中小学琅琅的书声，这使我感觉今日的街区，除了前人不断积聚沉淀的历史、文化所转化的商业价值，在人文、智慧等方面所展现的美感，同样散发出迷人的光彩。其实，说一千，道一万，城市是由人来建的，它的每一条街巷，其性格的形成，归根到底，取决于对新鲜事物的接受程度和自身的创新能力，取决于祖祖辈辈生于斯长于斯的人们。

水网上的城市

　　我曾不止一次想过，能在福州这座水网上的城市居住真是有幸。你看，城市与水，相依相偎；水与城市，相辅相成。以我个人在这里生活和活动的范围说，就有环绕乌山、于山、屏山的几条内河，虽没犬牙交错，却也弯绕斗折，可谓风也轻轻，水也澹澹，卉木蓁蓁，流花处处。

　　放眼市中，盘点几十年来我去过、路过的内河还真不少。如茶亭河、新西河、济南河、新透河、梅峰河、屏西河、芳沁园河、文藻河、琼东河、铜盘河、晋安河、磨洋河、龙峰河、泮洋河、屏东河、树兜河、湖前河、华林河、旧树兜河、安泰河、光明港一支河、光明港二支河、瀛洲河、打铁垱河、闽江北支河、红星河、洪阵河、洋洽河、龙津河等等。还有我熟悉的北起西湖的白马河，颇具水乡风味的三捷河，朱紫坊旁的安泰河，以及以小桥流水的天然景致哺育过闽商的桥仔河和达道河……当然，还有许多旧内河如今已看不到了，但仍在这座城里留下了印迹。有一次去采访，我听一位老福州讲述如今的"虎节路"，说这名字源自昔日的"虎节河"；他一边说着，一边还忆起远去的那些河边轶事、民俗风情。浓浓的福州腔，直让我想到那股浓浓的虾油味，居然有几分的心醉……总之，许多福州人、外地人，至今仍在内河旁居家，内河旁营生。榕荫傍水的绝妙风韵，亲水生活的特别滋味，使男女老少的笑容也添了几分自在。

　　目光穿越时光，历史上多少名人志士，都用经典华章，润泽过这一方水土,处处留下他们的身影足迹。而今,是否可以说,汤汤之水的浸润与流灌,就像血脉一般把福州内外贯通、精神契合,使得闽都文化沉淀出的"无欲则刚、有容乃大"的精髓,最终凝聚为你中有我、我中有你的坚固整体?

事实上,历史告诉我们,山水是构成城市的要素之一。你看,历代的统治者选择都城,都因势利导,选在明山秀水中进行建筑。诸如泉城济南,自古就有"四面荷花三面柳,半城山色半城湖"的美誉。而"孤帆远影碧空尽,唯见长江天际流"的武汉,正是有长江浩浩穿城而过,东湖等大小湖泊遍布城里城外,因而武汉也成了我国淡水资源最丰富的大型城市之一。再说昆明,六百里滇池波光粼粼,西山如睡姬般静卧西南,尤其是登上西山龙门远眺,顿有"春和景明,波澜不惊,上下天光,一碧万顷"的感觉。而躺在水网上的福州,既有三山鼎立的绝色,也有西湖波光的秀美,加之温泉遍布,闽江穿城,以及临近大海的气势和情调,极富南方独特的韵味与魅力。

不过,虽说福州与水有着天然的亲近,但也易受自然灾害和一些人为的侵袭。因此,治理城市,必得先在水字上做文章。曾几何时,福州面对城市内涝和水体黑臭等现象,展开了一场又一场与水有关的奋力攻坚和全新探索。生活中的人们也逐渐明白,只有把水的文章做好了,方能守住城市的安全韧性。于是,一场场污水处理、提质增效的战役持续进行,多少感人至深的场面,让男女老少铭记在心。其间,我曾从报纸和电视上看到,作为水系综合治理的重要内河之一、全长超四点三公里的流花溪,通过对症施策,已从"伤病满身"变为活力新生——成为这场探索中的一个典范。令人敬佩的是,实践者们通过治理流花溪,更在"景"上下功夫。香积烟雨、流花叠影、荷印梦樱……洋洋十里画廊上,奇迹般重现了"飞花逐流水"的景致。

记得今年四月,我自行前往踏访,发现如今的这条河道,已成为许多市民的休闲之地。晴光绿屏叶翠妍,画舫清溪歌笙箫,沿岸串珠公园内一

四季都因你而饱满

处处特色景点，成了整治后的流花溪河道的迷人点缀。难怪，连记者在报道中也惊呼：在水清岸绿的美景中，沿着蜿蜒的河边栈道漫步，感受惊喜的游园体验，真是不亦乐乎！那天，我还看到，在园内，除步道可以慢行，还有游船可供人饱览景色，共享惬意时光。这使我想到：福州城区就坐拥五十八座山体和一百三十九条内河，城市建设、绿色空间、公共空间，逐一破题，那得靠多少人无畏接力、踔厉奋发、笃行不怠，才能满足市民和游客的需求？回去后，在电脑上搜索到几篇资料，说的正是福州展开"千园之城"建设行动，在构建生态廊道、实施生态修复、塑造城市廊道等方面都走在前头，并做出了积极尝试。至此我才明白，与此齐抓共管、齐头并进的还有依山傍水的大大小小的福道、郊野公园、串珠公园和口袋公园等。这一切，与山、水、人、城融为一体，着力打造绿色低碳的生态城市。看到这里，我不由得在键盘连连按下十多个赞！

在这里，我还要提到 2016 年开建的福山郊野公园。我虽是前不久才去的，却深觉景物迷人，来得值当。入园，随处可见蜿蜒的石阶小道，两旁绿树，高低错落，一片片竹林盘旋而上，碧波起伏。放眼四望，到处释放着盎然生机，感受到那扑面而来的负氧离子，清新润肺。最惹眼的是一片片在秋天盛开的各种花卉，粉红的，金黄的，淡紫的，层层叠叠，交相辉映，迷人眼目。山间，草长鸟飞虫鸣，福道绵延起伏，许多游人徜徉其间，自得其乐。在这里，人与自然和谐同框，每一块石头都有独特的形态，每一株花草都有独特的姿势，每一声鸟鸣都有独特的音韵……仿佛这里的一切，都在重新诠释着人类对自然的全新认识和理解。

福州，这座"千园之城"，已然迈进了"推窗见绿、出门见园、行路见荫"的生态画卷。蓦然回首，这一切还得归功于这些年来，福州在水系治理——综合实施山洪防治、淤泥清理、内河扩宽、增加调蓄能力、提升城市管网等方面，为打造安全韧性的城市取得的骄人成绩；而这一切，也更值得今天的文化人，浓墨重彩，写上一笔，载入史册。

利桥行

对于生活在街市的人来说，乡愁是什么？

是一巷迷蒙的烟雨，是一窗朦胧的灯火，还是一片被风雨剥蚀而残留在墙上的碎瓦？是散落在尘埃里寂寂无声的古桥渡口，是期盼帆影归来时那一只翻飞的纸鸢？还是那一家挨一家的蜡染、纸扎、布店、酒坊、菜馆……不管过去了多少年，它们都会在某个时候亲切地在心中浮现出来，都会情不自禁地令人融入难抑的感情，甚或化作文字去表达自己的慨叹，获得一种心灵的释放和共鸣。

对于生活在福清市龙山街道利桥古街的人来说，那街、那巷、那塔，那一个个文物建筑和传统风貌建筑聚集区，都是人们心中挥之不去的影像。这影像，对那些多年离乡又返乡的人来说，或隐或现，或大或小，或繁闹非凡，或波澜不惊，它都会时不时地突显在他们的心中，使人有一种刻骨铭心的亲切感、归属感。

乡愁，确是令人难以释怀的。

然而，像《人世间》那首歌唱的那样："草木会发芽，孩子会长大，岁月的列车，不为谁停下。"

是的，在城市经济升级、社会变迁、生活改变的今天，不管是创新发展的现状、机遇和挑战，还是大数据给城市治理带来的变化，依然向人们传递了这样一个讯息：乡愁仍在历史长河中生生不息、薪火相传；这是因

四季都因你而饱满

为，乡愁是人们生活中不可或缺又一脉相承的精神追求。

昨天烛照现实。今年夏天，我有机会在我的好友老商陪同下，来到利桥街区采访。当我获悉，这条千年古街是福清对外交流的窗口和重要文化标志的聚集地，展现了中原文明与海洋文明、东方文化和西方文化的交流融合，也承载着海内外福清人的记忆和乡愁时，我发现，对乡愁依恋的滋味在老商身上似乎体现得特别充分。他对我说："我有亲戚朋友都住在这里，小时候就熟悉这里的一切，许多东西都成了我写诗的素材；如今，尽管有不少街容巷貌不是当初的模样，但走在路上或巷中，每每看到那些带着地方特色的地名，脑里就倏地浮现旧时那些熟悉的、繁闹的画面。"他还说："在利桥，若要讲起关于它们的故事，那是几天几夜也讲不完的。"

龙江涣涣，水路迢迢。时代天翻地覆，教人不得不承认，现在已很难看见旧时的利桥了——所幸，文明的碎屑和历史的遗迹犹存；而充满传统色彩与故事的利桥，还在继续诉说着它的变迁，见证福清的发展和奋斗不息的精神。

事实上，利桥确备城区之形胜，颇具古城之风韵，随水而形，傍水建街；展现的是一种生活色彩的紧凑与生动。眼下，"东百利桥古街"已开街半年多了。老商介绍说，这个项目是以激活和复兴历史街区、提升城市文化个性、恢复古街文化记忆为目标，在保护老建筑、老肌理基础上进行适当更新，并引入社区营造理念，将历史文化融入现代生活之中，重塑成片完整的特色历史文化街区。其愿景是筑就具有福清人文历史特色的城市综合体、文旅新地标、城市新名片，塑造福清"文旅+商业"新地标，使利桥的文化韵味与现代功能相结合，不但可以留住乡愁，还可以赋予街区建筑遗存及其依托的环境以新的风采和美丽，这就是"见街见人、见物见史、见街区忆乡愁、见街区传文化"，将特色历史文化街区打造成为最能展现老城味道和地方特色、延续老城记忆和地方文脉的集中展示地区。

说实话，我听罢十分高兴，但也有一些"担心"。原因是近些年从报上

利桥行

看到，有些地方对古街及历史文化遗存还没有专项保护规划就进行乱拆乱建，使不少人痛心疾首，说一些文化历史遗迹逃过了当年的浩劫，却没有逃过城市化进程的"建设性破坏"。

老商看出我的疑虑，笑着补充说："这里的历史街区保护规划早出台了，即利桥古街保护规划——对利桥古街的文物古迹、重要建筑的保存现状进行调查研究，并建立专项档案，明确保护要求；还将承载具有福清特色的民俗活动与市民生活的公共空间保护，作为非物质文化遗产保护纳入街区保护专项规划。"

听到这里，我对老商说："就你刚才说的这些话，完全可以写篇随笔了。"老商拊掌笑道："是的，我欠利桥一篇文章呢。"

随之，我们决定从城区南门兜往利桥街区一带走走，一睹为快。

在利桥口左侧，首先看到的是"荷园"。这一带依存的是三座颇具特色的红砖小楼，始建于1948年，或坐东朝西，或坐北朝南，周以围墙护之。园内一座别墅式二层洋房造型优雅，且有人居住并保存完好。我看着，感觉自己刚才的顾虑有点多余。流连许久，转身看见了街旁的一口大井。老商说，这就是宋井，建于宋大中祥符元年（1008），宋政和七年（1117）重修。近前看，但见该井用淡赭色花岗石砌栏，系榫卯结构，呈六角形，故又称六角井。宋井每边长一点一米，高零点七米，厚零点一五米，井深约十米。但有自来水后，井水没有利用，至今已变得浑浊。1987年，宋井被列入第二批文物保护单位。宋井左侧，是谓"宋井巷"。踏入其间，两边民居鳞次栉比，古色古香。从巷前再行百米，即是瑞亭天主堂所在地，大堂大门为石框，门额为尖拱顶，额上嵌有一青石门匾，上书"天主堂，光绪二十三年建"等字样，门匾上方镶嵌有一块青石圣旨牌。返身出巷，街左有人民公园旧址，这是一处修建于20世纪50年代的"公园"门楼，如今多少有点孤独地矗立在民房中间。再向前走不过数十米，即看见福清著名的"黄阁重纶"石牌坊。这座牌坊，是明崇祯元年（1628），为彰显明朝万历、天启年间邑人叶向高两度入阁任首辅的殊荣而建。牌坊用一色黛青花岗石砌建，仿木楼阁式，结构匀称，间隔有致，精雕细镂，巧夺天工。1985 年 10 月 11 日，福建省人民政府将该石牌坊公布为第二批文物保护单位。

眼见为实，乡愁在利桥仍然随手可拾。

走过牌坊，瑞云塔已赫然在目。我记得有一年曾登过此塔，但现在因施工而暂时封闭。透过间隙，依稀还可见第一层北门石匾镌刻"凌霄玉柱"四个大字。其余七面皆设有佛龛。还记得，第二至第七层两面开门六面设佛龛，塔内八角空心室，每层转角倚柱成海棠式，并有曲尺形石阶，供人拾级而上。这时老商又介绍说，瑞云塔始建于明万历三十四年（1606），由叶向高之子叶成学同知县凌汉翀募捐修建，明万历四十三年（1615）竣工。该塔高约三十四米，七层八角，通体选用雕琢精致的花岗石砌成，外形仿木构楼阁式，底座为单层八角须弥座。精美的构思与工艺，历尽沧桑，至今仍留给世间不可磨灭的厚重和大气。

站在塔旁高处，一眼望去，远山高耸，白云缭绕，山石积翠，树影婆娑；有着历史的厚重和人性的温情的龙首桥与天后宫分别扑入眼帘。龙首桥是县级文物保护单位，横跨于龙江之上，亦称利桥。据了解，龙首桥始建于明万历三十五年（1607），清代重修，共十孔，石梁桥，南北走向，原长九十九米。1949 年后，添架钢筋混凝土桥面，2007 年再次修缮使用至今。而天后宫始建于清代光绪庚寅年（1890），主殿供奉妈祖娘娘，面阔三间、进深五柱，抬梁式木结构，整体框架保留清代小型寺庙建筑风格。距离天后宫几十米的南门桥下码头，据说直至 20 世纪 80 年代都还是"樯橹"林立。当年运载木柴的，运送海鲜的，调运货物的，载运旅客的各种小船、小舢板在涨潮时，是谓川流不息。如今龙江里的"樯橹"早已消逝，只留下天后宫供人瞻仰。

目光巡游中，还可看到这一带的老城旧居，如黄氏侨厝、吴氏侨厝、

利桥行

191

卢氏四扇厝、黄氏民居群、吴氏八扇厝、林氏岭顶厝等建筑，它们朴素而真实，亲切而悠远。而这一切中，最让人心动的，是市街世俗里所弥漫的那一缕缕人间烟火气息。由此，我随手翻开了正在实施中的利桥开发规划，看着看着，我突然悟到：当地人对这条市街的开发，绝不是仅以使用功能为标准，还仔细权衡了文化情感、历史传承和发展前景的整体利弊。记得，毕生致力于中国古代建筑的研究和保护的历史学家、建筑教育家梁思成，当年就强调：北京古城墙应保护下来，作为北京人民情感共同体的象征。其理由是："无论是它壮硕的品质，或是它轩昂的外像，或是那样年年历尽风雨甘辛，同北京人民共同甘苦的象征意味，总都要引起后人复杂的情感的。"从这个角度而言，一座宜居宜业之城，无论大小，必有相匹配的人文气质，以文化的"硬基础"提升城市的"软实力"。的确，只有让每个人心中都有自己的理想之地，借助大数据和人工智能打造的创新之城，才能够真正"听从人心"。这样的城市，才有温度、有品质、有诗意，生活也会更方便、更舒心、更美好。

看来，"保护性开发利桥街区，为大福清留下一抹乡愁"，让利桥在传承创新中变成一个独树一帜的历史文化街区，又是一个大手笔。它必将成为福清城市中一道最新的、绚丽的图景，我相信。

回到宾馆，站在窗前眺望，感慨涌上心头：千百年来，由龙江衍生的市井，也和其他水域的溪河一样，目睹了福清文明的演进，见证了更新换代的沧海桑田，驻留了数不尽的弥足珍贵的记忆；如今，欣逢新时代，生态惠民、生态利民、生态为民，不断满足人民日益增长的优美生态环境需要，不也正为福清人民圆满了他们原本的梦想！

重游磨溪

元旦前的一个下午，从外面散步回来的我，刚刚坐下，就收到北方一位文友用手机发来一组白皑皑雪域的照片。看着看着，立刻点赞一下，不禁在心中涌出"为嫌诗少幽燕气，故向冰天跃马行"的两句诗。然而我明白，此时身在南方城市，触眼所及的仍是沉静、蕴藉、舒缓的山水景象，别说冰凌雪花，就连往年那薄薄的一层敷地的白霜也难寻觅，这时节，要想突发"少年狂"，在烈风中跃马抖缰，塑一身冰莹透亮的自我，那真是近乎痴人说梦了。

不过话说回来，北方辽阔迷茫的雪野尽管令人向往，但南方不落雪的地方，也恰恰有让北方人艳羡不已的迷人之处。就说福州这个城市的城内或郊外吧，在冬日也处处绿荫敷秀，花影参差，这使人总是想起那句堪足炫耀的话语：我们这里没有"冬天"。

然而，即便如此，今年入冬后变化多端的气候，上蹿下跳的温度，多少也绊住了我的手脚，这也就有了退休人所谓"闲适过剩"的喟叹。不曾想，就是这个下午，经常拉我外出"闪游"的好友老赵，竟像神仙般捏准了我的心思，就在我看手机微信的时候，打来电话问我："怎么样？最近在家待得不耐烦了吧……好，好，你别卖惨，明天一早，我开车带你去福州郊外的磨溪去感受一下自然的胜景佳气，如何？"

"太好了，你说了算!"

放下电话，我立即把双手举向房间的天花板，高兴得自言自语道：知我者，老赵也！

　　随即，我快速想到磨溪，这个位于福州市鼓山东侧的景区，十几年前曾匆匆去过一次，依稀记得它原名龙溪，因水源丰富，清道光年间全盛时，沿溪处处是磨坊——据说是专门用来磨碎谷物、豆类、香料、药材等物质，故名"磨溪"，除此，其他已记不得了。

　　次日一早，老赵开车带我出城。车上，老赵告诉我：磨溪有个天然岩场，经过福州岩友前些年的开发，已成为福建省最成熟的户外自然岩壁攀岩场。他问我："咱俩年纪是明摆着的，你说是去攀岩，还是爬山？二选一。"我笑道："攀岩就等下辈子吧，今日呢，还是想去看看磨溪山水，重温那'人在石上走，水在石下流'的景象。"老赵听罢，惊异地问我："原来你来过呀？"这一下，我才知道自己说漏嘴了，只好坦白承认。老赵连连叫道："好呀，没想到你这作家会作假！"至此，我只好哈哈笑着，任老赵奚落。

　　下了高速，顺路进山。停车后，我们开始步行。一路只见脚下的溪水，时而曲折迂回，时而轻泻而下。溪中大小岩石，早被冲刷得干干净净，不停的流水随着不同落差，发出各种响声。走了许久，来到一处叫龙潭的地方，但见潭水深邃，水色透明，泉水从高处落下，响声如锣如鼓。老赵手指东边山上，说那里有个茶园，当年他在报社搞摄影时，去过多次，问我：要不要去看看？我喜欢茶，便说那就去茶园吧。老赵故意白了我一眼："该不是重游吧？"我连忙说："不是不是，这回真的不是。"两人笑着，一同拐向另一处小路。走了十多分钟，前面闪出一条茶道。两边，一蓬蓬茶叶竞相舒展，一片苍碧。往上看，依山势闪出的一两间土房，青瓦披檐，毛石勒脚。缓坡上，除了茶树，还是茶树。放眼四望，满眼的浅绿释放着盎然生机。俯瞰脚下，有涧泉潺潺流淌，一片云雾从头上缥缈而上，笼罩山腰，耸翠横黛，宛然如画。

四季都因你而饱满

流连许久，下了茶园，走向溪的西侧，可惜古时磨坊皆已不见了。突然，老赵举起相机，对准路旁一个岩石构成的山洞拍摄。走近看，洞口上方刻有"无为而成"四个字。老赵问我："这是什么意思？"我想了想，说道："这是指不倚外力而自然有所成就的意思，典故好像出自《礼记·中庸》：不见而章，不动而变，无为而成。"这回轮到老赵哈哈大笑起来："回答正确！不过我也早知道了。"

　　嬉笑中再往前走不多久，我们便折入山林之中。这一带比较僻静，虽说路有些曲折，但两旁都是落羽杉、水松，肥厚不一的叶片在清冷的风中簌簌作响，与叮咚的流水自成应答，另有一番韵味。这时，突有和煦的阳光从树叶的缝隙洒下，点点光斑，在身上闪烁而过，胸际顿涌起只有鸟儿们才能和我们共享的愉悦。行至一处树荫，我们索性在一个突出地面的粗砺的树根上坐下，悠然自在地观赏了起来。

　　这里确是一个幽静可爱的地方。不大的溪流在坡下舒漾着，迂徐着，缓缓向东流去，天光云影恰与重重树影叠印，尽情渲染着青绿。溪畔，可见野花星星点点，全然不顾寒气尚未褪尽，就开始紫金闪黄，其明丽新鲜，绝非画笔所能比拟。

　　老赵忍不住站上高处，拍了好些照片，许久，这才嘘了一口气，轻轻对我喟叹："你看，这儿冬天也有冬天的景观，这使我想起，大自然才是孕育一切艺术的摇篮。"我笑着对他说："那是，只有对自然的美深有感受的人，才能获得艺术。"他一听，转身看我，足足有几秒钟，这才叫道："哎呀，我们都成哲人了！"说罢，禁不住又哈哈笑了起来。

　　的确，仔细想来，我们对于大自然是缺乏研究的，对大自然的一切形式之美与配合之妙是少有深刻领会的，更少有匠心独具的发现。比如，此时的北方，正是"燕山雪花大如席"之际，而南方许多地方，却仍处于鲁迅先生所赞美的"滋润美艳"之时。同一季节，大自然在不同地点所布置的景致，看似反差巨大，实是为了餍足人不同的爱美欲望的。从这一点看，大自然对一切美的安排是公允的，也是刻意的。而这一切美，也是最自然，最真实的，并且是不可替代的。

这时，我突然想起我在城里居室外的那个阳台。这些年来，我的家人虽也买了一些花钵，并栽下一些花草，企图打扮出一些田园的气氛，但那份狭小、可怜，总叫自己看了都觉得不满足。当然，这完全与我不侍弄那些盆栽有关。不过我想说的是，阳台花木虽能给人带来些乐趣，但那毕竟是有限的。真正能使人脱出市廛嘈杂的苦恼和事务羁绊的心烦，恐怕只有大自然了。如同美国杰出的散文家、史学家华盛顿·欧文所说的那样，只有大自然才能使人真正领会到那些再细微不过的事物："一片扑簌坠地的落叶；一枝临风摇曳的柔条；一缕发自野花的幽香；一滴鸣溅溪涧的晨露……"

想到这里，我不禁把手机上随拍的一组照片，发给北方那位经常用微信互动的文友，还留言说：请你来这里看一看吧，虽然北国的雪域能唤起人对冰雪精魂的膜拜，但南方冬日的水土，照样能给人火一般的情怀呢！

四季都因你而饱满

人物之谈

古镇， 那一脉书香

　　闽北邵武市有个和平镇，古称"禾坪"，有史以来，就是邵武南片的政治、经济、文化中心。这里，岁月沧桑叠印，古迹星罗棋布，不仅有城堡、谯楼、分县衙门、古民居，有明末著名军事家、民族英雄袁崇焕题写塔名的聚奎塔，还有纵横交错、苔藓斑驳的大小巷道，以及闽北历史上最早的宗族书院——古朴苍老的和平书院。

　　值得庆幸的是，和平书院至今仍挺立在古镇之西的深巷间。这是后唐工部侍郎黄峭归隐故里，于唐天成年间（926—930）创办的。现存的建筑，为清乾隆三十四年（1769）时，应士民黄浩然等所请，于当地文昌阁辟地复建。

　　一千多年后深秋的一个上午，当我的目光投向和平书院的那一刻，顿觉心房被无声打开：潺湲的溪水和缥缈的山岚都倏忽不见，深巷里日光投下的大块斑影，正从眼前的院墙向上舒展开来，直抵天际。瞬间，耳畔仿佛有阵阵书声隐隐传来……我不禁在心里提醒自己：和平书院仍是闽北历史的一卷典籍，今日得幸叩访，只有潜入时间深处，或许才能在浅墨清韵里抚摸风物的肌理，找寻历史与人选择书院的偶然与必然、事理与情理。

　　怀着恭敬的心情进入院门，当地陪同的文友向我介绍：和平书院占地面积约七百平方米，建筑面积约五百平方米，坐东朝西，为四合院式天井院建筑；堂房面开五间，中为厅堂，两侧作教室。北侧，为一砖石构单体门墙，中间一大门，两边各一券拱小门，形似"品"字。有趣的是，大厅前面有十三级台阶；据说，前六级为努力读书，从第七级开始，依次为七品至一品，寓意步步高升。这个说法，是当初院主原意，还是后来人附会？无从考证。我倒是对大门上方像打开书卷样子的木雕月梁很感兴趣，认为此处寓意着"开卷有益"，是十分确切的。再看书院正厅，为授课所在，正上方悬一匾，上书"万世师表"四字，字迹结体扎实，力道遒劲。想当年，这厅内，有先生授学时，学子鸦雀无声；下了课，众学子仍将讲堂围个水泄不通，有师生一问一答，引经据典，好不精彩；入夜，学子们仍秉烛讲论，有时通宵达旦……

进而了解，和平书院初创时是一座黄氏宗族自办学堂，专供族中子弟就学，开创了历史上宗族办学的先河。自宋以后，和平书院逐渐成为一所地方性学校，吸引了一大批历史上著名人物到书院讲学，如宋代著名理学大师朱熹、杨时都曾到和平书院讲学过。据说现存和平书院的东面门上"和平书院"四字就是朱熹题写的。也正因此，和平历史上文化教育发达，营造了千余年读书求学的氛围，文风炽盛，造就了一批又一批英才人杰。如宋代大理寺丞黄通、司农卿黄伸、榜眼龙图阁待制上官均、元代国史编修黄清老等，都是从和平书院走出来的，可说是邵南人才的摇篮。难怪有人写道：一脉书香，至今仍氤氲在乡民的衣袖间。

这一切，使得在院中走访的我，处处流连，感触不尽。不过，待坐下喝茶时，我发现，我心上的历史时针似仍停留在后唐时代，停留在和平书院创始人黄峭（871—953）身上。

黄峭，字峭山，号青岗，后裔尊称为峭公或峭山公。他自幼沉宏，兼有智略，十八岁考上进士，官至五代后唐工部侍郎。在朝做官时，黄峭最大的抱负就是"复唐"。然而，在天地弥漫着封建王朝腐朽的气息里，复唐无望的黄峭将自己的人生来了一个一百八十度的转弯，不走居庙堂之高的仕途，而转向回到故里，去施展培育士子的青云之志。这使人不能不想到：

黄峭当年归乡，大约是尽情吸纳了散发隐逸和恬适的气息，便甘愿在文化树根下化作腐殖质的土壤，育苗护花。果然，这一举措收到了效果，从开科取士以来，和平出了一百三十七名进士，从此便有了"进士之乡"的美誉。只是，黄峭大约不曾想到，对下一代的这种接续教化，修身齐家，注定会让他的乡土在漫长时光的磨砺下，成为一颗璀璨的明珠。

有人说：中华文化时有天光迸射，奇绝突进——不是吗？就在公元951年农历四月二十二日这个夜间，闽北和平里昼锦乡堪头村黄家大厅内，已是八十老翁的黄峭，把二十一个儿子召集起来开了一个家庭会议，命令各房仅留长子尽孝送终，其他十八个儿子各赐一匹马与一斗瓜子金，让他们信马登程，各奔异方。他面对子孙，毅然口占《遣子诗》赠别：

> 信马登程往异方，任寻胜地振纲常。
> 足离此境非吾境，身在他乡即故乡。
> 早暮莫忘亲嘱咐，春秋须荐祖蒸尝。
> 漫云富贵由天定，三七男儿当自强。

无疑，这是石破天惊的一个决定，也是最早表达男儿志在四方的一首豪气干云的激励诗篇！多年以后，当寻觅乡愁的歌声在中国四面八方唱响时，黄峭在天之灵若有知，也肯定会因自己当年吟出的"足离此境非吾境，身在他乡即故乡"的诗句成为经典流传而欣慰。

据记载，黄峭吟诗之后，他的三位夫人与长子黄和也各吟诗两句，共成一首八句诗相送。诗云：

> 十郎峭老有三妻，官吴郑娘七子齐。
> 创业兴家离祖地，归来报命省亲闱。
> 吾思日久难相会，宗叶分枝为汝题。

若有富贵与贫贱，相逢须念共根蒂。

黄峭与三位夫人以及长子的这两首八句诗，前者叫作"外八句"，后者叫作"内八句"。他们嘱咐即将远行的诸子诵念此诗，牢记心中，以为他日子孙认祖相亲的凭证。还规定，以后黄氏子孙相逢，"凡能背诵此诗者，即是同宗亲派，请升堂入室，不得异视。倘有违吾命者，子孙不昌，福寿不长。汝等各宜牢记在心"。

就这样，黄氏峭山公的十八房子孙，备好车马，打点行装，携藏谱、诗，告别老父慈母，然后跃马扬鞭，纷纷踏上了充满希望与憧憬的新征途……

一千多年来，黄峭后代广泛散居在全国各地和海外华人世界中，黄峭山公成为海外华侨华人黄氏，港澳台黄姓宗族以及绝大多数福建、两广、云贵、巴蜀黄氏家族的共同始祖。

如今，披参天梧桐之浓荫，享罗汉古松之清风，来过和平古镇的人，都能在和平书院收获一份重学重教、灵魂归真的参悟和舒展。更可贵的是，这里的后人认识到：自然生态乃天赐宝藏，而人文气韵的塑造，虽仗有祖先崇文重教的开明慧眼，更需要一代代后人自强不息、延绵传承，永远接续。

美哉， 漳浦的剪纸

对于艺术而言，我感觉自己始终是一个旁观者，虽然小时候也曾想当一名艺术家，但强烈的内心愿望一直未能与自己的努力成正比，落空便成了这个梦想的结局。不过我想说的是，尽管如此，作为一个艺术的观赏者或门外汉，倒也常常从我喜欢的各种艺术领域汲取了些微的营养，使我在写作方面颇为受益。在这里，我还想告白的是，我至今仍喜欢中国的民间艺术，而民间艺术中最能使我激动甚或流连忘返的就是剪纸了。

有不少专家曾这样归纳，说中国剪纸分南北两个派系，北方剪纸以阴镂为主，塑造写意形象，粗犷而淳厚；南方剪纸则以繁多线条为主，构成镂空写实形态，繁复而清秀。这些说法对我来说，在欣赏剪纸艺术方面极具指导性。然而，我喜欢剪纸，还有一个原因，即一味觉得这种艺术形式仿佛最能确凿地定位出我的童年、青少年、青年时期对故园的一种眷恋，以及对春夏秋冬一切景物的一种认知。我看剪纸的同时，记忆中的村庄、河流、庄稼、瓜果、牛羊、小鸟、山花、野草等等，还有我喜爱的亲人们的身影，都会在我的脑海中一一闪过，使我回味出简单生活里的一些温馨，成长过程里的几缕沧桑。

是的，任是谁也无法让生活的脚步停下来。时至今日，我对剪纸艺术仍情有独钟，确是因我也慢慢发现了剪纸艺术中有一种潜在的原生态，一种稍有生活积累就能打开和探知的生命体验。因而，当我来到被称为"中国民间艺术（剪纸）之乡"的漳浦县时，激动的心情，足以让我在一天之内就挥洒出数首诗歌。

漳浦县地处福建省东南沿海南端，海岸绵长，田园肥沃，花果驰名，文化荟萃。而源远流长的漳浦剪纸艺术，自唐宋时期就非常活跃。据《漳浦县志》载："元夕自初十放灯至十六夜……大张灯烛，剪彩为花，备极工巧。"随着民间民俗活动的盛行和受中原文化的影响，剪纸在当地已应用于各种婚嫁寿育、崇拜活动；明清时期，剪纸艺术更是在民间广为流传。中华人民共和国成立后，特别是改革开放以来，励精图治，躬逢盛世，春风化雨，华章溢彩，漳浦的剪纸艺术不但得到了高度重视和保护，各级文化部门也对这一艺术瑰宝进行挖掘和研究，培养了一批又一批的接班人，脚踩坚实的大地，放飞想象的翅膀，使漳浦剪纸以她的神奇、独特、秀美、隽永，出现在全国各级各类民间艺术展览会上，并在各类比赛中屡屡获奖。漳浦的一些剪纸艺术家，从此也走出国门，在世界许多地方举办专场剪纸表演，巧手神剪，飞夺天工，观者蜂拥，好评如潮。许多精粹佳作，也成了一些博物馆的馆藏和收藏家的瑰宝。

在漳浦，现已拥有近千人的剪纸作者队伍，老、中、青、少，各显神通；但只要说到剪纸，人人都会首先提到四位老妇人的名字：陈金、黄素、林桃、陈匏来。这四位已经受了近一个世纪风雨历练的著名剪纸艺术家，不仅是南方剪纸艺术流派的杰出代表，也是漳浦人民群众心目中的骄傲和可亲可敬的"老花姆"。南京东南大学艺术系教授张道一曾把她们的剪纸称之为一种"在她们的环境和生活条件下所反映出的文化形态"。这四位老人，可称之为真正的农民和渔民，她们从小目不识丁，长大日夜操劳，剪纸绝非职业，只不过是一种天生的爱好，自觉的传承，长年的素养；有谁能够想象，她们在各自年轻时，是怎样地偷空独自幽闭在房中勤学苦练，飞驰巧思，不带功利，只以兴之所至，为自己或为亲近的人剪出清丽秀美而又雅俗共赏的花样；又有谁能够想象，一年年过去了，当芳草再次染绿细碎的鸟声，她们剪下的作品，是怎样宣泄了各种的心灵，寄寓了各自的情感？甚至她们自己大约也不能想象各自的剪纸，又是怎样以浓厚的自然气息，创造并丰富了自己和他人的精神财富。我在展览馆和一本题为《福建漳浦剪纸集》里仔细品赏了她们的一些代表作，真可谓个个富极工巧，张张令人激赏。其中，陈金老人的作品构图灵巧，刚柔相济，粗细有度，节奏和谐，极具装饰性、浪漫性；黄素老人的作品则造型严谨，细腻雅致，贴近生活，朴实自然又神形兼备；陈匏来老人作品虽夸张但又质朴，说古拙却又健美，具有丰富的想象力和灵巧的创作手法。最令我倾心的是林桃老人的作品，纯朴稚拙，简练明朗，想象力出奇、大胆、丰富。她不认一字，却能运用抽象纹饰进行艺术处理，使作品具有浓烈的原始趣味，其形具神在，宛若天成，难怪会被美术专家们称之为民间的毕加索。事实上，以上四位老人的作品，都各自显现了自己极高的心智，并以此通过不同的手法，把人们常见的人物形象，不同时期的吉祥欢乐，以及牛、马、羊、鸡、鸭、鱼、蚌、莲、瓜、五谷杂粮等形象巧妙地套进主体构架之中，并以成熟的剪法，记录了一个时代的民俗、风情、变迁、美感；真所谓：谁将妙意寄工巧，溪藤雪莹金刀小，丹青退舍松煤枯，剪出天真数分秒。

以剪为伴的四位老人，不但以无声的艺术语言和成熟精湛的手法，给剪纸艺术留下弥足珍贵的传世之作，也影响和带动了漳浦有志于剪纸艺术的一代代才人。在漳浦走访期间，我不但听到了老艺术家黄素、陈金的一个个非遗传承人在抢救和继承民间遗产方面做出贡献的动人故事，也听到了获得"中国剪坛十把金剪刀"荣誉称号之一的民间艺术家高少萍在世界诸多国家献艺的佳话。

在漳浦县，和高少萍站在同一行列的民间艺术家还有不少人，她们较完整地继承了传统的剪纸艺术，创作风格成熟、稳健，在题材领域上都有较大的突破。而以高少萍等人为代表的中青年创作群，则在传统剪纸技法和风格上锐意创新，作品更注重贴近现实，具有明显的创新意识和时代特征。

我走访过在漳浦县已拥有自己剪纸艺术馆的高少萍和陈燕榕两人。她们都热情、大方、诚挚，特别对民间艺术富有创见。在和高少萍谈及剪纸创作时，她清脆的嗓音毫不掩饰地道出自己心中的秘密。她说："我创作的欲望和冲动有时常常是由一首歌、一句话、一个场景或一个回忆引起的。"她师从黄素，又得到林桃的悉心指导，十五岁创作的《12生肖》就被选送到台湾参展。1985年出道至今，多次参加省、市及全国性剪纸艺术大赛，共获奖二十七次。看过她剪纸作品的人都会发现，她三十多年的磨砺已铸就了一身圆润秀丽、纤巧精细的精湛技艺。她坚信，自己在今后的日子里，一定能为中国民间剪纸艺术进一步拓展国际殿堂做出新的贡献。而说话舒缓的陈燕榕，则敏学多思，在剪纸艺术方面善于发掘，精益求精。她的创新主要表现山水和十二生肖形象方面，常能以古典意蕴与当代意识相融合，有独到的构思和匠心独运的品位，令人耳目为之一新。

　　在漳浦，我敬仰的剪纸艺术家和深深羡慕的富有才气的中青年，甚至才七八岁的小剪纸家太多了，我无法逐一举出名字并去拜访他们，观赏他们的作品，聆听他们的见解；但我却不忘在能搜集到的资料里认真地揣摩他们的作品，通过作品去认识他们，并在心中把他们默认为良师益友。事实上，在我能看到的漳浦当代的剪纸作品中，我也能通过那些作品读出漳浦老少艺术家们对生活潜在的一种真情，一种浓烈的生活气息，一种对艺术探求的执着、细微和无所不在的创造。我的感激和深深的思忖，也常常不知不觉地充填在这一切作品之间，这也使我感到一种格外的温暖。

　　回程路上，恰逢立秋季节里特有的小气候，一会儿一阵大雨，一会儿一阵阳光。我突然想到，这情景也如同漳浦的剪纸，阳剪为阳光，阴剪为大雨，阳剪为主，阴剪为辅，互为补充，密切配合，正洒脱地剪出漳浦夏日的海滩、山川和大地，使我的心灵顿时开启无数的窗口，镶嵌了一幅幅漳浦剪纸般美丽的图画。

　　美哉，漳浦；美哉，漳浦的剪纸。

闽地两"黄巷"

　　在福建，有两个地方都叫黄巷。

　　一个是福州市著名的三坊七巷中的黄巷，我有幸在那里居住过十几年。另一个是莆田市涵江区的黄巷，我小时候外出疯玩中偶然撞进去一次。

　　两个黄巷，相距百里。令许多人都没能想到的是，它们竟是遥相守望的两片叶子，源出同一支根脉。

　　其实，把这两个黄巷的渊源、历史联系在一起，对我来讲，还是多年前的一个巧合。那是20世纪70年代末，我从莆田乡下调进福州工作，由单位分配居住在福州黄巷。一次，我供职的杂志社派我去当地居委会联系，采写一篇有关黄巷历史的稿子。居委会的人非常热情，找了一位七十多岁的退休教师老周前来为我讲解。老周身体健康硬朗，说话爽快热情。当我们沿着巷子一家家探访过去，我发现他对这一带十分熟悉，一件一物，都能说出由来，记忆清晰，言语活泼，让我心里顿感亲切与敬佩。特别是他在讲述黄巷过去时，不急不躁，情感饱满，似把当地的一罐顶尖美食"佛跳墙"细火慢炖，香气绵绵散出，又不至于消失得太快，令人深领其味。于是边走边看边听，兴趣大增，探究的思绪，也随着老人的话声，在古巷的历史记忆中不断飘拂着……

　　老周对我强调说，要了解黄巷，得从这里的建筑物及名人故居入手。别小看那些古旧的门窗，细看皆采用镂空精雕；一些并不起眼的大门内，却都有精巧的台阶、门框、花座、柱杆。原来，福州黄巷历史悠久，两晋时，便有中原衣冠士族南迁入闽，其中部分黄姓的后裔便聚居于此，定心耕读，于是就有硕儒黄璞等辈，修学守道，深居简出，令人肃然生敬。据载：黄璞（837—920），字德温、绍山，号雾居子，历史学家、大学问家、文学家。唐进士官至唐朝翰林院崇文馆大校书。关于他居住的黄巷，有一则流传极广的故事，说是唐末起义军首领黄巢当年攻城拔寨，经过此巷，知是硕儒黄璞读书做学问的地方，竟下令熄炬，噤声而过，秋毫无犯，传为佳话。巷内一座小楼，就是硕儒黄璞晚年故居旧址。后来，江苏过来的巡抚梁章钜，于清道光年间对黄璞在黄巷的故居进行全面修茸，建有藏书房、假山、水池、拱桥等，古意盎然，文气扑面。

我清晰地记得，采访回去，向当时的领导、著名作家也是老乡郭风先生汇报后，他却突然问我："咱们家乡莆田的黄氏始祖黄岸，在涵江有一居住地，也叫黄巷，你知道么？"我一听，顿时怔住了。搜尽枯肠，终于打开记忆的闸门，猛然想到少年时去过离我家不过五里远的一个叫作黄巷的村子游玩过。青年初期，我为了讨生计，用三轮车载货，常常往返于老家与涵江，途中必经黄巷外围那条斜坡公路，俗称"黄巷坡"。不曾想到，到了福州，住进黄巷，地名听着依稀有点耳熟，却从未去细究。因而，面对郭风先生的提问，我确实脸红不已。从此，什么叫"孤陋寡闻"，我算是有了一次彻底的认知。从此，福州的黄巷、涵江的黄巷，便深深叠印在我的脑海里了。

事隔多年，今年初秋，我竟获得一次踏访涵江黄巷的机会。那天，在地方友人陪同下，我像梦游一般走进村里。当然，儿时来过一次的印象已荡然无存，走不多久，便见小街上的一座"黄璞故居"，赫然扑进眼帘。据友人介绍，这"黄璞故居"主人，与福州黄巷的硕儒黄璞是同一人。友人说：这里黄姓的来历，可以回溯到唐朝末年，时任桂州刺史的黄璞先祖黄岸，辞官归闽，由南越海道经此，为避风浪而登陆。数日过后，黄岸见这里的延福山林木稻秧，绿浪推拥，"遂定居此"。并把福州祖地"黄巷"，作为这里的地名。从此，黄岸成为黄氏入莆始祖。之后，莆田裔孙在宋、元时期，特别是明、清以来，向外播迁日益增多，"莆阳黄"也成为世界莆阳黄氏之简称，又称莆田黄，兴化黄，自唐迄清内外素有"十状元十宰相""六会元三榜眼三探花"和"四尚书四贡元廿三解元五百进士千名举人"之美称，为中华东南黄氏望族。而该村的一本《黄氏族谱》，里面确凿记载，黄璞系黄岸六世孙，曾在涵江的黄巷居住过。现在的黄璞故居，就是黄巷村的黄璞祠堂。祠堂建于宋代，历代均有重修，现存基本为明代建筑，清代重修。如今，故居大门外还有一对明代抱石，刻有"猊猱"图案，刻工精巧。两边门楣上各嵌一块石额，分别用楷书刻上"雾居""归隐"，字迹清秀，石色发黄，是当年建房时的原物。入内，但见面阔五间，三进，占地面积达一千平方米，雕梁画栋，气势恢宏；梁架、斗拱、金柱、柱础等物件，都有榫卯衔接，考古专家认为这是抗震结构，在古建筑中有其独特的价值。

最有意思的是，这个地处涵江郊外的黄巷，多少年来，流传着与福州黄巷相同的故事，早年的《莆田县志》亦有记载：禧宗乾符六年己亥（879），黄巢起义军经过涵江黄巷，夜过黄璞家门时，知是大儒，命令军士将火把吹灭，悄然走过，没有惊动他。从此，涵江的黄巷名声大振。

不过，后来有史学家认为，这个事实应发生在福州黄巷，因据考《通鉴纪事本末》："乾符五年八月，黄巢攻剽福建诸州；十二月甲戌陷福州；明年正月趋广南，巢兵自北而南。"其经过涵江黄巷，应在陷福州后、趋广南之前。

综上所述，可以肯定的是，福州黄巷黄姓家族，与涵江黄巷的黄姓家族，实乃同根同源；而大名鼎鼎的黄璞在两个黄巷都居住过，这也是毫无疑义的。然而，当年黄巢起义军经过黄巷发生的"双黄交臂、文武相安"的故事，到底是在福州的黄巷，还是涵江的黄巷？可能还要更多的史料来佐证才能得出最后的结论。

　　但我钦佩这支黄姓的后裔，不管是现在福州的，或是现在涵江的，多少年来，都不去争黄巢"灭炬而过"的史实到底应"花落谁家"，因为他们知道，两个黄巷既是同根生的"连理枝"，怎能去做"相煎何太急"的事。饶有意味的是，在历史上，这事也触动过南宋著名学者、理学家朱熹。确切地说，这是朱熹与莆田文化有渊源关系的使然，因此他曾来莆田访问过大学者郑樵，并留下一段历史佳话。其间，朱熹与莆田巨族黄巷黄氏有了密切关系，现藏于莆田市博物馆内的一块石碑，上有朱熹亲自书记的《唐桂州刺史封开国公谥忠义黄公祠堂记》，就是一个历史明证。这块石碑，虽然断裂，左部一点残缺，但字迹大部分完整。现存碑高零点四米，宽零点八八米，南宋庆元二年（1196）立。碑文楷体，端庄秀丽，瘦劲隽永，很有艺术价值。兹将碑文开头一则摘抄如下：

　　　　新安朱熹少闻先生长者曰：闽钜族莆田黄氏派出尚书令孝子黄香，代有显名。庆元二年，孙殿中侍御史黄黼上言治道，被黜，与熹素有文墨之雅。将归，授熹以祠堂记。晚辈后生辞不敏不娴于文字，且不敢为庸人颂说，而况敢记名公钜卿之盛祠。既公命之不置，熹不得终辞……

　　由此，朱熹破天荒为一个家族写了一篇祠堂记。想来，这才是福州与涵江两个黄巷的黄姓后辈人应当感到荣幸与自豪的地方。

《与妻书》 背后的故事

一

在历史发黄的纸页中，有一封被誉为"中国百年情书"的《与妻书》，无数次地撼动过人们的心灵。拌着血泪书写的人，就是"黄花岗七十二烈士"之一的林觉民。

毫无疑问，在辛亥年（1911）农历三月广州的一场惨烈的起义中，如侠士般巍然挺立的林觉民和他捐躯后传世的《与妻书》，以对家和国的热爱，对理想和信仰的忠贞，凝聚为一支传承中华民族几千年生生不息的精神火炬，那燃烧着生命和热血的光芒，今天依然照耀并感召着人们的灵魂。

令人惋惜的是，林觉民一生太过短暂了，他和他的一家，在封建王朝已濒临崩溃的黑暗前夕，被腥风血雨无情摧残，能留给世人的资料可谓少之又少；以致后来人们只确定林觉民是在福州杨桥路一座房屋里出生长大的。而这所房屋，据说建于清中叶，最初的主人是谁，也无从知晓。至今，人们还会问：貌存英气、心怀刚烈的林觉民，在他少年、青年时期，还有多少听罢泪漫的故事？研究历史的人甚至还追索：林觉民是辛亥革命之中秘密行动的内情人，在这一期间，他究竟有多少次铤而走险、多少次机智勇猛地完成任务？还有，林觉民当年就义后，家书究竟是何人如何秘密传递到他的家里等等，有些答案，已经昭然；有些线索，仍在追寻。而林觉民的后世们，在中华人民共和国成立至今一直低调生活着，所有辗转找到他们的人，想了解更多的细节，都被同样的话语婉谢了："我们不靠先祖的英名过日子，要了解林觉民，请直接去故居参观吧。"

2021年秋天，为纪念黄花岗起义和辛亥革命一百一十周年，我参与搜集林觉民与他的《与妻书》的有关资料，走访了福州市文史部门，之后几次来到林觉民故居。当我明知不可能却心存侥幸地提出想拜访一下林觉民的后人，馆长和讲解员都笑着对我说了三个字：不可能。因为林觉民的后人早用两句话封堵了所有来访者："请允许我们有不再叙说的权利，只作为普通人平凡地生活吧。"

林觉民故居位于福州市杨桥路86号。这是一座保护完好的清代中叶建筑，它侧立街口，坐西朝东，朱门灰瓦，三进院落。入内，但见四周是风火墙，第一进与第二进之间有一长廊，廊边栽有翠竹；第三进大厅两旁，各有前后厢房，也各有天井、院落。当年的林觉民就住在西南隅一厅一房。卧室窗外有花台，据说昔时种植着蜡梅。难怪有人曾这样吟咏：清风引我访名庐，月影梅魂道不孤。这里的小厅，有门直通"紫藤书屋"。书房墙上，如今挂着用毛笔书写的《与妻书》，这就是林觉民在广州起义前夕写给妻子陈意映的绝命书。

记不清多少次来过林觉民故居了。有时是陪客人前去拜谒，有时是独自前往流连。必须承认，林觉民之所以令我格外地尊崇，是因我觉得他不只是一个热衷民主革命的现代知识分子，更是一个有着侠骨柔肠，向往除恶扶善、锄强扶弱的风云人物。如同著名评论家南帆所说："我倾向于将林觉民归入游侠式的知识分子形象系列。"由此，走访之后，夜间翻阅搜集来的一些新的资料，林觉民短暂但又轰轰烈烈的一生，又在眼前一一浮现出来……

二

林觉民生于 1887 年福州一个士绅之家，族人甚多，但记载甚少。当时，周围人所知道的是：林觉民的一个叔叔家没有儿子，就把小时候的林觉民过继过去。后来林觉民屡次提起的父亲林孝颖，其实就是他的叔叔。原来，当初林孝颖考中秀才后，屈从礼教，被逼与一位姓黄的女子成婚，这使他心里十分憋屈，结婚时连洞房都没进，因此两人一直分居，没有生育。倒是林孝颖的哥哥林孝恂深知弟弟的脾性，怜恤黄氏孤单，于是便把自己的儿子林觉民过继给林孝颖和黄氏。

不过，这个林家，家学久远，倒是给林觉民的少年时代提供了一个良好的教育环境。大人们发现，林觉民自幼聪慧，读书过目不忘，十四岁就考进全闽大学堂，后来又进入福建高等师范学习。然而，最让人担心的是，林觉民在那期间开始贪婪阅读邹容的《革命军》、陈天华的《猛回头》《警世钟》等倡导革命的著作，很快走到秘密的革命行列中去。事实上，家人们都发现：林觉民一直对通过科举考取功名十分厌恶。十三岁时那年，他被送去参加童子试，谁也没想到，他进了考场，竟在试卷上写下"少年不望万户侯"七个字后，就掷笔扬长离去。负责监考的人和一屋的考生，都被他这一举动惊得目瞪口呆。

1902 年，林觉民进入全闽大学堂（今福州一中），这是福建当时第一所官办新式学校，他如鱼得水般在此开始接受民主革命思想，推崇自由平等学说。课余，他大量阅读《苏报》《警世钟》等进步书刊，常旁若无人地对同学说："中国非革命无以自强。"更令人惊悚不安的是，在家中，林觉民胆大包天地办起一所别具一格的"女校"。他不顾别人非议，先动员新婚妻子陈意映，再发动堂嫂、弟媳、堂妹等亲友家属十余人入学。他亲自当起老师，除了教她们国学，还传授西方文化知识，介绍世界局势，抨击传统礼教。

这一切，让曾泯灭了"入仕"愿望的嗣父林孝颖很是心慌意乱，惴惴不安。然而，奇怪的是，他在不安中似又看到一丝说不清的"希望"。他感觉：儿子颇有磊落的担当，豁达的胸襟，广阔的眼界，精深的学识，或许日后能成大器。有一次，林孝颖酒后还偷偷对好友说过："林家若能振起雄风，此人或许就是林觉民了。"事实上，林孝颖发现，青涩年纪的林觉民早早就立下了"中国非革命无以自强"的志向，还给自己取了"抖飞""天外生"的名号，从字义上可以看出，林觉民渴望做一个展翅高飞、打拼出一方天地的热血男儿。然而，话是这么说，看着爱子从懵懂少年成长为激进青年，老人家仍不免喜忧参半，甚至可以说忧大于喜。他担心这个过继的儿子在这条路上走得太过决绝了……当这样的担心越来越多的时候，他最终只能嗟叹：当初自己匆促做出的一个决定——让林觉民娶妻成家来拖他后腿也无补于事了。原来，林孝颖想到，让儿子身边有个女人，多多少少会消减他的不安分和所谓的报国之志的。但他怎么也没有料到，这一招却歪打正着，成就了一桩他无法想象的、流传至今的爱情佳话。

原来林觉民是 1905 年与陈意映结婚的。陈意映出身名门，与溥仪之师陈宝琛同宗，不仅知书达理，还通晓文墨。必须指出的是，林觉民与陈意映的婚姻虽是父母包办的，在红盖头掀开之前都没互相见过面，却机缘巧合地做了夫妻。当时，林家家道已经衰落。但是陈意映并不在意，原来她早闻林觉民从小英俊潇洒、才志冲天，如今乐得被"包办"给这样的男子做夫君。一句话，她心满意足。而林觉民在掀开新娘红盖头的一瞬间，居然"一见钟情，爱由心生"。婚后的日子，夫妻惺惺相惜，意气相融；每一天，都是陈意映作为女人深感幸福的日子，也是林觉民短暂一生中最温情的时光。当时，夫妻俩的居所是在二层小楼。朝夕相处，比翼双飞是两人的共同心愿，他们便将这座楼称为"双栖楼"。楼前，陈意映亲手植下了梅花——那是林觉民最喜欢的花。每当林觉民不在陈意映身边时，梅树便是她的身边伴儿。陈意映每次寄给外出的林觉民的信笺落款，总不忘署上"双栖楼主"几个字。第二年，陈意映为林觉民生下一个儿子，林觉民欣喜若狂，给儿子取名林伯新，面对贤妻爱子，林觉民感到十分幸福。其父林孝颖看在眼里，喜不自胜，认为林觉民终于安分了。

然而，自号"抖飞"又号"天外生"的林觉民岂肯"安分"？他的妻子陈意映最清楚不过了，这个早在被送进学堂里就开始接受民主革命思想的丈夫，婚后从未停歇过外出参加秘密活动，在报刊发表化名文章，极力推崇自由平等学说。有时，他还邀人回家，纵议时局，甚而通宵达旦。有一天晚上，林觉民说要出去走走，其实是冒险到一条巷子里发表题为《挽救垂危之中国》的演说。这个性情中人，谈到时局险恶、民不聊生之处，捶胸顿足，声泪纷飞，在场的听众无不轰动。那晚，全闽大学堂的一个学监前往偷听，当场大惊失色，对人说："此为何人？亡大清者，必此辈也！"

离经叛道的言行，也促成林觉民练就了一身的侠肝义胆，他时刻不忘救护民众——有一次邻居失火，他第一个冲进屋内救人；另一次他路过衙门，见衙吏们正驱赶一位告状老妇，便飞身上前挡住，怒目圆睁，当面奉劝衙吏洗心革面，摒除暴政。1906年，为探求革命，林觉民毅然辞别爱妻陈意映，自费去日本留学，研究哲学。他在那里广泛接触了日本近代革命的理论，为日本明治维新以后的飞速进步所震动，同时与在日本留学的许多中国革命先行者建立了密切的联系，结识了中国同盟会的领袖人物孙中山、黄兴等人。林觉民写信告诉妻子陈意映：在日期间，他最为称心的是受到孙中山革命思想的深刻影响。

三

1911年初，孙中山与黄兴等人在槟榔屿开会，筹备武装起义，准备在广州向清政府发起新的攻击。3月初，林觉民受孙中山委派回福建组织武装力量，以便为广州的武装起义扩大阵容。林觉民与林文、林尹民一同回到福州，迅速与革命党联络，组织了一个相当规模的"福建军团"，准备南下赴广州，其中有名的人物还有方声洞、陈与燊、陈可钧、陈更新、刘元栋、刘六符、冯超骧，后来他们全在广州起义中牺牲，被并称为"福州十杰"。有一天，林觉民秘密地在福州西禅寺召集人马，自己动手制造炸药。炸药准备妥当的时候，如何运输出去又成了一个棘手的问题。林觉民思考再三，忽想出一计：把炸药装进棺材，然后找一个女人装成富贵人家的寡妇，护送棺材出城，再奔赴目的地香港。本来，林觉民想要自己的妻子来完成这一任务，可是当时陈意映已怀着他们的第二个孩子，无法成行，只得紧急另找他人，几经周折，终于完成了任务。1911年3月的一天，一直在外指挥的林觉民回家看望父母和妻子陈意映，他对父母拜叩后回房对妻子说："我去趟香港就回来。"惯于丈夫外出的陈意映绝对没有想到，这一次的分手，竟是永别。林觉民眼看妻子点了点头，却再也说不出什么，只好忍着悲痛告别妻子，又匆匆出门，慨然南下。

起义准备紧锣密鼓，各路义士云集粤港。4月24日晚，夜深人静之际，林觉民在香港滨江楼倚窗独坐，国事、家事、风声、涛声，在他心中翻滚。想到战斗即将打响，生死难卜，但家国不可两全，想来只有用一死去拼争了，于是他找来一方手帕，以一颗撕裂的心，和泪写下了一封致父的诀别书，随之又写了《与妻书》——

意映卿卿如晤：吾今以此书与汝永别矣！吾作此书时，尚是世中一人；汝看此书时，吾已成为阴间一鬼。吾作此书，泪珠和笔墨齐下，不能竟书而欲搁笔，又恐汝不察吾衷，谓吾忍舍汝而死，谓吾不知汝之不欲吾死也，故遂忍悲为汝言之。

吾至爱汝，即此爱汝一念，使吾勇于就死也。吾自遇汝以来，常愿天下有情人都成眷属；然遍地腥云，满街狼犬，称心快意，几家能

四季都因你而饱满

縠？司马青衫，吾不能学太上之忘情也。语云：仁者"老吾老，以及人之老；幼吾幼，以及人之幼"。吾充吾爱汝之心，助天下人爱其所爱，所以敢先汝而死，不顾汝也。汝体吾此心，于啼泣之余，亦以天下人为念，当亦乐牺牲吾身与　汝身之福利，为天下人谋永福也。汝其勿悲！

　　汝忆否？四五年前某夕，吾尝语曰："与使吾先死也，无宁汝先我而死。"汝初闻言而怒，后经吾婉解，虽不谓吾言为是，而亦无词相答。吾之意盖谓以汝之弱，必不能禁失吾之悲，吾先死，留苦与汝，吾心不忍，故宁请汝先死，吾担悲也。嗟夫！谁知吾卒先汝而死乎？

　　吾真真不能忘汝也！回忆后街之屋，入门穿廊，过前后厅，又三四折，有小厅，厅旁一室，为吾与汝双栖之所。初婚三四个月，适冬之望日前后，窗外疏梅筛月影，依稀掩映；吾与并肩携手，低低切切，何事不语？何情不诉？及今思之，空余泪痕。又回忆六七年前，吾之逃家复归也，汝泣告我："望今后有远行，必以告妾，妾愿随君行。"吾亦既许汝矣。前十余日回家，即欲乘便以此行之事语汝，及与汝相对，又不能启口，且以汝之有身也，更恐不胜悲，故惟日日呼酒买醉。嗟夫！当时余心之悲，盖不能以寸管形容之。

　　吾诚愿与汝相守以死，第以今日事势观之，天灾可以死，盗贼可以死，瓜分之日可以死，奸官污吏虐民可以死，吾辈处今日之中国，国中无地无时不可以死。到那时使吾眼睁睁看汝死，或使汝眼睁睁看吾死，吾能之乎？抑汝能之乎？即可不死，而离散不相见，徒使两地眼成穿而骨化石，试问古来几曾见破镜能重圆？则较死为苦也，将奈之何？今日吾与汝幸双健。天下人不当死而死与不愿离而离者，不可数计，钟情如我辈者，能忍之乎？此吾所以敢率性就死不顾汝也。吾今死无余憾，国事成不成自有同志者在。依新已五岁，转眼成人，汝其善抚之，使之肖我。汝腹中之物，吾疑其女也，女必像汝，吾心甚慰。或又是男，则亦教其以父志为志，则吾死后尚有二意洞在也。幸甚，幸甚！吾家后日当甚贫，贫无所苦，清静过日而已。

吾今与汝无言矣。吾居九泉之下遥闻汝哭声，当哭相和也。吾平日不信有鬼，今则又望其真有。今是人又言心电感应有道，吾亦望其言是实，则吾之死，吾灵尚依依旁汝也，汝不必以无侣悲。

吾平生未尝以吾所志语汝，是吾不是处；然语之，又恐汝日日为吾担忧。吾牺牲百死而不辞，而使汝担忧，的的非吾所忍。吾爱汝至，所以为汝谋者惟恐未尽。汝幸而偶吾，又何不幸而生今日中国！吾幸而得汝，又何不幸而生今日之中国！卒不忍独善其身。嗟夫！巾短情长，所未尽者，尚有万千，汝可以模拟得之。吾今不能见汝矣！汝不能舍吾，其时时于梦中得我乎？一恸。

辛未三月廿六夜四鼓，意洞手书。

家中诸母皆通文，有不解处，望请其指教，当尽吾意为幸。

一千三百来字，字字泣血，句句滴泪。

"意映卿卿如晤"，如晤又如何？是如见妻子似家屋院里的一树梅花，在寒风里摇曳，把薄薄的身子摇成月下的一地碎白吗？

"低低切切，何事不语？"不语的，还有那一廊一柱一门一窗，还有那水井，那假山，那花草，哪一样东西没有林觉民与陈意映相亲相爱留下的体温……

也许，林觉民写此信时已想到了自己的身后：当噩耗传到家中，嗣父天旋地转，妻子欲哭无语，一家最后的希望瞬间归于寂灭之中。但这之后呢，真真又会发生什么样的事情呢？

掷笔之时，不觉已是四更天，林觉民心中的重担终于卸下。

1911 年 4 月 27 日午后，林觉民与陈更新率福建志士进入广州。当天下午 5 时 30 分，林觉民如侠客一般，腰别炸弹、手持步枪，义无反顾地随黄兴勇猛攻入总督衙门，纵火焚烧督署。之后冲出，转攻督练所，途中与清巡防营大队人马相遇，展开激烈巷战，他左扑右突，英勇无畏，直至受伤力尽被俘。清两广总督张鸣岐、水师提督李准亲自在提督衙门内审讯，猛然惊见一个剪短发、披血衣的青年毫无惧色，步入堂中仍目不斜视。他不等问话，大笑三声，便"侃侃而谈"，原来是在宣扬"世界大势"，随之又要来纸笔，"以笔代言，立尽两纸，书至激烈处，解衣磅礴，以手捶胸气"，表示"只要革除暴政，建立共和，能使国家安强，则吾死瞑目矣"。这个青年就是林觉民。说到痛处，他难以遏制激动的情绪，把身上的镣铐挥得哐哐作响。李准顿时被惊呆了，随之又被打动了，竟命人把镣铐解开。在林觉民口含血痰却含而不吐之时，李准更是神使鬼差般地亲手拿了痰钵，走到他身边，放下让他使用。林觉民的英雄气概和大无畏精神，令张鸣岐也在惊悸之余，心中暗赞林觉民"面貌如玉，肝肠如铁……真奇男子也！"然而此时，林觉民仍毫无惧色，全身血液偾张，在大堂厉声责问，令参加审讯的所有人都有些心惊胆寒。无奈，只好草草收局，下令把他押回狱中。当夜，滴水、米粒未进的林觉民，仍昂立铁栏之中，不停痛斥当局。次日，他泰然迈进刑场，从容就义，年仅二十四岁。

烽火连天的惨烈呐喊，国破家亡的抚剑长啸，从此也与他永远地作别了。

四

林觉民英勇就义后，林家为了逃避清廷的追捕，偷偷躲到福州远郊。

一个夜晚，有个头裹黑衣的人从墙外丢进一包东西。惊魂甫定的林家人直到次日清晨，才发现那是林觉民托人带回的两封遗书。

那么，这个头裹黑衣的到底是谁呢？他怎么知道林觉民一家已躲避到远郊这个地方呢？

笔者这次走访，恰好在三坊七巷居委会获得一份刚在当地晚报披露的材料，说的就是送信这件事。原来，当年福州有个叫沈仲英的人，与林觉民一家是世交，林觉民曾称他为"世兄"。广州起义发生前，清廷当局有所察觉，曾调当时已在广州口岸任炮舰舰长的沈仲英参与镇压。对清廷早已失望的沈仲英，故意编造理由拖延，始终未发一枪一炮。后知广州起义失败，他立即申请回防。一天夜里，有个黑影爬上舰来，卫兵开枪，惊动了沈仲英。他急上甲板探明情况，见一起义兵模样的人身有多处战伤，虽蓬头垢面，却镇静异常。沈仲英亲自带回审讯，发现那人身藏三个蜡丸，沈仲英打开一看，惊出一身冷汗。原来三个蜡丸分别装三封信，其中一封开头直呼世兄，请求转交信件，落款为林觉民；另两封就是林觉民给父母与妻子的遗书。看了书信，沈仲英才知那送信的人果真是起义军，名叫"阿三"，是林觉民心腹之人，但究竟是何方人士就不知了。这个"阿三"，不负重托，几经周折找到沈仲英舰上，交出蜡丸，因受伤过重离世。当下，沈仲英藏好林觉民家书，等到奉命启程回防，小心携书至家。不日，他差人暗中打听林家躲避之处，也是几经周折，巧遇林觉民家中一人，尾随而至，终于弄清林家暗迁至早题巷，立即趁黑夜派心腹把林觉民家书趁人不觉抛入墙内。天亮时，林家人这才发现了这个不明来历的包裹。

一封致父书，一封与妻书，从此有了重见天日的时光。

给父亲的一封信，只有几十个字：

不孝儿觉民叩禀父亲大人：儿死矣，惟累大人吃苦，弟妹缺衣食耳，然大有补于全国同胞也。大罪乞恕之。

其壮烈而平静之举概如此。

当日，陈意映看到方巾上林觉民的手书，立即晕倒在地。不用说，她怎么也不肯相信那个有血有肉、有情有义的男人就这样离她而去了。待一家人慌乱中把她用水灌醒之后，她瘫在地上还断断续续地哀叫道：觉——民啊，谁……谁给你的权利，让你就这样……离去呢……

"汝幸而偶吾，又何不幸而生今日之中国；吾幸而得汝，又何不幸而生今日之中国？"

然而，陈意映读到《与妻书》上的这一段字迹，也只能摇头哀哭，这正是她的夫君——一个侠骨男子夺笔而出的呻吟：他愤懑难抑，只能仰天长叹；他悲情满怀，只能独自咽咽！世间何以这样？世间总是这样！"义孝难以两全，情爱不能重聚。"身前身后，心中装不尽的，都是对嗣父和妻儿的绵绵思念。不堪回想，那时的夫君林觉民，即便左右不是，即便满心负疚，也知自己终是脱不开这一场生离死别，还有即将到来的那静候中的一阵枪响……

两年后，陈意映抑郁而终。

毫无疑义，《与妻书》是人世间最真切、透明、高尚的情书，也是感动所有来访者的一曲经典绝唱。我相信，不是侠骨柔肠百转时，是断然写不出这样的书信的。

五

如今，林觉民故居保存完好，故居内仍是青石板铺地，院内假山依在，花木扶疏；林觉民旧屋临窗一角，尚见竹影婆娑，时有花香沁人。院中的梅枝，年年也都有新生的蓓蕾绽开在温煦的风中；叠句似的廊房，一直向无尽的游人绵延着林觉民的故事，朝迎旭日，暮送晚霞，让人觉得这位有着侠骨柔肠的勇士不曾走远。这对许多热爱他的人来说，不失为一个很好的心灵慰藉。

值得称奇的是，林觉民故居门前挂着两个牌子，一个是"林觉民故居"，一个是"冰心故居"。这又是怎么一回事？原来，林觉民就义后，嗣父林孝颖带领全家躲到别处，冰心家便买下了此屋。民国建立前，冰心曾一直在此居住。此处因而陈列有冰心的部分珍贵资料以及她生前的生活用品。更巧的是，近代才女林徽因作为林觉民的远房侄女，也曾在此居住过。一处故居，住过三个名人，其难得，其特殊的意味和意义，真是让人思之不尽。

雨天里的往事

　　我知道世上有些人是不喜欢雨天的，这些人认为雨天限制了他们的户外活动，使他们不能在野外纵情地享受阳光、采撷鲜花，并和有情人在绿树下追逐嬉戏。但是奇怪，我从来就喜欢雨天，虽然过去我私心里也向往能像那些体面的人一样，在晴天里极尽生活的欢娱，然而，我从小就不具备这种优越的条件，而只配当一个普通的农家儿子。这样，中学毕业回到乡村，一年三百六十五天，凡是天晴的日子我就必须在田里摸爬滚打了。有时农活紧的时候，连雨天也不得休息。事实上，晴天对乡下人来讲，从来都有做不完的事情，也只有在雨天里，他们才待在家里做一些闲活或索性躺在床上补睡一个懒觉。基于这种原因，我对雨天的感情就不知不觉地浓厚了起来，一是可以不要下田了，二是可以做一些我喜欢做的事，诸如看书、写作什么的。

　　但是在雨天里，若都是看书，时间一久，难免也会腻味的，因为那时我才十六七岁，所谓血气方刚，性情、志趣常有冲动的一面。记得，那一年春初，我与同村三五个伙伴，偷偷约好，自带了油、盐、铝锅，一早便溜出村外，在晨雾蒙蒙的生产队养鱼场，用鱼叉叉到一条大鲢鱼，又神速地撤到后山，在一低谷里堆石垒灶，抱来松枝烧火，偷偷摸摸但又激动无比地举行山中"鱼宴"。不料，鱼刚煮好，天空却下起霏霏细雨。撤到别处已不可能了，况且那一锅鲜美的鱼汤正滚沸着。无奈，我们只得脱下衣服，胡乱盖在头上，一手端着碗，另一手则捏着自带的汤匙，在沙沙的雨声中打捞鱼块，大嚼起来。不用说，当吃得锅底朝天、鱼刺狼藉时，我们每人也都淋湿得像一只落汤鸡。

后来到底明了一些事理，安静了一些。不过，若逢雨天，我又凡心蠢动，最终耐不住寂寞了，便戴上斗笠或打伞出门去。那时乡下没有卡拉 OK 和电子游戏机，通常我只是去一些伙伴的家里打扑克、下象棋，不过，有时也会去拜访一些外村的同学，当然是气味相投的，对读书有兴趣的，与他们谈一些古典书籍读后的感受，嗟叹一些历史上文学才子们的偃蹇坎坷的命运，再埋怨自己生活的困苦与沉重。诉苦诉够了，这才趁着暮色中的雨雾赶回家里。当时，使我感到最有收获的便是这种雨天里的闲聊，虽没有鲜美茶酒，但话语投契，聊得拓展，十分地惬心快意。最重要的是通过这种交流，往往能取得某些一致看法，比如那时竟然这样认为：要是自己也想成为一名作家，就应该坚定地视富贵为粪土，因为历代的文学，都是由清贫的经历和悲切的文字营造出来的。这种看法直到我后来进城工作后，才发现有偏颇的一面：譬如三国的曹操，清代的袁枚等人，你不能不说他们一生不豪奢吧，但并不妨碍他们也成为文学家。不过也难怪，那时能看到的资料有多少呢，何况是在乡下。

想来，我对雨天的好感就是这样不知不觉地培养起来的。有时候，在春季的夜雨天里，我会静静地躺着，静静地谛听着。慢慢地，觉出那清畅的雨声，纯然蕴含着一种只有春天才特有的音韵。那音韵，又充盈着一种与别的季节完全不同的意味、风情和媚态。细细辨认，那雨声是多么富于生趣、活趣、机趣、野趣，它既没有冬天的雨那一份僵死，也没有夏天的雨那一份粗野，更没有秋天的雨那一份萧瑟，其长、短、疏、密，安排得那么贴切，使人听来，无不有一种应律合拍、和谐悦耳的感觉！而有这种感觉后，我就盼望雨的来临，似乎只有雨天才能给我带来向往，带来揭示，带来欢乐。以致后来，有时还有这种错位的感觉：一些事情明明在晴天可以做的，也不一定干不成，却要留到雨天去做。这还不算，回想起来，最不明智的是还有一些时候，总是在雨天里想去拜访一些熟人，结果一身潮气地坐在别人家的沙发上，有些细心的女主妇问候就不那么爽脆了。不过这"今非昔比"中，最令我无奈和懊恼的是20世纪90年代，同样的雨天，同样的文友，同样的交谈，话题落根的竟不是文学的如何操作了，而是那位该死的"孔方兄"。因此回来的时候，走在雨意迷蒙但仍商潮汹涌的市街路上，心里不免有几分惆怅、几分埋怨、几分失落了，眼睛望出去时，觉得街上一切都在模糊中变形。

不过我还是喜欢雨天，汲取"教训"后，不一定要在雨天去探访人家，却可以在无所事事地站在窗前，欣赏乡村雨意绵密的天空。有时看见那天阴得垂垂可触，又看着院里的那些树木也因雨水的洗涤而树干发黑，那浸润了的墙脚却有一小片一小片的青苔愈加地发绿起来，便在心里默默地感谢老天给予人世慷慨多情的沐浴和滋润。遥想视线不可及的地方，万物都在痛饮着绵绵不绝的甘醪，山溪沟圳，雨水潺潺，发出的声音肯定是十分悦耳的，而当有几只白鹭从水田飞起的时候，那又是一幅多么澹美的江南雨景！想到这里，心里当然又会勾起在乡下雨天里访友的一些细节。譬如有一次我趁雨到五里远的一个龙眼树笼罩着清逸的村庄看望一位姓林的诗友，半路跌了一跤，弄得满身都是泥水。到了姓林的家中，他连忙招呼他的妹妹去煮生姜汤，又为我拿出一套衣服叫我替换。待我落座在八仙桌旁和姓林的诗友开谈了一会儿，他的妹妹便从厨房端出一碗热气腾腾的生姜汤来。她端到我面前，细心地放在桌上，用嘴吹了吹被烫的手，却害羞地说："你趁热喝了吧！"我道了声谢，便端起来大口大口地喝下去。待碗底现出时，我额上也出了汗，脸颊也生了酡红。这时，姓林的妹妹这才欢喜地接过空碗，极灿烂地笑了笑，说："这就好了，回去也不会受寒的。"言毕，便退回厨房忙她的事去了。我喝了那碗生姜汤，领受了姓林的妹妹那朴而不俗的热情，恍觉已醉入世外，摇头三顾，心怀怡然。也就在那一天，我和姓林的诗友又奢谈起了文学和人生。记得当时我们一致认为，自有文字以来，有抱负的人便断不了要和文学发生关系。试看历代帝王将相，有不少人都涉足诗文，有的还有很深的造诣。即便是毛泽东主席，也和诗词结下不解之缘。由此看人生，欲治国平天下，也只有一条路，那就是：文功武治。谈着谈着，我们两人言语投机又深入，见解高妙且独到，身心也就飘然了起来。兴奋中，姓林的又唤出他的妹妹，叫她给我们倒两碗自酿的地瓜酒，也不要下酒的菜，就这么吆喝着各自端起来，在空中一磕，便一仰脖喝个精光！喝罢，我们又坐下来继续恳谈。直到门外烟雨暗千家时，姓林的诗友和他的妹妹这才恋恋不舍地送我出了村头，还相约改天再晤。而我走出了二三里远，心还沉浸在如歌似梦的激奋中……

可惜，这已是许多年前雨天的往事了。

从竹屿走出的邓拓

　　暮春的福州，雨水过后，清朗的天空下，处处可见花树竞相争艳，光色欲流。车行其间，想到很快就见到邓拓在竹屿的祖居地，心中忽地跳出他写过的两句诗："生欲济人应碌碌，心为革命自明明。"一瞬间，似听见当年风云变幻中的邓拓从内心发出的声音，清绝坦荡，余音不绝。

　　是的，不少人都知道邓拓的故居在福州市道山路，但却不知邓拓的祖居地是在竹屿。数年前，我曾来此地寻访过，发现它就位于今日福州晋安区的东二环边上，看去像个"城边村"，偏于一隅，不事喧哗。不巧的是，当时村里不少房屋正在搬迁，我好不容易穿越围栏，经人指点，来到邓拓业已空旷的祖居地，望着半堵尚留的马鞍墙，顿觉满心惆怅，感慨颇多……

　　半小时后，车到竹屿。接应我的小谢在一个叫坊兜的地方让我下车，才走数十步，就被告知：原来的邓拓祖居地遗址，已不复存在。小谢说，为了城建需要，该处遗址已迁移了数十米，安置于竹屿路和洋头尾路夹持的中间地带。我马上想到，数年前来此，我看到的邓拓祖居地上还搭着棚架，墙角的杂草有点零乱。但现在，我脑子里有关此地的影像，仿佛一下都沉淀在城市记忆的深处了。我站在新修的、宽敞的竹屿路旁，看见巨大的泰禾广场背影正投射在马路中间。几年时间，持续提速的发展，让周围的一切都改变了模样。不是么？上次来，我还能站在旧址里，看了许久，流连了许久，在放眼四望中独自诗意地想象：这一带，当初是否有曲直天成的深街老巷？那巷中尘霾轻浮的碎石路，可曾留下条条辙痕？还有，那苍苔幽弥的青石圆井上，是否留有道道绳沟……而今，这一切已再难重现了。不知为何，我还是站立着并痴心凝望着，感觉多少年来前辈的行迹，生活的烟火气，似乎还盘亘在某个角落之中。这时，匆匆赶来的一位姓邓的大伯向我介绍说，邓拓祖居地原有三进大房子，村里的老前辈曾指认过，第一进的右间就是邓拓年幼时住过的。又说，这一家人，其实很早就搬离竹屿、移居市内，但在过去，与竹屿一直保持着密切的联系。邓拓的父亲邓仪中先生，1949 年前还兼任竹屿邓氏宗祠的会计，经常回乡结算账目。邓拓小时虽在城里读书，但每逢寒、暑假，也常回竹屿老家，喜欢与乡村的孩子们结伴上山打柴或游玩，口里念一些同伴们虽然不懂但却好听的诗句，也讲一些城里的新鲜事。不过，邓拓也喜欢追逐蜜蜂、蝴蝶、蜻蜓等。与其他孩子不同的是，邓拓偶尔捡到这些小动物，回家后总是用大头针把它们钉在纸上做标本，并带回城去。有一次，他的同伴的手被蜜蜂蛰到了，他不慌不忙从怀里掏出一小瓶带来的药水，给同伴涂抹，不一会儿，肿痛全消。这使村里的孩子们感到无比新奇。除此，邓拓还时常从城里带回一些图书，与同伴们一起学习。

可以说，小时的邓拓，虽住在城里，但他仍念念不忘自己的故乡与手足并胝的同伴。在和故乡邻居的交往中，邓拓的父亲总是教育邓拓要诚信、正直，要敬老扶幼。父亲自己深深浸淫在儒家修身养性的文化传统中，为人方正，也给邓拓等儿女们培育了美好的家国情怀。如今想来，邓拓当年离开他的故园时，想必有过留恋，但心中的志向却催促他加快脚步奔向远方。当他走出村头，回头看了一眼，少年的他，决然不会意识到，这是他对故园的最后一次回望……当然，谁也没料想，这个小小少年，后来会成为一个投身革命的知识分子，直至成为中华人民共和国新闻界的一位泰斗，一位史学家、杂文家、诗人，并且担任过人民日报社社长兼总编辑、全国新闻工作者协会主席……

感叹一番，步行来到不远处重建的"邓氏宗祠"。一路上，我们都有些沉默。但我的脑海，却不断地播映着我所知悉的邓拓的一生——

1912年2月26日，福州道山路一幢山房里，邓拓出生了。时值旭日初升，父亲邓仪中便给他取名邓旭初。他的母亲严爱美，又名严绮佳，是一位十分勤勉善良的妇女。在父母关爱下，1919年夏天，邓拓入"闽侯小学"读书，四年后升入福州三牧坊中学。读书期间，年仅十六岁的邓拓，就与后来成为中国著名经济史学家的傅衣凌等同学共同创立了"野草社"，并自费出版了他们自己编著的刊物《野草》。课余，他如饥似渴阅读了父亲和乌山图书馆的藏书，其中包括晚清和五四运动前后的书刊，以及十月革命后所传播的马列主义著作。1929年，邓拓高中毕业，考入光华大学。1930年冬，参加中国共产党。1932年12月，邓拓参加中共法南区委组织的纪念广州起义活动，在铁工厂开会的时候被捕，关进南京宪兵司令部。不久，他被押解到苏州反省院。在狱中，面对叛徒的威胁利诱、面对敌人的酷刑，邓拓始终一声不吭。这时候支撑邓拓的是心中的理想之光，是共产主义信念！

"少年执笔复从戎，不为虚名不为功，独念万众梯航苦，欲看坦荡九州同。"1937年7月"卢沟桥事变"爆发，从狱中出来的邓拓给双亲写下这首诗后，就直奔晋察冀抗日根据地，开始他激情四溢的"战史编成三千页"的新闻报业生涯。他在五台山地区参加抗战工作，长期担任《晋察冀日报》的总编、社长。在边区十年间，他带领《晋察冀日报》的同志们跋山涉水，在敌人的一次次清剿围合、扫荡袭扰中坚持出报，及时把前线的消息传向四方，鼓舞士气，成为边区党和人民革命斗争的喉舌。在一次反扫荡转移中，邓拓的马匹中弹，他幸而死里逃生。"挺笔荷枪笑去来，巍巍恒岳岂能摧。"这是邓拓在那个艰苦的年月里吟出的诗句。《晋察冀日报》从创办到终刊，共出版了两千八百多期，低劣的物质条件与生活上的困难，以及交通的不便，使印刷报纸所需的油墨、纸张甚至铅字等，都难以为继，邓拓发动大家自力更生，用铅坯翻铸成字模，再铸成铅字；报纸用的油墨，是用老乡家里锅底的烟灰制成的……

中华人民共和国成立后，邓拓受命担任人民日报社社长兼总编辑，兼任北京市委宣传部部长。1958年8月，邓拓被任命为北京市委书记处书记。在国家经济困难时期，邓拓把思考的目光投向现实生活，并以直达人心的笔触给人们留下了以马南邨为笔名的《燕山夜话》，以及和吴晗、廖沫沙合作的《三家村札记》这两本闪耀着哲理和诗情的杂文随笔。

1966年"文革"期间，邓拓惨遭迫害，在申辩无门的情况之下，只能选择结束自己的生命，去填补自我与历史之间的裂缝。他悲愤幽咽、慨然不屈，表白的却是自己坚定的理想、信念。

1979年，邓拓冤案终于得以平反昭雪。他的大部分著作，也由花城出版社于2002年3月出齐的《邓拓全集》（第一至第五卷）所收录，从而给人民留下了一笔宝贵的精神财富。

"露从今夜白，月是故乡明。"1986年5月，在福州市委召开的"邓拓学术思想研讨会"期间，举办了学习邓拓的诗会，时任《人民日报》总编辑胡绩伟和邓拓夫人丁一岚特意前来参加。会上，播放了20世纪50年代期间邓拓用福州话吟唱自己诗作的录音，许多人一边听，一边想到邓拓一生铁骨铮铮，为民请命，秉笔直谏，挞伐丑陋，取义求直，敢说真话，不怕引火车烧身，无愧为一代伟人……一个个都感动得泪流满面！

斯人已去，足音跫然。其实，邓拓虽然长年身居异乡，但他从未忘记故乡竹屿。他的儿子邓壮回忆说：父亲常对亲人们提起竹屿的事。故乡竹屿一直是父亲心中魂牵梦绕的地方，也落满了父亲幼年到少年絜然的回忆和成长的脚步。早在1989年7月13日，丁一岚给竹屿村委会的回信中提到："很早就听老邓多次讲过老辈人生活在竹屿村的事。"可见他对故乡竹屿充满怀念之情。邓拓在革命生涯中，辗转南北，许多东西被舍弃或遗失，但其父保存下来的一套《邓氏家乘》手抄本始终珍藏着。

虽然，邓拓参加革命以来，没能回到儿时给他留下深刻印象的故乡竹屿，但他的文字、他的精神、他的思想却牵系着故乡。1990年1月，丁一岚得悉竹屿村要建小学教学楼，并设"邓拓纪念室"，希望捐赠邓拓文物的消息，便立即把邓拓的照片、著作和一些纪念资料等，托人带回竹屿，以资纪念室布展之用。1996年5月，丁一岚应邀来福州参加邓拓逝世30周年纪念会期间，怀着激动的心情瞻仰了乌石山的邓拓故居，还特地回竹屿村拜见父老乡亲，代邓拓圆了返乡之梦。丁一岚认为，邓拓知道故乡的人会理解他。他从这里离开故乡，义无反顾地走上革命之路，经历过艰辛磨难，也成就了灿烂辉煌。当他离去的那一刻，他心中牵挂着子孙儿女，牵挂着亲人，更牵挂着竹屿——这个他始终饱含深情怀念着，一直想要回来住一住、走一走、看一看的山水故乡。

众所周知，邓拓夫人丁一岚是中华人民共和国第一代著名播音员，1949年的开国大典就是她与著名播音员齐越在天安门城楼上一起实况播音的。早在1938年底，丁一岚就从延安来到华北敌后晋察冀边区，在工作往来中，与邓拓相识相知，并在滹沱河边约定了终身。丁一岚曾在回忆录中写道："我们漫步在滹沱河畔，漫天风沙代替了清风明月，习惯了的战斗生活，倒增添了几分豪情，我们终于约定了终身。"1993年，邓拓纪念馆开馆，丁一岚题诗一首："鱼雁相呼誓永随，烽烟弥漫乱云飞。滹沱河畔豪情在，灵寿山庄夜战危。荣辱如尘何足虑，狂雷击顶实堪悲。廿年幻海难成梦，乌塔孤依觅朝晖。"1998年，丁一岚辞世，终年七十七岁。如今，邓拓和他的夫人丁一岚的部分生前实物与文字书籍，还收藏在邓氏宗祠里。

令人欣慰的是，在这次走访中我看到，福州已将竹屿的文物登记点——邓拓祖居地移动至规划绿地内安置，同时将邓氏宗祠以古建筑形式迁建安置到邓拓祖居北侧相互照应，形成融名人纪念、弘扬历史、寻根访祖、爱国主义教育为一体的文化基地。

邓拓的一生是短暂的。他在生命的盛年就离开了我们。但是，诚如无数后人评介的那样：他让自己生命的分分秒秒都发出了光和热。他用一生的行动，实现了自己的志向和信念。他和成千成万为中国人民的解放事业献出生命的先烈一样，永远活在人民的心中。

四季都因你而饱满

郭风和他的夫人

长者郭风，谢世有年。至今，在卧室书橱里见到他的著作，总会在脑海闪过他的音容笑貌。

郭风原名郭嘉桂，回族，福建莆田人，是全国著名的散文家和儿童文学作家。我曾有幸在他手下工作过十几年。我觉得，郭老留给我印象最深的，除了著作等身，还有他为人的厚道、亲切，特别是他与他夫人之间亲密不渝的关系。

虽说，他和他夫人的婚姻是当时难以摆脱的封建宗法观念束缚下的产物，但他们都有一颗金子般善良的心，从而使他们奇迹般地在屈从之后建立的家庭中，产生了相互了解、相互体贴、充满人性的爱情，并得以在一起相依相伴地生活了四十多年。

与郭风共事过的人都知道，他特别喜欢走向自然，走向山水。年轻时如此，年老时更甚，每次外出时，他都像换了个人似的，会一改平日的恬淡，平静，显得兴致盎然，神采奕奕。听他儿子说过，即使在家，搁下笔后，他也总是喜欢在暝色霏霏中，招呼夫人过来，与他凭窗眺望苍穹和远山，观赏雾雨，观赏花草，谈论不停。令人敬慕的是，他往往能从不同的环境中，以超然的慧眼窥见大自然的美。他曾对人说过："从来不曾重复的，便是自然。"他还觉得，谈论自然，将是毕生的事。难怪，许多人在他晚年的散文中，往往能读出他内心世界的剖析和审视，读出几分难以效仿的禅境。

我是在 20 世纪 70 年代中期，从当时的龙岩三线建设工地"莆田民兵支前营"调到福州的。原来是刚刚复刊的《福建文艺》（原名《热风》）急需年轻的编辑，凭我 1965 年刚十六岁就参加了全国青年文学创作代表大会，又是农村出身，这好事就落在我头上了。报到后第二天晚上，我就怀着尊敬的心情去省委党校拜访还在学习的"老乡"——我曾与他通信却还未见面的大名鼎鼎的郭风。见面后，他十分热情地用本地话与我交谈，勉励我好好学习，在编辑和创作上做出一番成绩。谈话中我拿出"红霞"牌香烟递给郭风，郭风笑道："香烟抽不来，我还是抽水烟筒过瘾。"于是一老一少在烟雾中讲了许多话，其中令我没想到的是，临走时，他像对家里人说话那样对我说："以后有空多到我家里坐坐，我爱人喜欢有人来讲莆田话……"原来，他夫人很喜欢老乡之间的来往，不管大小，似都有着共同的话题。用郭风的话讲："每每谈起，总能引动乡愁那根敏感神经。"

　　后来有一次，郭风请我和几位同乡到他家品尝他夫人亲手做的一些地道莆田小吃。席间，他曾感叹地对我说："我家中的一切都是由我爱人料理的，买菜、做饭、洗衣。而我几乎不会做什么。"随后他还提起，大约是 20 世纪 40 年代初期，他到福建永安、南平就读，当时所得的稿费仅能勉强维持在学费用，因此家中一直由他的夫人和母亲支撑着，但他的夫人和母亲仍尽力省吃俭用，还不时托人携带食品来，为他增加营养。正因为这样，他才得以安心在外，进行研读、写作。记得郭风还曾说到，他在下放到浦城深山中的时期，他的夫人是如何不畏艰辛，如何料理家庭和照顾儿女的事。说着说着，竟动了感情，连眼眶也有些发红了。

　　还有一件事也令我至今未忘。即我当时所在的编辑部，经常下乡举办改稿会，每年五六次，时间少则半个月，多则一个月。地点则大都选择在省内各个县城。因此，那些年，郭风和我们一帮编辑们几乎跑遍了福建省各个地方。通常都是坐长途汽车前往。每次到了某地，把一切事情都安排停当，家中还没有电话的郭风就会坐下写信，当然是向他夫人报告平安到达的消息，然后贴上自己带来的邮票，托我到附近邮局投寄。其细心、体

四季都因你而饱满

念、周详，令我敬重不已。

我还记得，在我和郭风一道工作的那些年间，若是下班前外面突然下起雨来，不多久，办公室门口必定会响起郭夫人的声音：阿桂（郭风小名），伞放在这里了。便又匆匆冒雨赶回家去。我相信：郭风夫人可能从来不知道，她离去的背影上，投注过许多人称羡的目光。

说起来，郭风夫人的一生，可算是真正的默默无闻却又一直为家庭、丈夫和儿女默默奉献的一生。她是个有知识的女子，但与郭风结合后，便心甘情愿地变为一个贫寒的、恬淡的家庭妇女，数十年如一日，任劳任怨，毫不计较。郭风生前每每念及，往往内疚甚深。郭风夫人去世五周年时，郭风曾交给我一篇散文《致亡妇》，在如泣如诉的文字中，他表达了对夫人的深切悼念和动人心弦的情意。文章发表后，曾传诵一时，至今仍有出版刊物加以收录。请允许我在这里引用这篇散文开头的一段——

我常常觉得你仍然在我的身边；或者说，我仍然在你的身旁。我仍然觉得你时刻在勉励我，例如，此刻，当我自己在书案上整理文具时，我似乎感到仍然有一双温暖的手，一双因家务沉重显得粗糙的手，在旁边帮助我；我以为这不只是帮个忙，这中间具有对我最亲切的勉励和体贴……我常常觉得我们的心仍然在一起。我们互相信任的、真挚的心一起跳动。

与其说这是散文，不如说这是一首诗。这是一个著名散文家和他夫人彼此间深切的爱和不尽思念的交响诗！每当我重读这篇散文时，如同当初那样，似乎执着地相信并真切地感受到郭风在边写边忆中泪水曾夺眶而出！

看来，郭风和他夫人在这一情感生活中，就是这样互相塑造着自己，并且愉快地胜任着各自的角色。在他们看来，这也许就是对人生的一种透彻的了解。

他从《榕树》下走过

——蔡其矫与《榕树》诗歌专辑

　　以我行我素的意象写作、自由奔放的语言风格在中国诗坛独树一帜的著名诗人蔡其矫，在现实中追求的也是诗一般浪漫与潇洒。他爱好广泛，特别钟情于自然山水与花卉；但熟悉他的人都知道，他对榕树也一往情深。在福州工作期间，闲暇时，他总喜欢在榕树下漫步。其实，他很早就写诗歌颂过榕树：

> 慈祥的长须在空中飘荡，
> 却爱抚般地拂弄着光明的大气，
> 它的枝丫豪爽地让许多生命栖息，
> 低处有寄生的弱草，
> 高处有安巢的雄鹰，
> 它巍立在路边，
> 向下伸出四围的手臂，好像
> 要把地上万物都一齐向高空举起……

　　无疑，这是一首向往光明、博爱万物精神的"拟物化"的诗歌。只是，连蔡其矫大约也没想到，这个常从榕树下走过的人，会以他特立独行的行

四季都因你而饱满

事作风，为福建省一本名为《榕树》的刊物走过一段时光。

那是 20 世纪 70 年代末至 80 年代初。有人说，那一时期，正是中国诗歌崛起的年代，也是一个"不读诗无以言"的年代。当时，我在《福建文学》编辑部担任诗歌编辑，由于各方面的渠道汇聚的动态，使我获知了全国已先后出现了三个诗群：朦胧诗群、他们诗群、非非诗群。其中尤以朦胧诗群受到上下瞩目。该诗群为首的就是诗人北岛。他的代表作《一切》和《回答》，是发表在 1978 年他们自办的油印刊物《今天》上的。我曾费尽心机从北京朋友那里抄来他的那两首诗。不久，又获知那正是几个青年诗人自办的刊物，他们的作品，如北岛的《一切》等，是对社会与人生的自我价值的重新认识，是对人道主义和人性复归的呼唤，由此，我才和许多人认识到，这种对人的自由心灵的探索，正是构成了朦胧诗和这批诗人们的思想核心。

之后，在《福建文学》工作期间，我又获知，原来早在 1975 年，还在厦门织布厂做女工的舒婷，有几首诗流转到老诗人蔡其矫手中。1977 年，经蔡其矫介绍，艾青看到舒婷的《致橡树》，他推荐给了《诗刊》，并推荐给北岛。是年八月，北岛与舒婷开始通信，舒婷将她写的诗《这也是一切》抄在信中，算是对北岛《一切》的酬答。后来舒婷曾回忆她最初接触北岛诗歌的印象，说"不啻受到一次八级地震"。

当时，恢复运转的福建省作家协会还叫"中国作家协会福建分会"，主席是郭风，蔡其矫是分会的驻会作家。因住在单位宿舍，朝夕相见，有一次我忍不住偷偷问他："北岛的《一切》你怎么看？"

老蔡（当时大家都这么称呼他）看了我一眼，反问我："你看到了？你怎么看？"

我有些慌了，说："很深刻！有点惊世骇俗吧。"

老蔡沉吟了一下，笑着说："写得是不错，不过有点偏。这首诗的主要好处是发出个人的声音。"

蔡其矫的这个说法，在之后很长一段时间里，成了我解读北岛诗歌的一把钥匙。

　　1979年9月，由著名散文家、儿童文学作家郭风极力呼吁、亲自创办的不定期大型刊物《榕树》文学丛刊创刊了。第一辑是散文专辑，收入巴金、萧乾、秦牧以及蔡其矫等省内外一批著名作家、诗人的多篇作品，在全国引起很大的反响，各地各种稿件，随之如雪片般飞向编辑部。但谁也不知道，当时的编辑部只有分会办公室的一张桌子，全部稿件拆封后按文体归类，堆得像山一样高，随之由当时的工作人员分到各个编辑手中。简单说，这本刊物是由分会作家、《福建文学》几个人轮流担任"义务编辑"的，郭风指定他们分头看稿，并向全国组稿、选编，再交由当时的福建人民出版社出版发行。

　　"散文专辑"打响后，随之计划出版"诗歌专辑"。记得那是1980年5月，郭风让蔡其矫签头，并嘱我担任该辑的编辑。蔡其矫当时很愉快接受了，并对郭风说："我一辈子往外寄稿，还没当过编辑呢，这回终于有机会试一试。"之后我们开了一个简短的组稿与编前会。蔡其矫把想约稿的主要名单念了一下，郭风当场对他说："不得了，这些人的稿件能约到，日子就好过了。"会后，蔡其矫高兴地对我说："我会把全国著名诗人的好稿约来。你就等着读好诗吧！"我听了非常兴奋，对蔡其矫说："好啊，有老蔡把舵，我会奋力划桨的。"蔡其矫一听就笑了："这对大家都是锻炼的机会，你也去约约稿，选中的送我看看就行。"

　　蔡其矫的宽容和鼓励给我很大信心，于是我立即给一些来过福建的老诗人邹荻帆、吕剑、青勃等人写信约稿，也跟省里的诗人、作者发信函。两个月后，我约的稿件陆续寄到了。一天夜里，我把准备送给蔡其矫审阅的稿件集中再编辑一次，不知为何忽然想到：北岛的那首《一切》好像还没在正式刊物发表，何不趁这本《榕树》文学丛刊的诗歌专辑刊发一下呢？于是我立即找来这首诗的抄件，一并编发了。几天后，我把编好的稿件送给蔡其矫，他一边招呼我坐下，一边动手翻看稿件。当看到北岛的《一切》时，他停住了，只见他燃起一支香烟，吸了吸，缓缓吐出几缕烟雾，这才说："这个我考虑一下，因为我也不清楚这首诗到底在哪里有没有发表过，更重要的是，我很快要去北京，想向他约一些新的诗稿。"

果然，蔡其矫很快去了北京。临行前他对我说："我已跟郭风说好了，艾青等人的诗还没来，我得跑一趟。专辑的诗稿你再巡检一下，包括那首《一切》，先选入吧，全部编好后放着，等我北京消息。让你辛苦了！"我一听连忙说："不敢不敢，老蔡你放心吧，有什么事我会请示郭风主席的。"

大约过了十来天，因发稿期临近，正在焦急等待消息的郭风和我接到蔡其矫一封信，我们相继看后，都不禁喜出望外：

郭风、朱谷忠同志：

要拿到有份量的稿子真不容易！艾青七月五日从国外回来，忙于接见各种各样的客人，腾不出时间整理稿子。要向他拉稿的人简直排上队了，到底还是照顾了《榕树》和即将复刊的《星星》，把《无题》四十余首基本平分了。白桦正在赶写关于黄永玉电影剧本的修改稿，十七日上午完成，下午就写《复活节》给我们。我本想等公刘的稿，他答应月底寄来，但怕你们等急了，公刘的诗续后寄吧！

我已向他们说了：艾青第一篇，白桦第二篇，公刘第三篇。

此外，有两个应该变动。

谷忠是主张北岛的《一切》可以用，我总感有些不妥。《诗刊》七月号舒婷两首诗的后一首《这也是一切》，就是回答《一切》的。诗是好诗，可有点偏了。我建议去掉《一切》而代以他的近作《睡吧，山谷》。

彭银汉的日本现代诗十六首，中有一首茨木则子的《在我最美的时候》，《诗刊》要用，我们的《榕树》是否让了，改用同一个作者的另一首名诗《看不见的邮递员》，并且在《日本现代诗概况》一文中，关于茨木则子的一段也作相应的改动？现把诗和文段一起寄去，请谷忠把旧稿剪去部分，贴了新增的。如果篇幅允许，也可把《日本现代诗十六首》改为《日本现代诗二十首》，增入《不是比喻》《马车出发之歌》《雾》《什么都第一》等四首。如果觉得与《诗刊》同时都用《在我最美的时候》对《榕树》无妨，也可用旧稿，不用《看不见的邮递员》，而增用其他四首，补足二十首，以造声势，你们以为如何，由你们决定。

请郭风在《榕树》专号一出，优先给涂乃贤（即陶然，香港作家。笔者注），他急着等用。并送公木一本。

此地许多人都注意《榕树》的广告。

此致
　敬礼

其矫　七月二十八日

毫无疑问，看了蔡其矫的来信、约到的一叠诗稿，我深为他在北京不辞辛劳地奔忙和对《榕树》发稿的认真负责态度，以及他对编排的真知灼见与细心周到而感动不已。要知道，当时他个人在北京还有一些需要落实的政策还未落实，但他全然不顾，一到北京后，每天就骑着一辆自行车，走街巷，跑胡同，约稿、看稿、寄稿，风风火火，为《榕树》诗歌专辑作宣传。难怪他的老朋友都忍不住夸他是"蔡小伙子"。

那一天，收到书信的郭风当即对我嘱咐道："一切都按老蔡的意思办吧。"

不久，《榕树》丛刊"诗歌专辑"顺利出版了，强大的阵容，上乘的作

四季都因你而饱满

品，一下赢得了当时社会各界的好评，一些诗评家还热情洋溢地称赞《榕树》诗歌专辑是"中国进入新时期的同行者与见证者，是中国诗坛的擂鼓助阵者"。之后，《榕树》丛刊诗歌专辑坚持刊发精品力作，并注重与诗人们交朋友，融洽相处，许多重要诗人、作者都十分愿意将自己满意的作品交给《榕树》，诗人、编者携手共建了这块丰美的文学园地。

记得，郭风曾高兴地说过："如果说《榕树》诗歌专辑能受到全国读者和诗人的喜爱，蔡其矫功不可没！"

微信里的"秦爷"

"秦爷",是我在微信里对香港著名诗人、书法家、散文家秦岭雪先生的尊称。这是因为,他年岁大我一轮,我得幸与他结交数十年来,一直为他个人所持有的高雅品位、重情惜义的士人之风而折服,也敬佩他时常坦露的一颗诗心和童心。特别是近年来,他婉谢了许多应酬,时而在家继续他的诗、文、书法"三跨界"创作,行云流水,风姿灿然,心意物象,跃然纸上。随之,陆续出版了《鹿堂闲笺》《故乡的小吃》《秦岭雪长诗三首》等著作;其书法作品入选 2020 年北京冬奥会"全国著名书法篆刻家邀请展",令我敬而仰之。

然而,闲暇之时,他会在微信上常与我联系,互致安好,交流动向,且日益频繁,仿佛同住一城,不分朝夕,想到就发,海阔天空,无所不谈。其间,兴有所至时,他会简述或阐释一二自己的审美情怀和艺术见解,庖丁解牛,切中肯綮,使我受益匪浅,更在充满一种亲情、友情的氛围里,感到别有一种忘年之交的亲切、温暖和谐趣。

犹记得,两年前的一个冬天,我收到秦岭雪先生发来一条短讯,打开一看,顿时乐了。原来,他开头居然呼我:"谷爷!"接着问:"收到小书吗?请赐教!"天哪——疫情期间,他竟然亲自给我寄新书来了,但还没收到。我忍住笑回复他:"秦爷,谢谢你寄赠新著给我,迄今尚未收到,可能是天太冷了,书要在路上先躲避一会。"接着又补充一句:"不过,迟到也是一种魅力!"一会儿,他回复过来:"哈哈,真是文人,调侃都有诗意。"我呢,索性再发挥几句:"一听说是秦爷的大著,闽山闽水处处挽留。嘿,走来时,我要沐手焚香迎迓入门呀!"过一日,书收到,是一本印刷装帧十分雅致的随笔小品,书名《鹿堂闲笺》。于是立即展读,从下午直至夜深。次日,再翻看一番,深觉得其中无论序跋、弁言、述评、前篇、书后等等,如闻弦歌酬酢,却多有奇想妙得,可谓渊淳岳峙、光风霁月,令我心向往之,仰重再三。于是,那天伏案速写了一篇读后感《我读秦岭雪》。事后,我发给秦岭雪先生,请他指点。我在附言里说:"秦爷,此文若无大碍,我想投给《福州日报》,因你说过:我爱故乡泉州,也爱福州这座历史文化名城。而你这本书中,写到、提到福州或同行的名字就不下十多处。真可谓有心留其影、有情撷其意,不但遂成自己的片段记忆,也集纳为雅事与福州读者共享,从中窥见先生的为人之本,立身之道……"过了一天,他回复来了:"谢谢你的抬爱,你过奖啦!但这使我进而深知,散文的生命是真挚。至于读后感如何处置,还是由你定夺为好。"

不久,这篇读后感承蒙编辑不弃,在《福州日报》发表了。我将电子版发给秦岭雪,他高兴地在微信说:"请代我向《福州日报》编辑致以真切的谢意!"

令我没想到的是,此文在秦岭雪先生的香港作家和朋友中还有反响。原来是秦岭雪先生将电子版转发给他们。一位姓黄的作家朋友首先发短讯给秦岭雪先生:"读罢朱谷忠先生文章,想起与朱谷忠先生曾在武夷一聚,倏忽已二十年,真是弹指一挥间。此文虽不长,对秦先生的诗、书和文论等的评说却很到位,既言简意赅,又文情并茂,堪称读'透'秦岭雪!"另一当年与我共同在福州一次闽港作家笔会上当协调的香港陈小姐说:"朱老师真不愧是秦岭雪知心者,文章挥洒顺畅不落俗套!读着文章,不禁怀念起朱先生带领我们畅游福州以及品尝福州美食的欢娱情景,多年未忘……"还有其他几十条留言,这里就不一一列举了。我给秦岭雪先生微信里说:

"秦爷，你的粉丝真多，让我也受用了一回呢！"谁知，他回信告诉我说："好戏在后头呢！"

过两个月，我接到由深圳邮来一册香港出版的《城市文艺》，打开刊物，觉耳目一新。首先拜读到的是梅子先生卷首语一篇，有思想，有锐气，激浊扬清，袒露着坚韧的情感与生命意识，令我回味再三。再看目录，竟有《我读秦岭雪》一文。马上与秦岭雪先生联系，这才得知，是他将拙文转给《城市文艺》的。

近年，秦岭雪先生依然笔耕不辍，其诗文书法，流溢的乡愁与深切的回望，情感透明，一泻无尽，胸襟高洁，目极千古。许多篇章，皆有所寄，读之令我心动！特别是他创作的几首长诗，其中有一首专写苏东坡，读得我心潮澎湃。我给他发微信说："秦爷，你开头诗中有'开窗放入长江'一句，气势真是不凡，堪称神来之笔！"又说："读到书中收录的北京著名评论家、传记作家李辉对先生长诗的评论，如雪浪拍过，见智见情，实属难得。"此外，我还说："另一首长诗写泉州地方戏曲，是你情寄梨园的典型情感宣泄，内中情愫，如梦似幻，缤纷多彩，正是你长年的牵挂和缠绵苦恋，也是你作为一个著名诗人的底色之一。除此，还有《无题》一首，借用李商隐的诗题，经你点拨，恍然明白这首长诗其实是一个故事，分成几幕，每幕写一种情景，一种感觉，化解李诗，出入古今，兼融中外，语言借鉴古典及现代，有很大的张力。"秦岭雪先生回复我："喜欢一字多义，玩得好有如魔方，新奇而且深不可测。尝试为之，未必成功。也有朋友觉得艰涩难解。"我则回复："李商隐的诗，历代追随者无数，是一座令人神迷又难以逾越的高峰。解李诗，几人也？秦爷本姓李，也许心有灵犀，我丝毫不觉得您见解有碍，倒是一种别样的化解，独特的立意！若尚有争论，一争论，又火啦！"

秦岭雪先生回复道："谷爷，你又抬举我了？"

四季都因你而饱满

我的编辑生涯

题记：这篇文字，虽是我个人的一段亲历，但我相信，也是当时和我一道工作过的《福建文学》同仁们共同的经历。

一

我曾在《福建文学》编辑部工作过整整十六年。我当然不会忘了，那是 1973 年，省里突然飞来一张公文，把我从当时的龙岩三线建设工地"莆田民兵支前营"调到福州。为什么调我？后来才知是刚刚复刊的《福建文艺》（原名《热风》）急需年轻的编辑，凭我 1965 年刚十六岁就参加了全国青年文学创作代表大会，又是农村出身，这好事就落在我头上了。

记得来福州那天，我挑着担子，一头是家里带来的地瓜，另一头是生活用品和衣服，满头大汗在街巷寻找了半天，终于找到编辑部当时所在的鼓屏路 16 号，抬头一看，门口赫然挂着一个大牌：福建省革委会文化组。我犹豫了好久不敢进去，终于又鼓足勇气向站岗的卫兵说明了情况，卫兵看了介绍信，又足足打量了我许久，才放我进去。到编辑部报到后，引得许多人来看我，他们都非常热情，问这问那的，还有人说"这就是朱谷忠啊？好年轻呢！"接着领导找我去谈话，说了许多鼓励的话，并叫我休息两天再上班。第二天，我怀着尊敬的心情去省委党校拜访了还在学习的莆田籍著名作家郭风，他十分热情地用本地话与我交谈，勉励我好好学习，在文学上做出一番事业。谈话中我拿出"红霞"牌香烟递给郭风，郭风笑道："香烟抽不来，我还是抽水烟筒过瘾。"于是一老一少在烟雾中讲了许多话，记得其中大多讲的是莆田老家情况以及文艺新闻。两天后，按照安排，我正式上班了。开头主要协助看诗歌和部分演唱作品的来稿，从中选出"拟用"的稿子，送给组长决定是否报审。初来乍到的我，没任何经验，只是怀着紧张不安但又感恩的心情进入角色。事实上，作为一名助理编辑，我的确没有什么特长可以发挥，只有用勤奋学习和辛苦工作来迎送一个个日夜。直至后来，当上了专门负责诗歌的编辑，再后来又负责散文和报告文学，成了编委、散文组长。现在，当我回忆这十六年的岁月，我不免要在心里问自己：这十六年，我记忆最深的是哪些事呢？

应当说，我所尊敬的同行和同辈，乃至在编辑部做过事的所有的人，他们都工作得十分出色；至今想来，他们的作风、品格，甚至书生意气，包括不同时期的忧患意识、为文之思，都使我从心底深感钦佩。事实上，那十六年，即从1973年至1989年（自1989年我调入福建作协担任副秘书长），在编辑部工作的每个人，都能在不同的时期、不同的时间以及特定的地点和场合，发挥各自的作用。如此，说到我个人，我觉得可以这样说：我也尽心尽力了。

不过，现在我在这里首先想说的是，我要感谢编辑部，感谢当时的负责人、儿童文学作家苗风浦、党支部书记应端章和在诗歌组工作的陈钊淦等先生，原来正是因为他们当年在决定是否调我的当口，除苗风浦曾率团带我去北京参加全国青年文学创作代表大会，其他人也只是知道我是个还在努力写作中的农村青年作者，他们却无私地、满腔热情地向上级推荐了我。随我一同调入的还有当时的一位女知青作者陈宴。至今，我对所有在当年给予我的工作和生活关照的人仍感念不已；其中苗风浦先生、魏世英先生、姚鼎生先生、陈钊淦先生虽已走了，但我仍然深深地怀念他们，感恩他们和许多老编辑，把我这样一个无任何资历的作者耐心培养为一名编辑。

我还想感谢许多人，即在那十六年中，他们都先后给了我关心和爱护，特别是当时担任副主编的著名作家郭风以及散文家何为先生，还有曾和我一道编发《榕树》文学丛刊"诗歌""散文"专辑的蔡其矫等人，他们都用不同的方式告诉过我，要成为好的编辑，一定要了解历史、观察社会，获得对社会的丰富认知。只有这样，才有可能把作家和作者的作品放到纵横多个维度上进行考量。郭风还亲口对我这个小老乡说过：中华人民共和国成立以来，我们国家发生了几次翻天覆地的变化，它们之间是相互联系的，并对当下产生了深刻的影响。我们不能脱离历史背景来观察作家和作品，那样的话可能就会产生认识上的偏差。作为一个编辑，要用历史理性的眼光去审视过去、观察当下，获得真实、深刻的认知，进而才有可能选编出优秀的文学作品。这些话，蕴含着深刻的见识，令我学习不已，回味不尽。

更使我感动的是，这些老编辑非常信任我，居然放手让我单独向外组稿、发稿；特别是郭风在兼职主编《榕树》文学丛刊时，毫不犹豫地叫我向外组稿。他对我说：组稿要看准对象，组来的稿要及时用出，并尽早通知人家。阔大宽容的心胸，教我至今不忘。正是这些难得的机会，让我和许多国内作家有了不少书信往来，从中得益匪浅。最重要的是，那年月，我十分庆幸自己能在他们手下工作，岂有不去努力的道理。记得，在《福建文艺》改名为《福建文学》的初期，我一直与尊敬的作家和编辑姚鼎生、何泽沛、何飞、魏世英、石灵、徐木林、蔡海滨、张是廉、季仲、袁荣生、刘宝钏、黄国栋、郑征泉、郑清水、庄霞霞、金筱玲、黄锦铭等人一起，经历了国家、社会的动荡和改革；但大家面对世事沉浮，都在努力保持内心诚实，因此编辑部一直人来人往，大有一番"陋室供笑语，灯火话平生"的景象。难怪我省作家林那北（当时称北北）、刘伟雄、谢宜兴等许多人都曾对我说过：《福建文学》编辑部是全省作家作者们心目中的一个家！直至后来，在拜金主义盛行、浮躁之风日炽的一个时期，我也曾在学习会上对这些老师和同事们说：如果说我身上还有一些文气、一些书香，那正是大家传递给我的结果。

二

应当说，《福建文学》在 1973 至 1989 年，仍是福建作家和作者心目中最主要的一块神圣的文学园地，作为一名编辑，不论出差到省里哪个地方，尽管我讲的普通话带有严重的莆田腔，却不妨碍每到一处都会受到应有的欢迎和尊敬。由此我也结识了许多人。毫不夸张地说，目前我省有近一千多会员作家，其中，大部分的人我都认识。这其中有不少人，都是因文字或社交的结缘最终成了我的朋友。我当然不会忘记刚到编辑部时，原《热风》的编辑、作家就一再叮咛嘱托，编辑同作者的关系，是平等的，就是要以诚相见，热情相待。这些话确是金玉良言，刚刚二十岁的我，早已庆幸自己能在他们的手下工作，岂有不牢记之理？更何况那些老编辑如姚鼎生、季仲、张是廉等人，总是以身作则，身体力行，因此每一次看到他们不顾年事较高却埋头看稿、编稿，亲笔给作者回信，纵然积劳成疾也毫不怨言，我只有从心眼里感到尊敬和钦佩。令人怀念的是，那时的作者也十分尊重编辑，他们同编辑的交往，也总是亲切又充满信赖的。即便当时文艺政策还未调整过来，有时出于保护作者的需要，不得不审读过严或删稿过狠，或改动早已是著名诗人的诗稿，他们都能原谅。如张志民、吕剑、刘征、彭燕郊等等；甚至帮助小说家设置一些小情节，都能取得他们的谅解。这些其实都是吃力不讨好的事，但在当时的形势和条件下，又不得不做；这对编辑来说十分痛苦，但若不练些去伪存真、披沙拣金的本领还不行。那些年，《福建文学》作为我省唯一以培养作家为己任的文学阵地，继承和发扬了《热风》的传统，并把培养新人作为根本目标，经过艰苦的实践和探索，积累了许多经验，形成了自己独特的办刊方法。许多在刊物上经常露面的作者，都成了我省文学创作的生力军和骨干力量，一些人也逐渐成了驰名中外的作家；还有相当一部分人还担任了文联、作协和文学刊物的领导工作。因此，把《福建文学》称之为福建作家的摇篮，是名副其实的。

至今，我还十分怀念当时办刊的许多做法，其中最值得称道的是为作家或作者办"创作学习班""改稿会"等等。据我个人经历，1973 年至 1988 年，编辑部至少举办过五十多次改稿会。每次参加的人数不少于二十人，最多的一次达五十多人。这些人都是从来稿中发现作品有苗头、有修改希望的基础上确定下来的。办改稿会的时间一般在二十天左右，地点则大都选择在省内各个县城。因此，那些年，我几乎跑遍了我省各个地方。通常都是由我一人（有时也派一人与我做伴）先去打前站，到了某地，把一切事务都安排停当，再到邮局打长途电话请编辑部人员下来。改稿期间，每个编辑至少负责两三个作者的稿件，谈意见，看改稿；再谈意见，再修改，直到主编通过了，才让作者打道回府。而我，则还要等全部人马走后，才能与当地算清账务，最后一人乘班车回福州。回想起来，那时的编辑和作家、作者真是融洽，而且根本不讲究吃住条件，更谈不上玩，只是一个心思想把好作品拿出来。当时，往往也有为作品的某些修改而发生争执的，面红耳赤干了一阵，最后又握手言欢，心无芥蒂。最重要的是早晚期间，大家都会不约而同三三两两结伴去县城的街上或城外走走，谈国事，谈家事，谈生活的经历，谈艺术的修养和思想磨砺，许多较好的作品，有时竟是在这种交谈中忽然有了新的感受和领悟，回去开夜车修改出来的。而最最重要的是，这样的生活，每一次都能使我和编辑部的同仁，认识并结交上一些知心朋友。还有一种做法是把一些作家、作者请到编辑部，让他们也担任一个时期的编辑工作，看稿，跟投稿者提作品修改意见、编发稿件等等。这种做法，既校测了作家、作者的眼光，也让他们体味了文学编辑的甘辛，同时也给编辑部带来某种信息、某种生机和活力；后来有不少人也因此被调进编辑部工作。如诗人哈雷，他一来就与我一同负责报告文学组稿发稿，我们两人是老相识，意气相投，合作十分愉快。哈雷涉猎广泛，眼光独到，有一次记得他提议去石狮采访，我们一拍即合，回来后编发了一组文章，真实生动又有思索，很受社会欢迎。

三

然而，办刊的实际问题实在太多了；诸如，随着经济时代到来，纸张涨价，发行费上升，印数减少……一句话，上下都疲于应对，实在头疼得很！

但能怪谁呢？能怪上面拨款太少？或怪读者太俗，被市场的拜金渴望左右，忘了光顾风雅依然的文学？因此，讨论文学刊物怎么办，文学编辑怎么当，一直都是编辑部的一个题目，虽仁者见仁，智者见智，但确乎能起死回生的，似乎不多见。

不过，当时编辑部的人都认为这也许是一个暂时的现象。因为从历史的角度看，文学艺术的发展在某一时期也不都是平衡的，走向清寂和孤独也不是没有前例。因此我们一方面要承认客观原因，如一些评论家指出的那样：在复杂严峻的社会生活面前闭上眼睛，企图躲进人为编织的狭小空间去找寻满足与快乐？另一方面，对于读者，更应有一个宽容的态度。这又得把话讲回来，即文学毕竟不是强国济世的灵丹妙药，在市场经济带来眼花缭乱的一切后，读者也有了更大的选择余地了。想想看，人家为什么不能光顾录像厅、出席家庭派对、进出迷你咖啡厅，或翻一翻武打、言情的书籍，而非要去抱一本不温不热的刊物从头读到尾呢？具体说，刊物上的短篇小说、诗歌是否也都是引人入胜，都合乎不同层次的读者的胃口呢？

这一切倒值得去想一想，甚至也学一下"世俗关怀"如何？因此，答案在刊物也在编辑自身。记得是 1987 年年终一次总结会，大家提出了一个口号：要为读者着想。会上大家一致认为：文学编辑难当固为实情，经费少，待遇低，还有评职称僧多粥少，但若把刊物办成一个只许少数作家放火，不许多数作家点灯的"同仁"阵地，只是专发合乎编辑口味的稿件而把其他稿件一律不睬，这种做法还会使编辑更加难当。大家还认为，刊物不是山头，而应该是一片阳光、空气、水分充足的处女地，可以兼容各种树木与花草扎根生长并自由竞争的。当然会有淘汰，但那是内在规律起作用，而不是人为因素去干扰。所谓"桃李不言，下自成蹊"大约也是这个道理吧？

四

的确，回想当编辑的那十六年，用著名作家柯灵的几句话说，就是"文学生涯，冷暖甜酸、休咎得失，际遇万千"，其滋味也只有本身知晓。回想当时，我经验还不足，尽管努力，难免也干了不少傻事、错事，诸如把一些著名诗人的稿件未经请示就擅自退回给人家；有时候自作聪明地为作者的诗歌散文等增加了画蛇添足的几句或一段，发表后作者不买账；有时把可用的稿件编后放在手提包里准备回家再看，岂料手提包却在半路丢了等等。还有一位作者被我退稿，过几月他寄来一本刊物，里面刊有被退的那篇稿，他在上面写道：感谢你退稿，要不然我也不会在这刊物上发表。几句话令我不免有些不安和自责。但是，足以自慰的事也有，例如我一向安心在稿山里徜徉，稿海里淘金，除出差，每天至少给七八个作者写信（那时候实行每稿必复），对作品提具体意见。当时的我也算年轻气盛，又是从基层上来的，对农村、厂矿作者自然多一份心眼，格外地关注。记得那时编辑部从来没有请客吃过饭，也从未接受过什么人的宴请。因此那时如有作者送稿上门，除了当场看稿，决定留用与否，如到了下班时间，一般总是自己掏出饭票请作者一道去食堂用餐。不用说，被"请"的人自然大都也是来自基层的。而当时的食堂，除了供应干饭、馒头、菜包之类，什么海鲜都没有。但正是这些粗茶淡饭，反而有一种说不出的亲切感，让被我"请"过来的人，常常感动得至今仍一提再提，最后连我自己也不好意思起来。再如我常常编发一些从未发表过作品的作者稿件，哪怕差一点，也总是千方百计地进行修改，直到主编同意采用。我那时的想法是，处女作的发表对一个作者的激励是巨大的，如在这方面能与作者双管齐下地努力，也许将来一百人中也有几个人会成为有出息的作家。还有一些事，诸如协助陈钊淦一同设置"本省中青年新人评介"栏目，陆续得到省内外评论家孙绍振、南帆、刘登翰、林兴宅、杨健民、王光明、邱景华等大力支持，每年几期重点推出数人的力作和社刊、民刊的作品，并约请作家、评论家撰写评介文章一并刊出，坚持数年，使我省重要诗人全部在这个栏目亮相，诸如三明、闽东、厦门、闽南、龙岩、漳州、南平、福州、莆田等诗群，引起省内外广泛关注和好评。与此同时，我在直接参与由郭风主编的《榕树》文学丛刊的组编工作中，其中的散文专辑、诗歌专辑、军事文学专辑等，不但发表了全国大部分名家的作品（老一辈作家冰心、叶圣陶等几乎都在上面亮相过，当时新一代作家中如高洪波、韩作荣、赵丽宏、顾城等等，此处不一一赘述），也发表了我省大部分作家、诗人的作品，在当时产生了很大的影响。后来，我又与章武直接策划并组编了《福建文学》每年一期的"散文专号"，引起国内散文界的高度重视，认为福建为散文复兴擂响了大鼓，壮大了声势，可谓"独立东南隅，风正一帆悬"。章武在编辑方面的才华也使我深为佩服。还有一事值得一记：在朦胧诗初兴之时，我奉命从好友孙新凯先生的油印刊物《兰花圃》中和社会上的手抄本中，剪贴选编了舒婷的两组诗，在刊物发表，并参与编辑部理论组组织的、轰动一时的舒婷诗讨论。会议邀请了国内著名作家诗人评论家参加，各地反响热烈。但那时，我对朦胧诗的认识还是模糊的，自己只是持中立的立场，可见胆识之不足。当然，我也有意气用事的时候，如有一次我为当时还在部队但即将复员的部队作家朱向前紧急编发一大组诗（将已发排的诗作抽下，改发朱向前的组诗），使他的上司及时看到后，同意朱向前继续服役，后来还提了干。其实，类似的事在编辑部是经常发生的，诸如发表一些在工厂、农村劳动的作者或当民办教师的作者稿件，并在福建日报上写评价文章，事后向当地有关部门推荐，让他们有可能受到当地重视从而被调进一些单位做事。至少，因此成功的有八九个人。当时在编辑部的同事也干过这种事，然而大家甚至也不觉得这事有什么了不起，也从来不去宣扬。作为编辑，大家总是千方百计地为他人作嫁衣裳；我自己也不敢掉以轻心，也陆陆续续努力为省内不少作品的发表，尽了我应尽的职责，为此我还荣幸获得福建省期刊编辑一等奖；后来，我也参与创办《台港文学选刊》的工作和发行事务；并极力赞成推荐一批作家先后调进编辑部工作。我也非常高兴能在担任编辑期间，与国内一批原已熟悉的作家和省内许多作家有了进一步密切的联系和交往；与台、港、澳和国外一些华人作家，诸如洛夫、痖弦、古月、秦岭雪、云里风、陶然、张诗剑、梦如、简媜、陈义芝、黄河浪、冰凌、绿音等相识、相知，有的乃至成为挚友和忘年之交。在此，请允许我在这里向所有和我一起担任编辑，并在工作上关心和帮助过我的人，表示衷心的感谢！

五

现在，在我看来，这十六年的编辑生涯，正是我生命中重要的一段时光。在世俗流变的今天，回看自己的这十六年，我不但看到《福建文学》在我身上投下的一抹光辉，更看到了寻找文学精神的坎坷但又充满活力的路径。十六年中，个人的一切确是渺不足道的，而十六年的世事沉浮、时势变迁，文学潮流的演变发展，又岂是这区区几千字能包容得了的。更何况诸多大事、故事、轶事、趣事乃至一些极有意思的小事，都是值得我驰念和感慨回味的——无奈时间、记忆所限，眼下只能粗略勾勒一回，其余的，当留待以后再找机会从头说起。

四季都因你而饱满

后　记

　　十分感谢海峡文艺出版社的邀约，让我有机会选编一册近十年来创作的散文自选集。这里，我想简述一下自己对这些散文写作的体会。

　　我认为，作为文学品类之一的散文，是描绘历史进程、铭刻文化基因的一个生态系统。散文的文字背后，折射的是人生与情感，是作家在时代进程中所要表达的人生观和价值观；因之文辞和文采，其实并不是作家写作的目的，而只是作家表达思想的工具。

　　以我来讲，很早以来，我是把文学当作一个梦来追求的。而我的文学梦，开始是以诗来构筑的，它使我以专注的目光凝视生活所发生的一切，摇荡性情，形诸歌咏。后来，又尝试用散文来构筑，它以灵活自由为本，使我在尘海波澜中，凡有感于心，则率意为之。这本书中，流淌的是我对熟稔的八闽大地的依恋，以及对故土历史、人文的多年体验与真实记录。许多片段、回忆，都是乡亲、友人口口相传的文化资源，其中自然饱含着我对故乡与异乡的眷念和爱恋；其身心记忆，生活经历，酸甜苦辣，一道混合成对生活的这片土地的复杂情感。在文中，历史与现实，无疑都指向了我的生活经历，指向一个无法抹去的人生烙印。因此，我相信我笔下描述的那些事物、景物和人物，还有人生命运流转，时光迁徙，流淌着的是一种真挚的心声，因为它见证着人们的生活变迁，追梦蝶变。

　　我承认，我是一个不善于掩盖自己性情的人，但每次拿起笔来，却觉得并不轻松；有时，甚至有身在围城、心入棘闱之感。待到文章写出来后，虽见才疏，但能一吐胸中块垒，岂不亦快哉！

　　如今网络时代，信息瞬间万变，在人工智能、大数据等技术深度融入文化领域的当下，文学出版与文学阅读正在经历新的生态变革。如有人所说的那样，世界就在观众的手指尖上，只要他们揿动手机屏幕，几乎一切都可在指尖下涌现。那么，文学梦还能吸引多少人并且能做多久呢？且慢，这需要时间来回答。以我私心之见，中国文学，乃几千年文明的结晶，人与文学，早已结成不解之缘，若不是把文学当作敲门砖、排行榜一类的东西，那么，任凭风起云涌、桂冠荣名，便都可一例处之泰然。因此，做不做文学梦，都是人选择的自由，若要做，恐怕还得从容与自在一些，如同著名作家柯灵所告诫的那样：以静穆对喧嚣，以不变对万变！

2025 年 4 月写于福州

四季都因你而饱满